H.O.T.

HYPNOTIQUE, OBSTINÉ, TÉNÉBREUX

De la même auteure dans la collection

Luv

Insupportable coloc

Colocs & Sex Friends

JEANNE PEARS

H.O.T.

HYPNOTIQUE, OBSTINÉ, TÉNÉBREUX

Luv

« Because when we step on the ice,
nothing else matters »
Hockey Lover Edition

(« Parce que quand on met le pied sur la glace,
rien d'autre n'a d'importance.»)

1

Frank

La présaison de hockey est terminée depuis trois jours. Résultats en demi-teinte, deux victoires (même si elles étaient belles) pour quatre défaites : peut mieux faire. Demain, c'est notre premier match à domicile contre les Blues de Saint Louis. Bien que j'aie apprécié des vacances méritées, le fait est qu'on a complètement foiré les séries éliminatoires d'avril dernier, et un sentiment d'amertume perdure. Quand je repense à ce qu'on a été capables de faire l'année dernière, franchement, je suis encore dégoûté et totalement dépité. J'espère que cette année sera meilleure et qu'on va tout déchirer. L'équipe est au taquet, la cohésion tip top, je ne vois pas de place pour l'échec ni rien qui puisse venir gâcher mon moral d'acier!

Les entraînements ont lieu à onze heures ici, à l'United Center fermé au public, ou bien au Johnny's IceHouse West, une patinoire pas très loin de l'UC. Là-bas, c'est ouvert, mais on ne fait pas pour autant de séances de dédicaces. L'entraînement d'aujourd'hui est terminé et normalement, on rentre tous chez nous après la douche, ou bien on va manger un bout ensemble quelque part, mais là, les dirigeants nous ont demandé de venir en salle de réunion. Alors les mecs arrivent au compte-gouttes dans les vestiaires, certains plus ou moins rapidement, d'autres sont même carrément lents. Je fais partie des rapides, si bien que ça fait déjà presque dix minutes que je poireaute sur mon siège. Je commence à m'impatienter, tapant frénétiquement mon pied sur le sol.

Le P.-D.G. des Blackhawks n'est pas encore arrivé, mais Jack Tirell, notre entraîneur, est là avec quelques autres personnes du staff.

Putain, ça me saoule ! J'ai l'impression de perdre mon temps. Je me relève pour aller chercher mon portable que j'ai laissé comme un con dans ma voiture.

– Qu'est-ce que tu fais, Frank ? m'interpelle Jack.

– Je vais juste chercher mon téléphone.

– Ne t'attarde pas, il ne manque pas grand monde et ça va bientôt commencer.

– Ouais.

Il ne manque pas grand monde ? Il ne sait plus compter… Dans le couloir, je croise quelques joueurs qui ont enfin fini de se pomponner, ainsi que le personnel soignant. Sam, notre ailier droit star, m'appelle et je me retourne tout en marchant à l'envers.

– Qu'est-ce que tu fous ? demande-t-il.

– Vous êtes trop lents, je me casse ! Ça fait déjà dix minutes que j'attends.

– Tu es sûr que tu t'es lavé ? me titille-t-il.

– Hin hin, grimacé-je alors que Nathan, notre capitaine, passe à côté de moi.

– Frank ! Attention ! s'exclame-t-il.

C'est trop tard, je viens de percuter quelqu'un et vu le « merde ! » qui s'échappe, ce n'est pas un de mes coéquipiers mais une femme. Quand je me retourne, une rousse au carré flou, accroupie, tête baissée, est en train de ramasser des documents. Je me précipite aussitôt pour l'aider, emmerdé.

– Excusez-moi, j'aurais dû regarder où j'allais !

L'inconnue est focalisée sur les papiers éparpillés partout, elle m'ignore. Des pieds passent de chaque côté de nous. Maintenant, avec cette connerie, je vais être le dernier à arriver ! Alors que je lui tends les derniers documents, mon regard tombe sur le dessus de sa main et j'arrête brusquement de respirer. Mon cœur marque un temps d'arrêt, un bourdonnement sourd résonne dans ma tête. Je m'empare de ses doigts et caresse du pouce la petite marque de naissance en forme de croissant de lune et les trois grains de beauté à côté qui font image d'étoiles.

– Lexi ? demandé-je d'une voix très rauque, bien plus que d'habitude.

Putain ! Putain ! Putain !

Elle retire brusquement sa main de la mienne et se redresse rapidement. Mes yeux lancent sûrement des éclairs, mais je ne contrôle rien. Je suis brutalement renvoyé neuf ans en arrière, quand cette femme m'a brisé le cœur. Elle est encore plus belle qu'avant, je ne me doutais pas que ça pouvait être possible. Ses cheveux longs ont laissé place à une coupe plus courte, magnifique, qui met en valeur son visage un peu plus rond. Elle tient fermement les documents contre sa poitrine. Elle porte un chemisier fluide blanc sans manches, un pantalon rose pâle. Des escarpins noirs à talons aiguilles raisonnables viennent parfaire la tenue. Ses yeux verts scintillent et j'y vois passer un mélange d'émotions alors qu'elle m'étudie à son tour.

Moi aussi, j'ai bien changé en presque dix ans, surtout depuis que je suis passé pro et que je fais partie des Blackhawks. Je ne suis plus l'étudiant qu'elle connaissait et elle n'est plus la jeune fille dont je suis tombé amoureux à l'époque, loin de là. Presque une décennie, il s'en est passé des choses... Pourtant, la revoir, bordel... tout remonte à la surface et j'ai la sensation de suffoquer.

– Bonjour, Frank, lance-t-elle enfin dans un murmure de voix qui me transperce et me donne des frissons.

Elle s'écarte et le bruit de ses talons sur le carrelage tourbillonne dans ma tête. Elle disparaît à l'angle du couloir et je reste scié sur place comme un débile, alors que les derniers mecs sortent des vestiaires pour rejoindre la salle de réunion. Tant pis pour mon téléphone, je m'insère dans le petit groupe, histoire de ne pas être le dernier à arriver. Un peu comme un zombie, je rejoins le fond de la salle et m'écrase sur un siège sans prêter attention à ce qui se passe autour de moi.

Cela faisait bien longtemps que je n'avais pas pensé à Lexi. Et je n'aurais jamais cru la revoir un jour. Pas ici, pas comme ça, dans mon univers.

Un brouhaha monte dans la salle alors que le P.-D.G. James McDonnell entre à son tour. Je me redresse légèrement, afin de me ressaisir un instant et de faire bonne figure, mais je sais que je ne peux leurrer personne. Je n'entends pas vraiment ce que dit James, je ne fais pas mieux quand coach T prend le relais, mais mon esprit sort du brouillard quand une voix cristalline s'élève dans le capharnaüm masculin.

– Bonjour, messieurs.

C'est Lexi qui parle, bordel de merde ! Mais qu'est-ce qu'elle fait ici avec nous ?! Je me relève d'un seul bloc pour mieux voir parce que les mastodontes devant moi me cachent la vue. Les plus petits d'entre nous font déjà un mètre soixante-quinze, pas facile d'avoir un horizon dégagé. Elle se tient droite devant nous et semble empreinte d'une confiance en elle que je ne lui connaissais pas, d'autant plus devant un parterre de sportifs massifs comme nous.

– Je me présente, je m'appelle Lexi Hollner. Je suis diplômée en psychologie de l'université d'État du Michigan.

– Hey ! m'interpelle Sven à ma droite, tu n'es pas allé à cette fac aussi ?

Je hoche rapidement la tête histoire de ne pas l'envoyer chier, mais je veux me concentrer sur elle, comprendre ce qu'elle vient foutre ici. Pourquoi déboule-t-elle dans mon univers, pourquoi vient-elle tout chambouler maintenant ?!

– J'étais à Detroit jusqu'à l'année dernière, où j'exerçais dans un centre d'aide et de traitement du trouble de stress post-traumatique, principalement chez les militaires, depuis quatre ans.

– Pourquoi vous êtes là ? l'interrompt une voix grognon dans la masse.

– On y vient, Oleg ! intervient James, de mauvaise humeur face à l'interruption.

– Le groupe, explique-t-elle en désignant le P.-D.G., le coach, les autres dirigeants ainsi que l'équipe soignante, m'a contactée afin que je vienne évaluer l'équipe puis vous suivre et intervenir sur la gestion de la colère.

Un mélange de rires, de mécontentement, de grognements s'élève instantanément. Elle ne se doute pas une seconde que c'est comme si elle venait de jeter de l'huile sur le feu. Comment peut-elle envisager un seul instant de pouvoir canaliser tous ces kilos de muscles quand ils sont sur la glace ? La brutalité, à petite – bon c'est vrai, parfois grosse – dose, fait partie du sport et du spectacle. Les spectateurs raffolent d'une bonne bagarre, qui ne s'éternise jamais vu que les arbitres sont là pour nous séparer. Comment les dirigeants ont pu nous pondre un truc pareil ?

– C'est complètement ridicule ! s'exclame Keith, un de nos défenseurs.

– Absolument débile ! renchérit Alexej.

Sven se marre à côté de moi. Seuls les plus anciens osent dire à haute voix ce qu'ils pensent, mais je vois bien, en regardant les visages autour de moi, que personne n'est ravi de cette intrusion.

– On ne vous laisse pas le choix ! gronde James. La fin de saison dernière était absolument terrible. Vous avez tout donné pendant la saison régulière et tout s'est effondré pendant les séries éliminatoires. Mlle Hollner n'est pas là pour vous fliquer, elle va vous observer et elle choisira de travailler sur les points qu'elle estimera importants. Je refuse que l'on réitère les mêmes erreurs que l'année passée. Je suis dans le métier depuis longtemps, je sais ce que le hockey représente pour chacun d'entre vous, je n'ai aucun doute là-dessus. Je suis fier de vous et nous voulons juste mettre toutes les chances de notre côté.

Mon grognement se fait bien plus fort que je ne l'aurais voulu et presque tout le monde se tourne vers moi, exception faite de Lexi qui fixe le sol à ses pieds. On dirait bien qu'elle m'évite, je ne comprends pas. Elle a accepté de venir travailler ici, elle savait qu'elle m'y trouverait. Elle ne va pas pouvoir faire comme si je n'étais pas là. Et puis merde ! Ici, c'est chez moi ! Ma colère monte d'un cran ; cela empire quand coach T me réprimande devant tout le monde et surtout devant elle. Ma fierté et mon ego en prennent un coup, même si c'est justifié.

– Frank. Toi le premier, il faut que tu apprennes à gérer ton ressenti face à Carmichael. Chaque confrontation m'apparaît comme une bombe à retardement !

– Ce crétin me cherche à chaque fois, me défends-je en bombant le torse et en haussant le ton. Je ne vais sûrement pas me laisser marcher sur les couilles ! Ce mec est un connard, il l'était déjà à la fac et il le restera. Pourquoi est-ce que vous vous souciez de ça maintenant ? Depuis que je suis entré dans le circuit professionnel, c'est comme ça. On ne s'aime pas, c'est tout. Et puis les bagarres font partie du spectacle.

Je cherche Lexi du regard, elle sait pourquoi les relations

sont ce qu'elles sont entre Kane et moi, mais elle continue de m'ignorer et putain, ça me fait chier !

– On en a tous conscience, Mlle Hollner également. Je dis juste qu'il faut essayer de calmer le jeu, ça devient systématique. Tu as été exclu en quart lors du sixième match à cause de ça, rappelle durement le P.-D.G.

– Parce que vous croyez que je ne m'en veux pas assez ?! craché-je en me mettant debout pour me défendre. Il n'y a pas besoin de faire venir un psy pour ça !

– On ne te demande pas ton avis. Tout le monde sera traité avec le même égard, nous intime James le regard sévère. Mademoiselle Hollner ?

Cette fois-ci, elle regarde l'assemblée, montrant un visage doux et agréable, mais ses yeux refusent de s'aventurer dans le fond de la salle. Comment compte-t-elle travailler correctement si elle ne veut pas me regarder ? Je suis là, j'existe et je n'ai pas l'intention de disparaître parce qu'elle revient dans ma vie !

– Dans un premier temps, je serai en phase d'observation sur le terrain mais aussi via les vidéos, puis j'aurai un entretien avec chacun d'entre vous. En fonction de mon appréciation, j'approfondirai si je le juge nécessaire. Je ne suis pas là pour vous punir. Je suis persuadée que tout peut se passer dans de bonnes conditions.

– Je vais m'assurer que chacun de mes gars y mette du sien, promet coach T.

Ça me fait bien marrer, autant de testostérone pour une seule femme, je demande à voir. Elle a peut-être pris confiance en elle, mais ça fait un sacré boulot quand même.

Et je ne compte pas lui faciliter la tâche!

Alors que les mecs commencent à se lever, James a encore un truc à dire.

– Il va de soi que Mlle Hollner nous accompagne en extérieur, dans un premier temps du moins. Là encore, on ne vous demande pas votre avis, grogne-t-il pour couvrir les agacements de tout le monde. Je vous demande de vous comporter avec correction et amabilité, montrez-moi que j'ai raison de vous faire confiance.

Oh putain!

Elle va être avec nous pendant combien de temps? Merde! Jamais, mais alors non, jamais, je n'aurais pensé me retrouver avec elle ici, sur mon lieu de travail, dans le cadre du hockey. Putain! La vie m'en veut.

Je laisse le plus gros de la troupe sortir de la salle et je passe à côté d'elle sans un regard, tant j'ai hâte de quitter cette pièce devenue étouffante. J'entends vite fait des bouts de phrases, James et Jack qui se demandent s'ils ont bien fait de nous annoncer ça maintenant et pas après la reprise. Ouais, c'est sûr, cela serait sûrement vachement mieux passé si on avait appris cette connerie alors qu'elle nous aurait observés depuis plus longtemps en secret. Il valait mieux arracher le pansement maintenant, même si ça fait chier, aucun doute.

On récupère nos sacs et on se disperse sur le parking pour rejoindre nos voitures, encore sous le choc. Certains s'arrêtent pour discuter entre eux, moi je suis déconnecté, pas moyen de rester ici!

Bordel, Lexi!

2

Lexi

Crevée après cette première journée intense, j'avais l'intention de rentrer à la maison, mais j'ai reçu un coup de téléphone de Selma, ma meilleure amie depuis le bac à sable. Elle m'a proposé de la rejoindre avec Claire, une de ses collègues, pour boire un verre en ville. Je n'ai pas eu le cœur à refuser. Elles m'ont donné rendez-vous au Jazz Showcase dans le Loop, endroit branché qui allie ambiance chaleureuse et bonne musique : de quoi passer une excellente soirée en leur compagnie.

– Lexi ! m'accueille Selma en bondissant de sa chaise.

Mon amie est une petite brune au regard brun bienveillant. Plus les années passent, plus elle s'embellit. À la fac, elle était constamment montée sur du deux cent vingt volts, elle courait partout, ne faisant pas spécialement attention à elle. Même si elle vivait le grand amour avec Greg, avec qui elle est toujours, elle était concentrée sur ses études de biologie. Le nombre de fois où je l'ai retrouvée mal coiffée, les lunettes de travers, légèrement débraillée !

Aujourd'hui, elle est plus féminine et rayonnante.

Je lui souris tendrement et la prends dans mes bras.

– Salut, tu vas bien? Claire, bonsoir.

– Bonsoir, Lexi.

Claire lui ressemble un peu, bien qu'elle soit plus grande. C'est aussi une brune, mais aux yeux noirs. Aujourd'hui, elle porte un chemisier aux manches longues, mais j'ai été très surprise quand je l'ai vue avec quelque chose de plus léger : ses bras sont couverts de tatouages. J'ai trouvé que cela tranchait avec son air un peu strict, dû à sa coupe au carré, sa frange nette et ses lunettes. Mais quand on apprend à la connaître, on se rend compte qu'on est très loin de la vérité. C'est quelqu'un de très vivant, qui n'a pas sa langue dans sa poche.

Je prends place à leurs côtés et nous passons commande. Selma ne perd pas une seconde et me questionne dans la foulée.

– Alors! Raconte-moi, c'était le grand jour!

– Qu'est-ce qui se passait aujourd'hui? interroge Claire.

Selma hausse un sourcil, attendant que je me lance. De toute façon, si je ne le fais pas, elle ne va pas se gêner.

– C'était mon premier jour chez les Blackhawks. Ils m'ont engagée pour que je suive l'équipe et que j'aide les joueurs sur la gestion de la colère et d'autres choses si besoin.

– Non?! Mais c'est super! Waouh! C'est dingue.

– Oui, « dingue » est le mot.

J'ai longuement réfléchi avant d'accepter cette opportunité. J'ai pesé le pour et le contre, j'ai tourné les choses dans ma tête encore et encore et j'ai fini par dire oui. On est venu me chercher, je n'ai postulé à rien, j'ai vu ça comme une reconnaissance. Un patient que j'ai traité sur Detroit est le fils d'un des dirigeants de l'équipe. Voilà comment j'en suis arrivée là, et comme je ne suis plus du genre à renoncer face à l'adversité, j'ai accepté. J'en ai aussi beaucoup discuté avec Selma. Je sais qu'il s'agit potentiellement d'une mauvaise idée, mais je suis persuadée que cette expérience peut m'apporter tellement plus aussi, alors pourquoi refuser?

– Eh bien, raconte-nous!

– L'équipe dirigeante est d'une gentillesse incroyable. J'ai rencontré le P.-D.G., l'entraîneur, des membres du staff et de l'équipe soignante. Je ne me doutais pas qu'il y avait autant de monde dans l'ombre. Ensuite, on m'a conduite dans la salle où étaient réunis tous les joueurs.

– Tu as vu tous les joueurs?! s'enthousiasme Claire.

– Je ne savais pas que tu étais fan à ce point de hockey, intervient Selma.

– Oh tu sais, le hockey ou un autre sport, du moment qu'on parle de sportifs, je suis tout ouïe, sourit-elle en papillonnant des cils.

On rit toutes les trois, cela ne m'étonne pas vraiment d'elle.

– Pour répondre à ta question, oui, tous les joueurs étaient présents. Je dirais que la nouvelle n'a pas été spécialement bien prise. Je les comprends, j'apparais comme une intruse dans leur univers, ils ont sans doute l'impression que je vais les juger, les espionner. Mais ce n'est pas du tout le but de la démarche. J'espère qu'au fil du temps, ils se feront à ma présence et m'accepteront.

– Eh bien! C'est génial. Tu en as de la chance.

– Je suis fière de toi, sourit Selma en s'emparant de ma main. Tu as franchi le pas et je suis persuadée que tout va bien se passer. Tu vas réussir à dompter tous ces mâles.

Je n'ose pas dire tout fort qu'il n'y en a qu'un seul qui m'effraie et qui pourrait me donner plus de fil à retordre que les autres, je ne veux pas trop m'étaler devant Claire. Selma était avec nous à l'université d'East Lansing, elle connaît tout de moi, mais pas Claire.

La conversation dévie quelques instants sur un autre sujet, mais Claire revient immédiatement aux Blackhawks. Je devais bien me douter qu'avec cette information, je déclencherais une multitude de questions.

– Tu as déjà pu discuter avec certains joueurs? Comment ça va se passer, exactement?

– Alors, non, je n'ai pas eu le temps et je ne voulais pas leur sauter dessus tout de suite. Je ferai un entretien avec chacun, puis j'étudierai les vidéos des matchs et j'assisterai aux rencontres. J'ajusterai en fonction.

– Tu vas devoir les suivre à l'extérieur? demande Selma.

– Oui, c'est prévu.

– Tu y avais songé? Ils t'en avaient déjà parlé?

– C'était une possibilité, oui, et oui, j'y avais songé.

– Eh bien, tu vas en voir du pays.

– Bon sang! Quand je vais dire ça à mon copain, il va être vert de jalousie! Il est absolument fan du capitaine, Nathan Delansay. Tu crois que tu réussirais à avoir un autographe?

– Je pourrai essayer, mais pas tout de suite.

– Oui, oui, bien sûr ! Mon Dieu, je m'emballe ! C'est tellement excitant.

– Ça se voit, rit Selma à ses côtés. Tu vas faire une syncope.

– Avoue qu'ils sont tous plus sexy les uns que les autres.

– Certains sont pas mal, effectivement, concède-t-elle.

– Et toi, Lexi ? Je suis sûre qu'en étudiant le trombinoscope des joueurs, tu as déjà flashé sur certains. Tu ne comptes pas en profiter un peu ?

– Qu'est-ce que tu veux dire ?

– Eh bien, tout ce temps passé en leur compagnie, tu vas forcément te rapprocher d'eux, créer des liens. Une chose en emmenant une autre…

– Non. Je ne suis pas là pour ça.

– Ça m'a l'air assez catégorique, peut-être que tu changeras d'avis.

Je lance un regard à Selma qui m'étudie avec attention. Claire ne pense pas à mal en disant tout ça. Notre conversation est interrompue par une sonnerie de téléphone. Claire s'excuse et nous abandonne un instant.

– Je suis désolée, Lexi. Je ne savais pas qu'elle était folle à ce point de hockey ou de tout autre sport.

– Ce n'est rien.

– Alors, dis-moi. Ces retrouvailles ?

– Il aurait pu ne rien se passer, parce que je n'ai franchement pas eu le temps de parler à qui que ce soit en dehors du staff, mais bien sûr, ça ne s'est pas passé comme prévu. Il m'est rentré dedans dans le couloir. Autant te dire qu'il ne l'a pas très bien pris.

– Il te l'a dit ?

– Non, je l'ai vu dans ses yeux, dans son attitude. On n'a échangé qu'un bonjour. J'appréhende un peu ce qui va suivre.

– Mais tu le savais en acceptant ce travail.

– Bien sûr, mais entre m'imaginer ce que ce sera et y être confrontée, il y a un fossé. Je pensais être préparée, mais au bout du compte, j'en étais très loin.

Bien entendu, au cours des neuf dernières années, il m'a été difficile d'ignorer Frank. Frank et son succès parmi les Blackhawks, Frank et ses différentes publicités pour des marques sportives, une marque automobile aussi, des parfums, des sous-vêtements et j'en passe. Pratiquement à chaque coin de rue, tout venait me rappeler son souvenir. Lui et tous les autres hockeyeurs.

– Tu regrettes ?

– Non. Je pense ce que je dis, c'est une opportunité extraordinaire pour moi. Il est hors de question que je fasse marche arrière. Peu importe ce qu'il s'est passé entre nous ou la façon dont les choses se sont terminées, je compte bien aller au bout. Nous sommes maintenant deux adultes, on a grandi depuis la fac : je suis convaincue qu'on peut passer outre et travailler correctement ensemble.

– J'aime beaucoup cette confiance en soi.

– Moi aussi.

Bon, j'avoue, si je veux être totalement honnête envers moi-même, cela risque d'être dur. Quand je suis tombée sur lui dans le couloir, j'ai été perturbée par sa présence physique, plus imposante qu'à l'époque et bien loin de ce que montrent les affiches publicitaires. Ses magnifiques yeux bleus m'ont scrutée avec violence et méfiance, je l'ai vu, mais bon sang, il est encore plus beau qu'à l'époque. Il a gagné en masse, en charisme, en tout. Lorsque j'étais dans cette salle devant tous ces hommes, sportifs professionnels, tous plus grands et costauds les uns que les autres, j'avais beau éviter Frank du regard, je ressentais sa présence sans le vouloir. Il irradie, c'est électrique et je n'avais pas vraiment prévu ça. Cela va peut-être légèrement compliquer les choses. Il y a quelques beaux spécimens dans l'équipe mais je sais bien qu'à mes yeux, aucun n'égalera Frank, malgré ce qu'il m'a fait. De toute façon, je ne suis pas là pour ça. Comme je l'ai dit à Claire, hors de question de mélanger vie privée et vie professionnelle.

– Qu'est-ce que j'ai manqué ? demande Claire en revenant.

– Eh bien, je montrais la liste des numéros de téléphone perso des joueurs à Selma pour qu'elle fasse son choix, dis-je en essayant de rester sérieuse.

– NON ! Tu as osé faire ça alors que j'étais partie ? C'est cruel !

Je secoue la tête, ravie d'être ici, en si bonne compagnie. Je lève la main pour qu'on passe une nouvelle commande.

– En vrai, tu as accès à ce genre d'infos ?

– Claire !

– Quoi ? Je me renseigne, c'est tout !

– Non, je n'y ai pas accès et tu me connais, même si c'était le cas, je ne partagerais rien du tout.

– Je sais bien, c'était juste pour savoir.

– Tu es sûre que tout va bien avec Eli ? demande Selma.

Claire se jette sur son verre avant de hausser les épaules.

Il ne lui faut pas plus de quelques secondes pour se confier à nous. Eli et elle ont quelques difficultés en ce moment. Je tente de lui apporter des conseils, ravie malgré moi de ne plus être le centre de l'attention et que la conversation passe à autre chose.

Un peu plus tard, on dévie sur Selma, il n'y a pas de raison qu'elle soit épargnée.

– Comment va Greg? demandé-je.

Greg et Selma sont ensemble depuis plusieurs années maintenant. Basketteur talentueux, il a été recruté alors qu'il était encore à la fac par les Pistons de Detroit. Il n'avait pas entamé la seconde année qu'il avait déjà été approché. Mais il a pris son temps, il a étudié les offres et il a tenu à terminer sa troisième année. Il pouvait compter sur le soutien de Selma qui poursuivait ses études à Lansing. Après avoir obtenu son doctorat avec mention, où elle s'est spécialisée en transgénèse, elle a décroché un postdoc à Chicago. Pour le moment, ils vivent dans deux États différents, je me fais donc du souci pour mon amie.

– Il va bien. Heureusement qu'il y a le téléphone, la messagerie, la webcam, on ressent un peu moins les kilomètres qui nous séparent, mais ce n'est pas évident. Je ne suis pas censée en parler, dit-elle tout bas en se penchant en avant. Mais son agent est en train de négocier un transfert.

– Quoi?! Ici, chez les Bulls? s'exclame Claire.

Selma lui donne une tape sur la main.

– Tu veux un mégaphone ou quoi?

– Pardon, désolée. Mais bon sang, toutes les deux, vous voulez m'achever ou quoi?

Selma secoue la tête en soupirant.

– Il ne faut pas en parler. Les transferts alors que la saison a débuté sont assez rares. Et dès qu'il est question d'argent, les gens spéculent, lancent des rumeurs. Mais le fait est que cela fait des mois qu'ils sont en pourparlers, depuis qu'on est revenues, explique-t-elle. Ça ne saurait tarder.

– Mais c'est génial ! souris-je en lui serrant la main. Cela serait tellement merveilleux pour tous les deux. Et puis ici, c'est chez Greg.

Greg est originaire de Chicago. Si en plus, il y retrouve sa chérie, forcément qu'il sera aux anges. Je suis vraiment très heureuse pour eux deux.

– On va croiser les doigts.

Selma me lance un sourire radieux, on dirait qu'elle ne se fait pas de souci quant à l'issue. Ce serait vraiment génial.

On passe le reste de la soirée à parler de choses légères et je savoure le temps passé avec mes amies. C'est toujours un plaisir.

***

Le lendemain, j'arrive en même temps que les joueurs pour l'entraînement avant le premier match de la saison régulière. J'ai eu un peu de mal à m'orienter, cet endroit est un vrai labyrinthe ; j'espère rapidement prendre mes marques. Quelques-uns me saluent d'un vague signe de tête, d'autres m'ignorent royalement. Je leur souris quand même. Je suis quelqu'un de sympathique, j'ai un visage qui inspire la confiance, alors je suis sûre de moi. J'ai réussi à libérer quelques récalcitrants à Detroit, je sais me montrer convaincante. Je rejoins coach T et patiente à ses côtés après avoir échangé quelques mots. Une fois toute l'équipe rassemblée, il prend la parole.

– Aujourd'hui débute l'intervention de Mlle Hollner. On va faire l'entraînement comme d'habitude, elle restera en retrait pour y assister et à la fin, vous irez à tour de rôle vous entretenir avec elle.

– On va pas rester là, à poireauter le temps qu'elle voie tout le monde ! intervient Oleg.

– Tu as mieux à faire, sûrement ? le reprend le coach. Ce sera durant le débriefing.

– Pour le moment, juste un court entretien, interviens-je pour les rassurer. Je ne vous retiendrai pas longtemps, le temps d'échanger quelques mots, en apprendre un peu plus sur vous et découvrir vos attentes.

Je sens que certains se retiennent de me dire qu'ils n'en ont aucune et je repère immédiatement que j'aurai du mal avec Oleg. Mais je tiendrai bon !

Je vais m'installer dans les gradins et les observe se mettre en place, interagir entre eux. Il y a quelques jours, on m'a donné accès aux archives vidéo et au dossier de chaque joueur. J'ai déjà pris connaissance de leur histoire, leurs statistiques et leur dossier médical, mais j'ai hâte de pouvoir m'entretenir face à face avec eux.

À la fin de la session, je me lève et m'avance vers la zone ouverte où ils rejoignent les vestiaires.

– Qui souhaite commencer ?

Je ne m'attendais pas à ce qu'ils se jettent tous sur moi, mais autant de détachement? Ils se lancent tous des regards, se défiant d'y aller. Je lève les yeux au ciel quand enfin un des joueurs s'avance. Un des plus jeunes, Bryan Hardman.

– Je me dévoue, dit-il en me lançant un petit sourire.

– Merci beaucoup. Je vous retrouve à mon bureau, je vous laisse le temps de vous changer.

– D'accord.

Je les laisse et ne manque pas les railleries des autres sous le sifflet de coach T. Ils me donnent l'impression d'être dans une cour de récréation. L'atmosphère a beau être hyper masculine, remplie de testostérone, je devine immédiatement qu'il règne entre eux une bonne ambiance, un peu comme entre des frères d'une même famille.

Au bout de quinze bonnes minutes, Bryan entre enfin.

– Désolé, j'ai fait aussi vite que j'ai pu.

– Tout va bien. Je vous en prie.

Il prend place sur le fauteuil face au mien et je me lance.

– J'aimerais que vous me parliez un peu de vous. Et si vous avez des questions, n'hésitez pas.

– Qu'est-ce que vous voulez savoir? Vous avez sans doute récupéré nos dossiers personnels.

– Oui, mais j'aimerais que cela vienne de vous. Je ne suis pas fan des cases remplies sur un bout de papier.

– D'accord. Eh bien, je suis originaire de Caroline du Sud. Je ne fais partie des Blackhawks que depuis trois ans, mais je me sens comme chez moi ici. On forme un peu comme une grande famille.

– C'est l'impression que vous me donnez. Vous vous entendez tous bien?

– Oui. Bien entendu, parfois il y a des petites tensions, parce qu'on est tous différents, on se taquine très souvent, mais l'entente est vraiment idéale. Les plus anciens m'ont tout de suite pris sous leur aile, je me suis vite intégré. Je crois que de toute façon, je n'aurais pas fait mon difficile. Je vis un rêve éveillé. Je sais que c'en est un pour beaucoup de petits garçons: pouvoir un jour entrer au sein de son équipe favorite, pouvoir pratiquer son sport et réussir à en vivre. Alors je savoure chaque jour.

– Je me doute que ce doit être extraordinaire.

– Ça l'est vraiment.

– Est-ce que vous avez des questions particulières sur ma présence ici?

– Non, pas spécialement.

– Je tiens à vous rassurer: je ne suis pas là pour vous fliquer ou vous dire comment jouer et vous comporter sur la glace. Je sais comment cela fonctionne, je viens du Michigan; le hockey, c'est aussi toute une histoire chez nous. Ce sport peut être violent, les émotions, les sentiments que vous ressentez sur la glace peuvent parfois devenir incontrôlables. C'est sur ce point que j'essaierai d'intervenir, afin de vous donner les clés pour maîtriser ce flot et limiter les affrontements. Mais il n'y aura aucune sanction d'aucune sorte, si jamais il y a un combat. Et je sais qu'il y en aura.

Il se met à rire doucement. On échange encore pendant quelques minutes, puis je le libère.

– Je ne vous retiens pas plus longtemps. Est-ce que vous pourrez dire à Oleg de me rejoindre ?

– Ouh là ! Vous ne choisissez pas le plus facile pour continuer.

– J'aime les défis.

– Bon courage, sourit-il avant de me laisser.

Effectivement, je pense qu'il m'en faudra…

En quelques heures, je parviens à voir la plupart des joueurs. J'ai tenté d'abréger au maximum les sessions parce que je ne voulais pas les retenir plus que nécessaire. J'ai déjà une idée précise des personnages avec qui je vais devoir travailler plus en profondeur, quatre joueurs en particulier pour le moment : Oleg, Bryan, Daniel et Travis. Ce sont ceux qui ont le plus d'antécédents de bagarres sur la glace.

En regardant ma liste, je me rends compte que j'ai repoussé mon entretien avec Frank. J'ai dit à Mark, le dernier à être passé, que je ferais le sien demain parce qu'il restait trop peu de temps. Je suis sûre que cela lui conviendra. Je ne sais pas si je peux dire que je l'ai fait inconsciemment, je voulais juste me donner encore un peu de répit avant l'affrontement. Je sais que je ne pourrai pas l'éviter.

Durant l'entraînement, j'avais l'impression de ne voir que sa masse imposante. C'est l'un des plus grands de l'équipe, alors difficile pour lui de passer inaperçu. J'appréhende énormément de me retrouver face à lui, seule, qui plus est. Mais je suis sûre que, si je mets en application ce que j'ai appris, je peux surmonter tout ça. Après tout, j'ai accepté le job, non? J'espère que je ne me voile pas la face en étant aussi optimiste. Si je me rappelle bien comment il était, il se montrait rarement malléable, alors la tâche va peut-être s'avérer un peu ardue.

***

Nous y sommes; leur premier match est sur le point de débuter. Je suis allée acheter rapidement un truc à manger avant de rejoindre les gradins.

Je suis en stress, je n'avais pas percuté qu'ils rencontraient les Blues de Saint Louis. Je ne sais pas si je vais être capable d'assister tranquillement au match. J'ai demandé s'il était possible d'être placée devant, pas très loin du banc de touche et de la cage, pour avoir une meilleure vue sur le comportement des joueurs et leurs réactions vis-à-vis de ce qui se passe sur la glace. Mais je vais être au cœur de l'action et je commence à avoir des sueurs froides.

J'essaie tant bien que mal de faire abstraction du bruit environnant, de l'excitation de la foule. Tout ce qui m'importe, c'est le jeu et l'attitude des joueurs. La première chose qui saute aux yeux, c'est la cohésion de groupe. Chacun est dans son rôle, mais ils agissent tous en tant qu'équipe et j'aime ce que je vois. J'ai déjà remarqué que certains joueurs fonctionnent particulièrement bien ensemble. Les alignements sont souvent les mêmes, une routine est installée et malgré cela, les roulements ne posent pas de soucis dans le jeu. Ils sont bons.

La ligne d'attaque se met en place, un centre, un ailier

droit et un ailier gauche, la ligne de défense derrière avec deux défenseurs, et le gardien. Le centre s'installe face à son adversaire au milieu de la patinoire et l'arbitre fait l'engagement. Un match de hockey se déroule en trois parties de vingt minutes chacune, avec parfois des prolongations, voire une épreuve de tir de fusillade en cas d'égalité.

Je suis comme à chaque fois sidérée par la fluidité des joueurs et leur rapidité sur la glace. Moi, je me débrouille, j'arrive à patiner sans tomber mais rien de comparable. Cela a beau être un sport dit brutal et dangereux, cela reste malgré tout une discipline élégante à mes yeux.

Les Blackhawks ouvrent le score grâce à un but de Daniel à la quatrième minute. L'euphorie dans la salle fait plaisir à voir, ils sont chez eux ici. Je griffonne quelques remarques distraitement sur mon calepin, mais je suis prise dans le jeu. Je pourrai toujours revenir sur les vidéos plus tard.

Mon regard ne lâche pas Frank quand il évolue sur la glace. Je m'en veux mais c'est plus fort que moi. Le voir jouer en live au sein de cette équipe, au plus haut niveau national, c'est quelque chose. Je sais que le hockey est toute sa vie, il est clairement né pour ça. Je suis un peu perturbée de lui accorder autant d'attention, nettement plus qu'aux autres.

Son agilité, son aisance… Il maîtrise parfaitement son art. C'est comme si son corps était un aimant pour mes yeux. Comment c'est possible? Je ne peux pas ressentir d'attirance pour lui. Je sais qu'il existe la mémoire des muscles. Le cœur en étant un, possède-t-il ses propres souvenirs? Des réactions qu'il est difficile, voire impossible de contrôler? Il en est hors de question! Je suis plus forte que ça. Je ne succomberai pas une nouvelle fois à Frank. Mon cœur ne se souvient que des blessures infligées.

La première pause de dix-huit minutes arrive, les joueurs quittent la patinoire et la surfaceuse prend le relais pour lisser la glace. Lors de la deuxième période, les Blues réussissent à égaliser. Bryan fait reprendre l'avantage à son équipe avant que les Blues n'égalisent à nouveau. Une tension se fait ressentir. Le match est difficile.

Je ne connais pas encore le numéro de tous les joueurs. Heureusement, pour chaque action, l'écran central nous permet de savoir de qui il s'agit. Par contre, je sais que Frank porte le 89. Je guette avec attention chaque période où il se trouve sur la glace avec Carmichael. J'ai la sensation que le coach essaie de minimiser les risques, mais parfois les deux joueurs se retrouvent sur la glace en même temps. Ce n'est pas Frank qui cherche l'autre, pourtant à chaque fois, cette tension presque palpable s'empare de lui. Je remarque les coups d'œil, les affrontements quand ils se percutent. Je peux d'ores et déjà dire que Frank fait preuve d'un sang-froid respectable.

Je me redresse alors que Kane Carmichael vient de l'envoyer contre la paroi en plexiglas. Le choc est violent. Pourquoi mon cœur s'emballe-t-il de crainte que Frank ne soit blessé? Ce sont les risques du métier, je ne devrais pas m'en faire, m'en soucier. Le coach de l'équipe adverse demande un changement, Kane quitte la glace. Frank reprend rapidement ses esprits et retourne à son jeu, presque comme si de rien n'était. Est-ce que mon palpitant tiendra le choc? Est-ce que je vais m'y habituer?

Durant la troisième période, les Blues marquent un autre but avant la fin de la première minute, suivi de deux autres sur les dernières minutes. La défaite est sévère pour un match de reprise, encore plus dans leur arène. Je ne fais pas encore partie intégrante de l'équipe, mais j'ai de la peine pour eux.

Je décide de rejoindre les coulisses avant que toute la foule ne se lève en même temps. Je descends les deux marches qui me séparent de la paroi en plexi et, tandis que je longe le rebord, mon regard tombe sur un des joueurs des Blues. Carmichael est là avec son petit air suffisant. Mon cœur tambourine dans ma poitrine. Son regard croise le mien une demi-seconde, il n'a absolument aucune idée de qui je suis. Rien qu'une femme parmi tant d'autres.

J'ai demandé à assister au débriefing postmatch pour observer les réactions à chaud des joueurs. Je me hâte de rejoindre le couloir qu'ils emprunteront. Afin d'éviter tout débordement après la fin d'un match, les deux équipes repartent de deux côtés différents. Je me dirige vers celui des Blackhawks et presse le pas. J'arrive dans le couloir en même temps que l'équipe, je lance un petit sourire triste aux premiers que je croise. La plupart se contentent de me regarder puis de détourner les yeux sans rien dire, le visage grave. Tous sauf Frank. Il me toise de toute sa hauteur, encore plus grand sur ses patins, et me lance un regard rendu noir par la colère et la frustration. Je suis déstabilisée un instant, il est si impressionnant. Je regarde son pouls battre à son cou, sa pomme d'Adam déglutir, je vois chaque goutte de sueur sur son front, ses cheveux en bataille après avoir retiré son casque. Pourquoi faut-il qu'il soit si attirant? Il l'est encore plus qu'il y a dix ans, je suis obligée de l'admettre, mais ça ne me ravit pas.

– Alors, satisfaite de ce que tu as vu? Je suis sûr que tu as pris plein de notes, ricane-t-il, hargneux, en fixant le bloc-notes que je serre contre ma poitrine.

J'hallucine! Je m'en veux aussitôt d'avoir ces sentiments contradictoires, de faire attention à beaucoup trop de choses le concernant. Je hausse les épaules et me redresse, hors de question que je me laisse marcher dessus, surtout devant tous les autres. Ils ne nous prêtent pas forcément attention, mais certains nous jettent des regards appuyés avant d'entrer dans les vestiaires.

– De quel droit me parles-tu sur ce ton?

J'avance vers lui, bien décidée à me faire parfaitement comprendre.

– Nous sommes sur notre lieu de travail, je t'interdis de mêler ce qui s'est passé entre nous à ce que nous faisons ici. Ça n'a rien à faire là!

– Rien ne t'obligeait à venir ici, je te signale, si ma présence te dérange. Tu savais pertinemment à quoi tu t'exposais.

– Je m'étais imaginé qu'on aurait pu mettre notre colère de côté et se montrer professionnels.

– Parle pour toi. Tu crois que je ne vois pas comment tu me regardes ?

– Tu n'es qu'un connard arrogant!

Il hausse un sourcil face à mon insulte et sa fossette se dessine alors qu'il sourit. Ce con est content parce qu'il vient de me faire sortir de mes gonds ! Et moi qui suis presque hypnotisée par son visage, son aura… Quelle idiote ! J'ai l'impression qu'il m'a tendu un piège. Quelle image donné-je aux autres ?

– S'il vous plaît !! hurle le coach quelques mètres plus loin, nous sortant de notre joute verbale. On n'attend plus que vous !

Je lance un regard mauvais à Frank et le retiens par le bras.

– Demain, nous aurons notre entretien, que tu le veuilles ou non. Et il va falloir que tu prennes sur toi, je n'ai aucune intention de m'en aller.

Je lui tourne le dos et m'empresse de rejoindre toute l'équipe, tremblant de colère.

3

Frank

Je n'arrive pas à croire qu'on ait perdu contre les Blues, contre ce connard de Carmichael. Il n'a pas attendu longtemps avant de me chercher, premier match de la saison ! Première minute ensemble sur la glace. Quel trou du cul ! Je me demande quelle force surhumaine m'empêche de lui démonter le portrait.

Pam, pam, pam, pam. Le punching-ball prend cher. Poum, poum, poum, poum. J'enchaîne deux crochets du droit, un du gauche et un uppercut. Je suis en nage et je suis furieux ! Pam, poum, pam, pam. Un crochet du droit, un du gauche et deux coups de jambe. La chaîne qui le tient au plafond tinte et je recommence. Toujours en sautillant sur mes pieds, je tourne autour du sac de frappe, retenant l'envie folle de casser quelque chose pour de vrai, pas seulement dans le vent.

– Ça va, Frank ? demande Mark qui s'entraîne au rameur derrière moi.

– Très bien !

– Qui est-ce que tu vois?

– Carmichael.

– Pourquoi je ne suis pas étonné? rit-il.

Nos affrontements remontent à la fac; cela faisait deux ans qu'il jouait pour l'équipe des Spartans quand je suis arrivé. Il avait une très bonne réputation sur la glace, un peu moins en dehors, mais je pensais qu'on aurait pu devenir amis. Je me suis d'ailleurs rapidement entendu avec tous mes autres coéquipiers. Mais avec Kane, c'était différent. Je pense qu'il s'est senti menacé dès le début. Le coach était impressionné par ma glisse, mon jeu, mes performances. Kane a peut-être été moins mis en avant, il a eu du mal à partager le devant de la scène. C'est là qu'est née notre perpétuelle concurrence. Elle a fini par se propager en dehors de la glace, et j'ai eu beaucoup plus de mal à l'accepter.

– Tu devrais peut-être te calmer, non? suggère-t-il. Garde des forces pour tout à l'heure.

Mais je ne l'écoute pas. *Pam, poum, pam, poum.* J'ai chaud, mon palpitant turbine et je laisse sortir toute ma rage. J'enchaîne une série de crochets : droite, gauche, droite, gauche, droite, gauche. Putain! *Bim, bam, bim, bam, boum!* Je me dis qu'en cet instant, une petite séance de krav maga avec Jordan, un de mes meilleurs amis, me ferait le plus grand bien, mais je n'ai que ce sac de frappe. Seulement celui-ci ne me renvoie aucun coup et bordel, c'est frustrant. Je retire un gant et attrape la bouteille d'eau que j'ai posée sur le banc de muscu.

– Tu ne risques pas d'être en retard?

– En retard pour quoi ? feins-je de ne pas comprendre.

– Frank, soupire-t-il en s'installant derrière le sac pour me le tenir.

– Elle peut bien attendre.

– Non ! Elle ne peut pas attendre ! gronde Lexi en entrant.

Tous les regards se tournent vers elle. Bryce et Nicholas ouvrent les yeux en grand, Anatoli et Oleg se marrent un peu plus loin.

– Je ne sais pas à quel jeu tu joues, mais je ne suis pas d'accord. Je suis ici pour une raison et tu vas devoir t'y plier. Ça ne m'amuse pas non plus, si tu veux tout savoir. Si tu as le moindre problème, je te suggère d'aller trouver tes patrons ; en attendant, je te donne quinze minutes pour me rejoindre dans mon bureau.

Je la regarde, stupéfait, me remettre en place devant tous mes coéquipiers et surtout me donner des ordres. Je suis sidéré : je ne lui connaissais absolument pas ce côté autoritaire. Je m'avance vers elle, la jaugeant des centimètres qui nous séparent.

– Vos désirs sont des ordres, madame.

Elle me foudroie du regard, sans doute énervée des mots employés.

– Quinze minutes.

Puis elle tourne les talons et nous laisse.

– Putain ! s'exclame Travis. Qu'est-ce que tu lui as fait ? Un coup d'un soir en colère ?

Il est tellement loin de la vérité… mais je n'ai aucune envie de m'étendre sur le sujet. Je récupère une serviette et les abandonne. Comme Madame avait l'air pressé qu'on fasse ce putain d'entretien, je zappe sciemment la douche et la rejoins dans mon jus. Je suis encore tout transpirant, je ne dois pas sentir spécialement bon, mais ce n'est que Lexi.

Ne voulant pas la contrarier encore plus, je cogne et attends qu'elle me dise d'entrer. Elle lève les yeux et ouvre la bouche. Son regard passe sur moi et je suis sûr de ce que je vois, l'attirance entre nous est palpable, malgré ce qui s'est passé. Je suis persuadé qu'elle le vit aussi mal que moi.

– Tu avais le temps de prendre une douche.

– Sûrement pas, je m'en voudrais de te faire attendre. Autant s'en débarrasser.

– Comme tu veux.

Je la détaille alors qu'elle quitte son bureau. Je ne le fais pas exprès, mes yeux ont leur propre volonté. Pourquoi est-ce qu'il faut qu'elle soit si belle? Elle porte une robe en maille noire à liserés rouges. Des bottines basses noires complètent la tenue. Elle s'installe dans un des fauteuils et désigne l'autre qui lui fait face.

– Installe-toi, je t'en prie.

Pourquoi tant de manières? Je grogne en posant mon cul sur le siège désigné. James a dit qu'il fallait qu'on soit coopératifs, mais putain, ça me démange de tout envoyer balader. Lexi sent bien que j'ai envie d'être partout sauf ici, et je sais qu'elle préférerait s'entretenir avec n'importe qui d'autre que moi. Nous sommes chacun l'épine dans le doigt de l'autre.

Elle récupère des papiers, met ses lunettes rondes. Putain de bordel de merde, qu'est-ce qu'elle est sexy avec ça! Et dire que tous les mecs sont passés dans ce fauteuil avant moi et l'ont vue comme ça. Je suis censé la détester, je la déteste, mais est-ce qu'on peut trouver quelqu'un qu'on déteste extrêmement sexy et attirant? Visiblement, mon corps et ma bite semblent convaincus que oui. Putain, je ne suis pas dans la merde!

– Je suis vraiment désolée pour la défaite d'hier, commence-t-elle en plantant son regard dans le mien.

– Ouais, marmonné-je en croisant les bras.

– Comment te sens-tu par rapport à ça?

– Comment veux-tu que je me sente? m'écrié-je en me redressant. Je suis déçu, en colère, j'aurais aimé faire tellement mieux.

– Tu prends ça très à cœur, commente-t-elle.

– J'ai toujours pris les choses à cœur.

– Mais c'est un travail d'équipe.

– Parfaitement, et je peux te dire qu'on est tous dans le même état.

– Pourtant ce n'est que le premier match, vous allez en avoir quatre-vingt-deux en tout.

– Je sais, mais le premier, c'est important. J'ai parfois l'impression qu'il va donner le ton pour la saison entière. Même si ce n'est pas le cas, affirmé-je en me rasseyant.

Elle me lance un petit sourire et parcourt ses notes. Pourquoi est-ce que j'ai sorti ça, d'abord? Elle possède un truc vaudou qui pousse les autres à se confier sans qu'ils le veuillent ou quoi? Je m'enfonce dans le fauteuil, je ne veux pas qu'elle croie que je suis partant pour cet échange. Et puis pourquoi est-ce qu'elle me parle avec cette voix toute douce ? Après notre échange dans la salle de muscu, ça me perturbe un peu.

Elle arrive à être professionnelle, tout simplement. Je dois bien être capable de faire pareil.

– Comment te qualifierais-tu en tant que joueur ?

– Qu'est-ce que c'est, cette question ? ricané-je.

Bon, on repassera pour le professionnalisme, il ne va pas falloir qu'elle me cherche avec des questions à la con.

– Eh bien, dis-moi ce que tu penses de toi, de ton parcours, de tes résultats, de ton évolution au sein de l'équipe ?

– Mes stats parlent pour moi, et les résultats, tu les connais. Ce n'est pas un peu présomptueux de se décrire comme tu me le demandes ?

– Je ne te demande pas cela pour ça.

– Je ne veux pas répondre à cette question.

– Pourquoi ça ?

Je me renfrogne alors qu'elle me fixe de ses yeux verts perçants. Je ne suis plus le gamin qu'elle a connu, je ne suis plus celui qui est tombé amoureux d'elle et qui aurait tout fait pour elle. Elle ne m'aura pas.

– Bien, cède-t-elle en griffonnant des trucs sur son calepin. Comment te sens-tu dans l'équipe ?

– Très bien.

– Dis-m'en un peu plus, insiste-t-elle.

– On s'entend très bien. On vient d'horizons différents, de pays divers aussi, c'est cool. Les *rookies* sont pris en charge par les plus anciens. Ce n'est pas forcément évident avec le *turn over* au moment du *draft*, mais c'est le jeu, on y est tous habitués. On a un bon coach. Parfois il y a des désaccords, mais c'est normal. Voilà, finis-je en la fixant.

Elle est calme et concentrée face à moi, comme si rien ne s'était jamais passé entre nous. Comment fait-elle? Est-ce que j'avais si peu d'importance pour elle à l'époque? Est-ce que c'est pour ça qu'elle m'a laissé tomber comme une merde, sans un mot ni un regard en arrière? Je ne devrais pas me sentir encore blessé après presque dix ans, mais c'est pourtant le cas, merde! Et ça me rend dingue!

– D'accord. Tout se passe bien en dehors de la glace, dans ta vie privée? reprend-elle sans me regarder.

Je me demande un instant si les autres gars ont eu droit à cette question aussi. Je ne vois pas ce que ça vient foutre dans cet entretien. Qu'est-ce que ça peut lui faire? Qu'est-ce qu'elle cherche à faire, à apprendre? Elle veut m'analyser? Hors de question, putain!

Je tente d'accrocher son regard, mais elle est plongée dans ses notes. Je n'ai aucune envie de m'étendre devant elle, ma vie privée est ma vie privée. Ça ne la regarde pas, bordel! Je n'ai honte de rien. Mais elle est à l'origine de notre séparation, elle aurait pu faire partie de ma vie, alors je n'ai pas du tout envie de lui confier quoi que ce soit, cela ne la regarde pas.

– En quoi c'est important? sifflé-je.

– Cela peut inévitablement interférer avec ton attitude sur la glace. C'est important, dit-elle en me regardant par-dessus ses lunettes.

– J'ai une super baraque, les mêmes amis depuis mon adolescence, je gagne plus que bien ma vie, je fais le sport que j'aime le plus au monde et je suis payé pour ça. Je suis en bonne santé, je baise autant de filles que je veux quand ça me chante, déclaré-je en attirant enfin son attention. Tout va très bien.

Elle n'apprécie pas ce que je viens de dire. Elle a ce petit tic qui lève légèrement le coin de sa bouche et fait tressaillir son œil gauche. Je la connais. Elle fouille dans mon regard pour déterminer si je dis la vérité, mais je l'emmerde. Je n'ai pas à justifier mes actes, ni devant elle ni devant personne. Elle ne répond rien, se contente de noter quelque chose sur ses feuilles, probablement des trucs du genre : je suis un crétin, un connard imbu de sa petite personne, un gros con prétentieux... Et je m'en tape complètement.

Elle se redresse, puis se penche imperceptiblement vers moi et ajuste ses lunettes. La balle retour est sur le point d'arriver.

– Est-ce que tu dirais que tu joues de ta popularité? demande-t-elle sur un ton condescendant.

– Tu sais quoi, Lexi? Va te faire voir. Est-ce que tu poses les mêmes questions aux autres ou c'est seulement à moi? Qu'est-ce que tu fous là, au juste? Il n'y a pas assez d'équipes de sport sur le territoire? Il faut que tu débarques ici, putain! explosé-je.

– Les dirigeants sont venus me chercher, je n'ai pas demandé à être ici, se défend-elle.

– Tu as accepté le job, Lexi, ne viens pas me dire qu'on t'a contrainte et forcée à venir bosser avec nous! la contredis-je. Tu savais pertinemment que je faisais partie de cette équipe. Tu savais que tu me trouverais ici et pourtant tu as dit oui! Pourquoi?!

Elle se relève brusquement. Son regard s'allume d'un feu incandescent. Elle vient d'entrer en mode rousse incendiaire. L'espace d'un instant, j'oublie tout et réalise à quel point elle est sexy. J'aime les femmes fortes, qui osent dire tout fort ce qu'elles pensent, qui n'ont pas peur de s'affirmer. Elle a changé, elle n'était pas comme ça, pas autant, du moins. Comment puis-je passer d'une haine non feinte à un désir presque incontrôlable ? Je deviens timbré !

– N'agis pas comme la victime ! Tout est ta faute !

– Tu te fous de ma gueule ?!

– Tu m'as très bien entendue. Tout est ta faute !

Et pouf, envolé le désir ! Je secoue la tête et avance d'un pas. Je la toise de haut en bas et me penche sur elle. Elle recule légèrement et sa respiration s'accélère. Elle déglutit nerveusement. Je me demande un instant si elle me pense capable d'être violent envers elle. Jamais je ne l'ai été et même si je bous, c'est une ligne que je ne franchirai jamais.

Elle croit pouvoir être la seule à savoir utiliser les mots ? Elle n'a pas à me dire ce que je dois ressentir, et surtout, elle n'a pas à m'accuser.

– Je t'interdis de dire ça. Tu as été lâche et tu m'as laissé tomber comme une merde. Ne viens pas me dire ce que je suis censé ressentir ou pas, tu entends ? dis-je fermement avant de tourner le dos et de quitter la pièce en claquant la porte derrière moi.

Je rejoins à la vitesse de l'éclair les vestiaires pour prendre une douche. Devant mon casier, je donne un grand coup dans la porte. Mes phalanges s'enfoncent dans le métal et y laissent une empreinte indélébile. Bordel de merde ! J'ai la rage ! Comment ose-t-elle m'accuser de la sorte ? Dire que je suis responsable ? C'est sa faute à elle ! Elle me prend vraiment pour un con !

Après une douche express, où j'évite de croiser les gars, je me hâte de m'habiller, je ne supporte plus de rester au même endroit qu'elle. Pourquoi a-t-il fallu qu'elle accepte de venir bosser ici ? Qu'est-ce qu'elle cherche à faire ? Les pneus crissent sur le sol et je laisse une marque de gomme en quittant le centre. Je prie pour ne croiser aucun flic alors que je récupère Lake Shore. Je ne regarde pas le compteur, mais je sais que je suis largement au-dessus de la limite. Tout ce que je veux, c'est rentrer chez moi et tenter de l'oublier. Pourtant, tout ce qui afflue là-haut, ce sont des images du début de notre histoire. Même après dix ans, j'ai encore du mal à comprendre comment on a pu en arriver là.

***

Dix ans plus tôt

Cela fait plusieurs fois que je la croise lors de mon footing matinal. Lexi Hollner, la capitaine de l'équipe féminine de basket des Spartans de MSU. Une jolie rousse aux magnifiques yeux verts, à la peau laiteuse et au superbe visage parsemé de taches de rousseur. Autant dire que je craque. Seulement, elle m'ignore royalement. Elle ne répond pas à mes signes de tête, à mes sourires enjôleurs. Elle doit avoir des problèmes de vue, je ne vois que ça. À moins que je ne sache plus comment m'y prendre.

Pourtant, je n'ai aucun problème niveau relationnel. Je plais aux filles, j'en profite tout en restant respectueux. Jusqu'à maintenant, aucune ne s'est plainte. Je pourrais laisser tomber, mais quelque chose m'attire chez elle et bon sang, quand je ferme les yeux, il m'arrive de voir son visage et son air concentré avec sa queue de cheval qui se balance derrière elle quand elle court, ou encore son sourire quand elle est au self avec ses amis. Elle évolue avec les basketteurs, évidemment. Ce n'est pas que nous ne nous entendons pas, nous faisons partie de la même famille des Spartans, mais on ne traîne pas forcément ensemble. Il y a peut-être quelque chose à exploiter de ce côté-là.

À proximité du Computer Center, je ralentis le pas. Nick, un des hockeyeurs, est à trois mètres devant moi et il est en train de draguer Lexi. Rien ne m'oblige à intervenir, je n'ai aucun droit sur elle. Connaissant Nick comme je le connais, il est sûrement à son maximum : lourd, insistant et emmerdant. Si je suis respectueux envers la gent féminine, ce n'est pas son cas.

Lexi a les joues toutes rouges. On pourrait croire que c'est à cause du jogging, mais si j'en juge par ses ongles qu'elle triture nerveusement et ses pieds qu'elle admire, on devine aisément que c'est à cause de Nick. Elle est mal à l'aise. Il ne m'en faut pas plus pour me décider à intervenir.

– On peut savoir pourquoi tu dragues ma copine? grogné-je en arrivant près d'eux.

Je passe un bras autour des épaules de Lexi. Je suis trop occupé à regarder le visage de Nick se décomposer pour voir comment Lexi réagit. Un problème à la fois.

Nick recule d'un pas et secoue la tête, l'air vraiment désolé.

Je ne me doutais pas que je lui faisais aussi peur.

– Je savais pas que vous étiez ensemble. Tu penses bien que sinon…

– Ouais, c'est bon pour cette fois.

Il s'en va et je me détache enfin de Lexi. Si elle semblait intimidée par Nick, ce n'est pas la même chose avec moi, elle me fusille du regard.

– Je peux savoir pourquoi tu as fait ça ?

– Tu semblais mal à l'aise, alors je me suis dit que…

– Que quoi? Que j'avais besoin d'aide? Ce n'était pas le cas.

– Oh d'accord, donc tu étais sous le charme de Nick et c'est pour ça que tu regardais tes pieds.

Elle fronce les sourcils et croise les bras tout en soupirant.

– Je n'ai pas dit ça, mais j'aurais pu me débarrasser de lui toute seule.

– Sans doute, mais quand Nick a une idée derrière la tête, il peut se montrer assez persuasif.

– Tu sais sans doute de quoi tu parles, n'est-ce pas?

Je hausse un sourcil et ne peux m'empêcher de sourire. Ses yeux descendent sur ma fossette et je souris un peu plus.

– Désolé, je ne voulais pas abuser. Je pensais réellement bien faire. Tu sais comment est Nick.

– Oui, justement, je le sais.

– D'accord. Tu es une grande fille qui n'a pas besoin d'un preux chevalier. Qu'est-ce que je peux faire pour me faire pardonner?

– Rien.

Elle me passe devant pour reprendre sa course. Bon, eh bien, on peut faire mieux comme première discussion. Je décide de saisir l'occasion, et en deux pas, je la rejoins.

– Qu'est-ce que tu fais? murmure-t-elle en me lançant un regard en coin.

– Je peux me joindre à toi?

– Pourquoi tu voudrais faire ça?

– Pour faire connaissance avec toi. On est arrivés tous les deux l'année dernière, on fait tous les deux partie d'une équipe des Spartans, je suis sûr qu'on a d'autres points communs et qu'on pourrait bien s'entendre.

Elle n'ajoute rien mais elle ne m'envoie pas paître pour autant. Alors tranquillement, on continue notre footing, sans savoir que cette matinée deviendra la première d'une longue série.

4

Lexi

Petit à petit, je prends mes marques, entre les rencontres à domicile et à l'extérieur, le rythme de vie soutenu, les trajets en avion qui prennent du temps et fatiguent, les séances avec les sportifs, leur coopération pas toujours évidente. Je me sens même de mieux en mieux intégrée. Je ne dis pas que tout est gagné, mais je ne suis plus vraiment considérée comme une étrangère venue foutre la merde. Celui, finalement, avec lequel j'ai le plus de mal est Frank, sans grande surprise. Mais malgré tout, je tiens bon, je dois me montrer forte et professionnelle. Il n'a pas cherché à revenir sur la dernière fois. Il doit sans doute considérer qu'il a dit ce qu'il pensait et que le sujet est clos, mais je sais qu'un jour ou l'autre, on sera obligés de remettre ça sur le tapis. Cela me met en colère de voir qu'il me colle tout sur le dos alors qu'il en est le responsable. Je pourrais rétablir la vérité, mais je ne suis pas prête à partager cette blessure avec lui, pas après qu'il est parti comme il l'a fait, pas après qu'il m'a abandonnée. On pourrait croire que dix ans, c'est largement suffisant pour guérir, mais cela ne l'est pas tant que ça.

J'ai profité de quelques jours de repos après le dernier match, qui s'est malheureusement soldé par une défaite. Je suis allée rendre visite à mes parents. Ils habitent Muskegon dans le Michigan, de l'autre côté du lac Michigan. Cela m'a fait le plus grand bien, je me suis sentie comme ressourcée. Je voulais pousser jusqu'à Detroit pour voir mes frères, Eric et Shane, mais je n'ai pas eu le temps. Les joueurs ont continué les entraînements sur la glace et la préparation physique avec de la musculation, mais moi, j'étais bien contente de souffler un peu et de sortir de cette ambiance gonflée à la testostérone. Le moral est un peu remonté depuis le premier jour de la reprise. L'équipe comptabilise trois victoires pour quatre défaites, mais les esprits sont bons.

Il y a deux semaines, je me suis longuement entretenue avec Nathan et Oleg. Ils se sont tous les deux battus lors du même match contre les Predators de Nashville. Cette rencontre était d'une grande intensité et elle s'est soldée par une défaite des Blackhawks, alors autant dire que ces premiers entretiens étaient un peu laborieux. Je préfère intervenir à chaud, parce que les réactions sont bien plus spontanées, donc plus sincères. Avec Nathan, cela s'est très bien passé. En tant que capitaine, il se doit de montrer l'exemple. Il faudra un peu plus de temps à Oleg avant qu'il se sente à l'aise.

Nous sommes dans le bus qui nous conduit à notre hôtel, pas très loin du Prudential Arena où doit avoir lieu le match de demain soir. On est arrivés il y a une heure à Newark ; les Blackhawks doivent y rencontrer les Devils du New Jersey. Une certaine agitation règne dans le car. Je suis installée à l'avant avec quelques membres du staff, les joueurs sont dans le fond. Je discute énormément avec Stuart, l'un des chiropracteurs. J'échange avec lui sur son travail au sein de l'équipe, ses différentes expériences, et inversement : il s'intéresse à mon travail lorsque j'étais à Detroit. Ayant un frère dans l'armée, il se sent forcément concerné. Je tourne la tête vers les gars qui, après un bon moment de calme, semblent soudainement agités par quelque chose. Un brouhaha s'élève et Neil est en train de faire passer son téléphone. Quand il s'arrête dans les mains de Frank, celui-ci fronce les sourcils et grogne de mécontentement. Je me demande bien de quoi il s'agit. Il rend brusquement l'appareil à son coéquipier, s'ensuit une discussion mouvementée dont je ne saisis pas le sujet.

Le capharnaüm prend fin à notre arrivée. Tout le groupe descend, puis s'affaire à récupérer ses bagages. J'essaie de ne pas voyager trop chargée. Bryan attrape ma petite valise et me la tend en souriant gentiment.

– Merci.

– De rien.

L'hôtel Hilton Newark Penn Station est vraiment magnifique. De la moquette au sol, de nombreux tableaux abstraits aux murs et des couleurs chaleureuses. Dispersés dans le hall, des coins détente avec fauteuils qui ont l'air extrêmement confortables. En avançant vers la réception, je me dis que j'ai vraiment de la chance. Je n'avais pas tout à fait réalisé qu'en acceptant ce travail, je serais amenée à voyager autant, à découvrir de nouvelles métropoles et à loger dans des endroits si luxueux. Est-ce que je vais m'y habituer? Je ne sais pas. Y prendre goût? Sans aucun doute.

Un des managers récupère les clés et fait la distribution. Je me sens parfois un peu à l'écart, étant la seule femme du voyage. Mais heureusement, le temps fait que j'ai réussi à me créer une place au sein de l'équipe et ce sentiment a tendance à s'amenuiser.

Un petit groupe de personnes, à quelques mètres de nous, est en train de mitrailler les joueurs. Certains acceptent de prendre la pause pour des selfies et de donner des autographes. J'observe la scène, amusée et rassurée de voir qu'ils n'ont pas la grosse tête et prennent plaisir à interagir avec leurs fans.

– Jamais vous ne vous en lassez? demandé-je à Sebastian à mes côtés.

– Jamais. Je dirais que c'est ce qu'on préfère, après être sur la glace. Tous autant qu'on est, on adore ça. Et puis, si notre notoriété peut aider et donner du bonheur aux gens, pourquoi se priver? La plupart d'entre nous participent à des projets caritatifs, notamment en partenariat avec des écoles ou des fondations que nous avons nous-mêmes créées.

– Vraiment? Personne ne m'en a parlé.

– Il faut poser les bonnes questions, sourit-il avec un clin d'œil.

– Effectivement.

Je pense surtout que la plupart ne veulent pas s'étendre

sur ce sujet, peut-être pour garder une certaine humilité. Tout ce que je peux dire c'est qu'en découvrant des choses comme ça, je fonds un peu plus pour cette équipe.

– Lexi, m'interpelle Bryan alors que je m'en vais pour rejoindre l'ascenseur.

– Oui?

– Euh… commence-t-il en se frottant l'arrière du crâne, on… on va sans doute aller boire un verre avant de dîner, est-ce que tu veux te joindre à nous?

Je suis surprise. C'est déjà notre troisième match en extérieur mais c'est la première fois qu'ils me proposent de me joindre à eux.

– Oh, eh bien…

Je me demande un instant s'il s'agit d'une initiative collective ou de sa part seulement.

– On en a discuté avec les gars et, enfin… On se dit que, pour faire partie intégrante de l'équipe, tu dois venir avec nous.

– Vraiment? Tous les gars?

– Je t'assure. Je sais qu'on n'était pas franchement fans au tout début, mais ça va beaucoup mieux maintenant.

Je jette un œil à la troupe qui n'a pas encore rejoint sa chambre pour m'en assurer. Effectivement, tout ce que je vois, ce sont des regards encourageants. Bien entendu, le seul peu avenant est celui de Frank. Il pense sûrement me dissuader d'accepter, mais cela a plutôt l'effet inverse.

– Oui, je sais, le rassuré-je d'un sourire. C'est avec plaisir.

– Génial. Dans trente minutes, ça te va?

– C'est parfait.

Je rejoins ma chambre et prends le temps de me doucher. J'hésite un instant devant les quelques vêtements choisis. Je n'ai pas pensé un seul instant que je serais amenée à sortir. Je n'ai pas pour intention de séduire qui que ce soit, mais j'ai quand même envie d'être jolie. Est-ce que c'est mal ?

Pourquoi est-ce que tu ressens cette envie à peine perceptible d'être belle devant Frank ?

Il s'en fiche sûrement. Il peut avoir toutes les femmes qu'il désire, il me l'a dit. Rah ! Je m'énerve !

J'opte pour un jean slim et une chemise en soie violine. Simple mais féminin. Parfait.

Je rejoins le bar de l'hôtel, le cœur battant à cent à l'heure. Une vingtaine de paires d'yeux se posent sur moi alors que j'avance vers eux. Ils ont tous déjà un verre à la main, alors je les salue en leur adressant un sourire et vais passer commande au bar. Une masse imposante et agréablement parfumée se matérialise à mes côtés. Pas la peine de le regarder, je sais qu'il s'agit de Frank, certaines choses ne s'oublient pas et son odeur en fait partie. De même que son magnétisme : mon corps y est toujours réceptif, il va finir par me trahir. Je me tourne tout de même vers lui pour savoir ce qu'il me veut. Il m'observe les yeux plissés, une lueur de colère vibre dans son regard. Il prend une profonde inspiration, se tourne vers ses coéquipiers avant de revenir à moi.

– Qu'est-ce qu'il y a ? Non ! Ne dis rien ! Je ne veux pas savoir, tu ne gâcheras pas ce moment. Je n'ai pas besoin de ton consentement ou de ta permission pour être ici, d'accord ? Que ça te plaise ou non, je vais passer la soirée avec vous. Tu es le seul à t'y opposer.

– Tu y prends du plaisir ? Hein ?

– Tu dis n'importe quoi.

– Tu as bien changé.

– Et toi, tu es redevenu celui d'avant. Peut-être celui que tu as toujours été ? Qu'est-ce que j'en sais ?

Je l'abandonne pour rejoindre les autres. Je m'installe entre Bryan et Nicholas. De manière un peu bourrue, Frank prend place à l'opposé, aux côtés de Mark et Sven.

– Eh bien, FBI ! Pourquoi tu fais la gueule ? C'est l'air de l'Atlantique qui te fait cet effet-là ?

Il me fixe du regard mais ne répond rien. Je ne suis pas sûre que ce soit nécessaire, il faudrait être aveugle pour ne pas se rendre compte qu'il y a une certaine tension entre lui et moi.

– Alors, Lexi, dis-nous tout. Tu viens d'où ? Depuis combien de temps es-tu à Chicago ? m'interroge Nicholas.

– Je suis originaire de Muskegon et je suis arrivée à Chicago l'année dernière.

– Pourquoi avoir quitté Detroit ?

– Mon contrat se terminait et je pensais me lancer dans l'ouverture de mon cabinet. Puis ma meilleure amie a obtenu une bourse de recherche à Chicago, alors j'ai décidé de la suivre. Ici ou là-bas, ça revenait au même.

– Mais comment tu as fini chez nous, du coup ? demande Bryan.

– Un concours de circonstances, je dirais. J'ai soigné le fils de Steve Hassen, le vice-président du service marketing, au centre où je travaillais.

– Ah ! D'accord.

– Et ça va, tu te plais à Chicago?

– Énormément. Je ne suis pas vraiment dépaysée, mais je trouve que c'est une ville magnifique.

Nicholas me parle de Madison dans le Wisconsin, où il est né, et j'interroge Bryan sur la vie qu'il a eue sur l'île de Hilton-Head. Keith se mêle à la conversation et me parle du Canada. Je n'y suis jamais allée, mais cela me plairait bien.

Après notre verre, nous rejoignons la grande salle réservée pour le dîner de l'équipe. Le régime alimentaire des joueurs est particulièrement surveillé et les repas sont mis au point par la nutritionniste. J'ai cru comprendre qu'elle se joignait parfois aux déplacements, mais ça n'est pas encore arrivé depuis le début de la saison. J'apprécie de pouvoir profiter de son programme. Je n'ai pas de problème de poids ou de carence, cependant c'est toujours bon à prendre.

À table, je garde mes voisins de tout à l'heure. Keith ne fait pas partie des joueurs que j'ai choisi de suivre, mais il m'a surprise la semaine dernière en demandant à me parler. Il vit une période difficile. En plein divorce avec sa femme, il avait besoin d'une oreille attentive.

– Comment tu te sens? lui demandé-je discrètement.

– Ça va. C'est dur, mais je suis bien entouré, sourit-il en regardant ses coéquipiers. Je te remercie.

– Ne me remercie pas, c'est normal.

– Tu veux voir une photo de mon fils?

– Avec plaisir.

– C'était son anniversaire il y a quelques jours. 3 ans.

Il me tend son téléphone et je regarde, attendrie, le cliché d'un mini-Keith en train de souffler ses bougies.

– Il est adorable. Il tient le coup ?

– Oui. Enfin... je pense qu'il est trop petit pour se rendre compte des choses, mais avec sa mère, on veut faire ça intelligemment, alors pas de scandale.

– C'est bien. Vous êtes des parents responsables.

– On essaie.

Notre conversation est interrompue par des voix qui montent en bout de table. Frank est en train de parler avec Mark. Puis il se lève brusquement et quitte la table.

– Frank ! Reste, bon sang !

Mais ses supplications resteront sans réponse.

– Qu'est-ce qui lui prend ? s'étonne Bryan.

– Il fait souvent ça ? demandé-je.

– Non. En fait, il a changé depuis quelque temps.

Keith hausse un sourcil en me regardant bizarrement. Je dois sûrement conclure que cela coïncide avec mon arrivée, mais je n'ai pas l'intention de m'étendre sur le sujet.

En prenant la direction de ma chambre, je me dis que j'ai passé une excellente soirée. J'apprécie réellement d'apprendre à connaître tous les joueurs d'une manière un peu plus personnelle. Je me rends compte qu'ils sont tous vraiment adorables, même les plus récalcitrants du début, comme Oleg.

Le fil de mes pensées est arrêté par Frank qui est en train de faire le pied de grue devant ma porte de chambre.

– Qu'est-ce que tu fais là ?

– J'aimerais te dire deux mots.

– À cette heure-ci ? Sûrement pas. On parlera lors de notre prochaine séance.

– Je croyais que je n'étais pas sur ta liste !

– Je viens de changer d'avis.

– Je peux savoir combien de temps ça va durer ce cirque ? Ça n'est pas suffisant que tu emménages dans MA VILLE, que tu débarques dans MON ÉQUIPE, que tu t'immisces dans MA VIE, il faut aussi que tu fasses du charme à MES COÉQUIPIERS !

– Je leur fais du charme ? Mais tu délires complètement ! Je crée des liens avec des personnes que j'apprécie et qui m'apprécient en retour. Ils se sont trompés sur mes intentions au départ, ils se rendent compte que je peux les aider. Ce qui n'est visiblement pas ton cas. Arrête deux secondes de jouer les martyrs, tu veux ? Cela ne te mènera nulle part. Cette situation, fais-je en désignant l'espace entre nous deux, c'est toi qui en es le responsable. Si cela ne te convient pas, tu peux partir. C'est un peu ta spécialité après tout.

Je m'empresse d'ouvrir la porte de ma chambre et la lui claque au nez.

5

Frank

J'entre dans la chambre que je partage avec Mark et le trouve en train de bouquiner.

– Je suis désolé de m'être emporté tout à l'heure.

– C'est rien. On a tous nos petits moments.

– Ouais.

– Mais je trouve qu'en ce moment, ça t'arrive assez souvent. Tu es sûr que ça va ? Qu'est-ce qui se passe exactement entre Lexi et toi ?

– Rien, marmonné-je, absolument rien.

– Qu'est-ce qui s'est passé, alors ? redemande-t-il.

Je grogne en retirant mes godasses et mon tee-shirt. Je me doutais bien que cela sortirait à un moment donné. Je suis sûr qu'ils se sont tous demandé pourquoi je réagissais de cette manière, mais personne ne m'avait encore questionné. Forcément, après la scène de ce soir, la curiosité est montée d'un cran. Je pensais pouvoir profiter de la soirée moi aussi, mais quand j'ai vu Keith montrer des photos à Lexi, je ne sais pas pourquoi, cela a fait grimper ma colère. Je ne veux pas qu'ils l'aiment, pas après ce qu'elle m'a fait. Ils n'ont pas le droit.

Mark est celui avec qui je m'entends le mieux dans l'équipe, alors je n'ai aucun mal à me confier à lui. J'ignore pourquoi je ne l'ai pas fait plus tôt, ça m'aurait sans doute soulagé, mais je ne voulais pas l'emmerder avec ça. Peut-être que j'attendais que ça vienne de lui.

– On était à la fac ensemble. On est sortis ensemble durant la deuxième année, pendant presque un an. Je… Elle était là quand j'ai été pris au repêchage chez les Blackhawks. On était heureux. Certes, je devais partir à Chicago et elle était à Lansing pour les études, mais je… Ça aurait pu marcher.

– Qu'est-ce qui n'a pas fonctionné alors? demande-t-il.

Je retire mon jean et enfile un tee-shirt pour la nuit. Je me frotte violemment la tête et passe une main sur mon visage pour faire fuir les souvenirs qui remontent à la surface, sans succès.

Pourquoi est-ce que ça fait si mal au bout de tant de temps? Ce n'est pas comme si j'avais mis ma vie entre parenthèses depuis elle! Je me suis amusé, j'ai eu quelques relations un peu plus sérieuses. Bon, rien qui n'ait excédé plusieurs mois, peut-être que ça veut tout dire en fait. Je suis pathétique!

– Je savais que ça n'allait pas être facile, la distance, cette nouvelle vie qui commençait pour moi, mais on était sur la même longueur d'onde. Après la folie du repêchage, on est rentrés à Lansing.

Les images de la nuit de rêve qu'on a passée affluent à

une vitesse incroyable sous mes yeux. Comment puis-je me souvenir de ça de manière si précise? Sa joie, son excitation, sa fierté aussi. Bordel!! Elle avait acheté des sous-vêtements à l'effigie des Blackhawks et les avait fait personnaliser en faisant floquer mon nom. Si ce n'était pas une preuve d'amour, qu'est-ce que c'était?

– Frank?

– Ouais, pardon. Une énorme fête était donnée en mon honneur à la fac et puis, de toute façon, Lexi devait y retourner. J'étais dans un état second, les potes étaient tous là, tellement heureux pour moi. À part Carmichael, les autres membres ne jouaient que par pur plaisir, ils ne souhaitaient pas intégrer les pros. Alors, en me voyant réaliser mon rêve, ils étaient tous fous de joie pour moi. Je me suis peut-être un peu beaucoup lâché, mais je me contrôlais. À partir de là, c'est parti en sucette. Lexi a commencé à me prendre la tête parce que j'avais trop bu, que je laissais Caitlin, une fille avec qui j'avais couché auparavant, trop m'approcher. Elle a paniqué et elle s'est mise à m'accuser. Elle m'a dit que j'étais comme tous les autres, que cela lui donnait déjà un aperçu de comment ça serait pour moi ensuite, les soirées, les beuveries, les filles faciles. Je n'ai pas compris, je ne comprends toujours pas d'où c'est sorti. Peut-être qu'elle avait bu aussi, peut-être qu'on lui a dit certaines choses, qu'on l'a mise en garde. J'en sais rien.

– Elle a sans doute eu peur.

– Ouais, sûrement, mais pourquoi subitement? Je veux dire, elle me connaissait, quand même! J'ai bataillé pour sortir avec elle, si tu savais. Elle était tellement timide, constamment sur la réserve. Et puis elle a fini par voir qui j'étais vraiment et c'était... incroyable. Je n'avais jamais vécu ça. Du coup, je n'ai pas saisi tous ses reproches. On en avait parlé, je l'avais rassurée, mais pas assez apparemment. Alors j'ai pété un câble. Sous le coup de l'alcool, je n'ai pas supporté qu'elle m'accuse de la sorte, devant tout le monde en plus. Elle a été jusqu'à me dire que je ressentirais la même chose si elle se mettait à flirter avec Carmichael.

– Merde ! J'imagine ta réaction.

– Je suis parti en furie en la laissant sur place. J'en avais marre. Je me suis dit qu'après une nuit passée chacun de son côté, on pourrait discuter au calme et remettre les choses à plat. Peut-être qu'elle n'était plus sûre de nous, peut-être qu'elle avait besoin d'entendre certaines choses.

– Mais ça ne s'est pas passé comme ça, n'est-ce pas ?

– Non, pas vraiment, ricané-je amèrement. Le lendemain, je me suis réveillé avec une gueule de bois phénoménale, mais je ne pensais qu'à Lexi. Il fallait que je répare ce qui était cassé, mais avant que je ne puisse la retrouver, mes potes m'ont attrapé et ils m'ont raconté ce qui s'était passé après mon départ.

Je quitte le regard de Mark alors qu'il est suspendu à mes lèvres. Putain ! J'ai l'impression d'être dans une de ces foutues séries de télé-réalité. Ça craint !

– Plusieurs personnes l'ont vue monter à l'étage avec Kane, et quand il en est ressorti, il n'y avait aucun doute sur ce qu'il s'était passé dans cette chambre.

– Elle t'a trompé avec Carmichael ?! s'exclame-t-il. Putain de merde ! Je suis vraiment désolé, Frank. Pourquoi est-ce que tu ne m'as jamais parlé de ça ? Ça explique tellement plus de choses entre toi et ce connard.

– Ce n'est pas tellement un sujet sur lequel j'aime m'étendre, et puis j'évitais autant que possible de penser à elle et à lui. D'ailleurs, ça reste entre nous, OK ? Pas besoin d'ébruiter la chose.

– Bien sûr, tu peux me faire confiance. Je comprends ton attitude, mais pourquoi est-ce qu'elle est si froide avec toi ?

– Parce qu'elle pense que tout est ma faute.

– Comme si tu l'avais poussée dans les bras de l'autre salaud ?

– Je n'en sais rien.

– Tu en as parlé avec elle ?

– J'ai tenté lors de notre premier entretien, enfin, je lui ai hurlé dessus. Mais selon elle, c'est à cause de moi. Putain, cette prise de tête avec une nana, c'est tellement…

Mark fronce les sourcils et je m'écrase sur le lit en une grosse masse inerte. Les femmes, putain !

– Il faudrait peut-être que vous mettiez les choses à plat. Cette tension entre vous, tout le monde la ressent. Je ne suis pas sûr que ce soit fini pour elle non plus.

– Ouais, ouais…

Mark comprend que la conversation est terminée. Bordel de merde, j'enrage. Je passe encore pour le méchant de l'histoire et je déteste ça.

***

Lexi hoche la tête plusieurs fois de suite, puis fixe ma bouche avec envie. J'aimerais qu'elle fasse le premier pas, parce que je ne veux pas qu'elle se sente forcée. Si c'est elle qui se lance, eh bien, je... Mes pensées sont stoppées par ses lèvres qui se posent doucement sur les miennes. Bordel de merde, depuis le temps que je rêve de ce moment ! C'est trop bon. Ses mains sont à plat sur mon torse et son corps penché en avant sur le mien. Ses lèvres bougent doucement sur les miennes. Je la respire et pose une main sur sa nuque, l'autre dans son dos pour la plaquer complètement sur moi. Ses mains quittent mon torse pour se nouer derrière mon cou. Je la tiens fermement, aucune chance que je la laisse s'échapper maintenant.

Nos baisers sont chastes tout d'abord, je prends le temps pour qu'on s'apprivoise, puis doucement, je viens lécher ses lèvres en attendant qu'elle se sente prête et s'ouvre à moi. Quand elle le fait, la sensation est incroyable. La douceur et le goût de sa langue. Putain, je deviens fou. C'est le meilleur premier baiser que j'aie jamais eu. J'ai envie de sourire et de hurler au monde entier la joie intense qui s'empare de moi.

Je glisse pour m'allonger et l'entraîne avec moi. Je me positionne sur le côté sans la lâcher. Je passe une jambe au-dessus des siennes. J'ai besoin de la sentir au maximum. J'ai du mal à refréner mon désir, mais elle est tout ce qui compte. Nos baisers sont de plus en plus impatients, sa respiration s'accélère en réponse à la mienne. Ses mains se frayent un chemin sous mon tee-shirt et je frissonne de plaisir. Je quitte un instant ses lèvres pour la douceur de son cou. Moi aussi, j'aimerais la toucher ailleurs, mais je dois me fixer une limite à ne pas franchir, sinon je ne serai pas capable de m'arrêter. Je reviens rapidement à ses lèvres parce qu'elles me manquent. Mon érection ne cesse de grossir. Je ne me rappelle même plus la dernière fois que j'ai baisé. Je sais bien qu'il est hors de question que je lui fasse l'amour ici, mais je suis un homme, elle m'attire énormément, alors je n'ai aucun moyen de camoufler mon désir, seule une bonne douche froide pourrait en venir à bout. Quoique. Elle ne peut pas ne pas la sentir, mais elle ne dit rien, elle n'est pas gênée. Elle ne réagit pas non plus comme les filles avec qui j'ai déjà couché, qui se frottaient dessus pour augmenter leur désir. Décidément Lexi n'a rien à voir, elle est Lexi tout simplement et je…

– Debout, feignasse !

Putain, qu'est-ce que… ?

Je me redresse vivement alors qu'un coussin s'abat sur ma tête. Je fusille du regard Mark qui se marre au-dessus de moi.

– Tu te crois drôle ?

– Eh bien, je vois que tu es d'aussi bonne humeur qu'hier soir.

– Tu y mets tellement du tien, faut dire.

– Allez, c'est pour ça que tu m'aimes. On va être en retard pour le petit déj'.

Je le regarde de la tête aux pieds, il est déjà prêt.

– Ouais, tu me donnes deux minutes ?

– Ça marche.

Il me lance un petit sourire entendu avant d'éclater de rire. Mon regard descend et je me rends compte qu'une bosse déforme les draps. Ouais, bon, ça va ! La trique du matin, tous les hommes sont concernés. Sauf qu'en ce qui me concerne, une certaine rousse en est responsable et bordel, ça me fait chier !

En arrivant dans la salle à manger, je me rends compte que je suis le dernier. Toutes les têtes se tournent vers moi et m'observent. J'ignore tous les regards et vais direct au buffet. J'empile de quoi remplir mon estomac qui gargouille et rejoins Mark.

– Ça va ? Tu as soulagé la tension ?

– Tu comptes me faire chier avec ça toute la journée ?

– C'est tellement tentant, merci.

Je grogne pour toute réponse alors qu'il se marre avec Sven. La bouche pleine, je remarque seulement maintenant que Lexi est déjà à table, plus loin, toujours en compagnie de Bryan, Nicholas et Keith. Je lève les yeux au ciel et secoue la tête. La journée commence bien.

***

Après l'entraînement du matin, on a toujours un gros débriefing. On regarde la vidéo de notre dernier match et celui des Devils qu'on affronte ce soir. On fait le point sur les joueurs prévus à l'alignement, on parle de leurs points forts, de leurs faiblesses et on revoit ce qu'a planifié le coach. Après le déjeuner, on bénéficie de deux, trois heures de repos avant les échauffements et la préparation.

Je suis un peu à la bourre parce que j'étais au téléphone avec Leah, ma sœur. Elle n'avait rien de très important à me dire, si ce n'est me souhaiter bonne chance pour ce soir. Quand j'arrive dans les vestiaires, je m'attends donc à être chambré. Et ça ne loupe pas, Mark en première ligne.

– Eh bien, Frank ! On a toujours un petit problème ?

– Arrête avec ça, putain ! grogné-je en posant mon cul sur le banc.

– Tu devrais peut-être songer à t'en occuper, ça te détendrait, dit-il sérieux.

– Faut que tu tires un coup mon vieux, renchérit Daniel. Trop de pression.

– Je n'ai pas besoin de conseils sur ma vie sexuelle.

Je me déshabille et enfile ma tenue réglementaire : plastron, coudières, jambières et culotte avec protection. Par-dessus, je revêts de hautes chaussettes, un short et un maillot à l'effigie de notre équipe. À l'extérieur comme ce soir, notre tenue est blanche mais à Chicago, elle est rouge. Ensuite, je mets mes patins et mes gants. Ainsi habillé, je me sens presque invincible.

L'excitation commence à monter, les mecs roulent légèrement des mécaniques, voulant se donner confiance. Ils parlent de notre dernier match qui s'est soldé par un échec ; une petite victoire ne ferait pas de mal.

– Putain, soupire Bryan à côté de moi.

– Qu'est-ce qu'il y a ?

– Tu penses quoi de Zijac ?

C'est un joueur des Devils, un Canadien, il occupe le même poste que moi.

– Il est bon, très bon.

– Ouais, il a marqué les deux derniers buts de leur match contre les Coyotes et il a mené son équipe à la victoire.

– Tu es tout aussi bon, Bryan. Ne t'en fais pas.

– C'est gentil.

Il lève les yeux vers l'entrée des vestiaires. Lexi est en train de discuter avec coach T.

– J'ai un bon pressentiment.

Je me tourne vers lui, de quoi parle-t-il?

– Pour ce soir, précise-t-il. Pour l'équipe, mais aussi pour toi. J'ai la sensation que tu en aurais bien besoin.

– Je vais bien.

– Si tu le dis, rit-il en se levant. Mais ça remonterait ton moral une petite victoire, un petit but et pourquoi pas, être élu étoile du match ? Tu l'as déjà été deux fois depuis la reprise.

Je médite ses paroles. Il est évident que cela ferait du bien, mais le plus important est de gagner.

Coach T entre dans la pièce et tape dans ses mains.

– Allez, les mecs! C'est l'heure. Rappelez-vous ce qu'on a vu, les enchaînements, les alignements, on reste concentré, on fait un jeu propre et tout ira bien.

L'équipe lance un cri d'encouragement et, un à un, on s'avance dans le couloir. On récupère notre casque et notre crosse. À partir du moment où je l'enfile et où je mets mon protège-dents, je me coupe du reste. Plus rien ne compte à part le match à venir, la glace, mon sport. Mon cœur accélère la cadence à mesure qu'on progresse dans le couloir. On entend de plus en plus distinctement les bruits de la salle, la musique, le brouhaha du public. Cette effervescence m'électrise, j'y puise toute l'énergie et la force nécessaire pour le spectacle qui va suivre. C'est tout ce pour quoi je suis né, le hockey est toute ma vie.

6

Frank

Je sors de mon match contre les Kings de Los Angeles. Une belle victoire, trois à zéro, où j'ai marqué, d'ailleurs. Comme à chaque fois, j'exulte de bonheur en quittant la glace pour rejoindre les collègues dans les vestiaires. L'euphorie a toujours du mal à descendre dans les cas comme ça. Le coach sait qu'il doit attendre pour nous parler. On crie, on hurle, on se prend dans les bras, on hurle à nouveau. On célèbre avec un peu plus de vigueur les buteurs – ce soir Nathan, Anatoli et moi-même. Et on acclame aussi John, notre gardien, qui a réussi un blanchissage.

Nos vestiaires ne ressemblent pas à ceux qu'on trouve dans les salles de muscu ou les piscines. Ici, l'espace est dégagé, les bancs forment un U et chacun a son emplacement, avec portemanteau et casier où mettre ses affaires. Avant chaque match à domicile, les membres du staff nous distribuent notre équipement. Dans une pièce annexe, on a des casiers fermés à clé pour les biens personnels un peu plus sensibles. Même si on se fait tous confiance, nous ne sommes pas à l'abri d'une intrusion.

Une fois la folie légèrement redescendue, le coach nous fait son petit discours ultramotivant. Cela nous fait deux matchs remportés à la suite, cinq victoires à présent pour quatre défaites. L'équipe est remontée à bloc, ça motive. Personnellement, j'en suis à mon sixième but et j'ai déjà été élu trois fois étoile du match : Bryan avait eu du nez avant notre rencontre contre les Devils. Je gère. Le hockey, c'est toute ma vie, je suis fait pour ça.

Le truc que je gère moins bien, c'est Lexi. Je n'y arrive pas. Je l'observe alors qu'elle se tient en retrait. Je dois avouer qu'elle m'impressionne, elle ne s'en sort pas trop mal finalement, dans cet univers hypermasculin. Elle a mis l'ensemble de l'équipe dans sa poche. Mais ça ne marche toujours pas sur moi.

Après une douche, je me presse car je suis en retard pour rejoindre Jordan et Graham. On doit se retrouver pour aller boire un verre.

– Frank ! m'interpelle Lexi au détour d'un couloir.

Je prends une profonde inspiration. Il ne manque plus que ça. Je pivote sur mes talons et la toise, le regard dur.

– Je voulais te rappeler la date de notre prochain entretien.

– Déjà ? Qu'est-ce que j'ai fait ?

– Je te l'ai déjà dit à Newark, et puis tu as eu plusieurs accrochages avec le numéro 34 tout à l'heure.

– Tu plaisantes ? C'était rien du tout ! Je pensais que tu intervenais sur les combats.

– Non, c'est un ensemble. On doit travailler pour vous éviter d'en venir aux mains.

– Je n'ai pas besoin de toi pour me contrôler.

– Tu n'as pas le choix. D'autant que dans quelques jours, vous rencontrez de nouveau les Blues, il serait peut-être bien de…

– Tu n'as qu'à m'envoyer un texto pour me dire le jour et l'heure.

– Je n'en ferai rien. Mardi, après l'entraînement, avant le match contre les Flames.

– Et pourquoi pas demain ?

– Vous êtes en repos demain, mais ça ne me dérange pas, si cela t'arrange.

Pourquoi est-ce que j'ai cru l'avoir ? Quel con !

– Mardi, ça ira.

Je n'ajoute rien, passablement agacé, et quitte enfin le centre. J'imagine déjà l'accueil des potes, moi qui clame haut et fort que je n'aime pas les gens en retard. Je ne leur ai pas encore parlé de Lexi, je ne sais pas pourquoi, d'ailleurs… Mais bon, ils vont se douter de quelque chose en voyant ma gueule, c'est sûr.

Comme escompté, j'arrive à la bourre au WestEnd. Je repère Graham et ses presque deux mètres au fond de la salle, Jordan est à ses côtés. Nous sommes meilleurs amis depuis le primaire. Inséparables comme les doigts d'une main. Ils ont grandi dans un quartier difficile de Chicago, Englewood. Mes parents vivant dans un coin bien plus huppé et ayant un niveau de vie assez aisé, je n'aurais jamais dû les côtoyer, mais ma mère était institutrice dans ce quartier, alors le destin a voulu qu'on se rencontre.

– Hey, hey ! m'accueille Jordan en venant me prendre dans ses bras. T'es en retard.

– Ouais, je sais, désolé, marmonné-je en lui rendant son étreinte.

– Je suis quand même content de te voir. Super match, deux buts ! Excellent.

– Merci ! Salut, Graham, dis-je en lui donnant une accolade. Ça va ?

– Ça va, tiens, on t'a commandé une bière.

– Merci, les gars.

Je prends place entre les deux et avale une gorgée. Oui, il me fallait bien ça. Dire que j'apprécie nos soirées rien que tous les trois est un euphémisme. Je mourrais si elles cessaient.

J'ai une famille unie et aimante, deux parents encore mariés qui s'aiment profondément, un frère et une sœur que j'adore, mais Jordan et Graham, c'est particulier. Ils sont comme des frères. Nous sommes là les uns pour les autres, toujours, n'importe quand. Notre amitié a survécu à mes deux années passées à Lansing et elle n'a jamais été aussi forte.

– Ça n'a pas l'air d'aller, remarque Jordan.

Je me doutais qu'il serait le premier à s'en apercevoir. Il est lieutenant de police, alors forcément, il possède un certain don pour voir ce genre de choses.

– Il s'est passé quelque chose ? demande Graham, très sérieux.

– Vous vous souvenez de Lexi ?

Mes deux amis échangent un regard. Évidemment qu'ils s'en souviennent. Ce sont eux qui m'ont ramassé à la petite cuillère. Ce sont eux qui m'ont aidé à surmonter cette épreuve. Grâce à eux, j'ai réussi à sortir la tête de l'eau et me concentrer sur ma carrière. Elle n'aurait peut-être pas été si florissante s'ils n'avaient pas été là.

– Pourquoi tu nous parles d'elle ? Elle est venue te trouver? se renseigne Jordan.

– Non, pas vraiment, fais-je en me frottant le front. Euh... en fait, elle bosse pour les Blackhawks.

Je leur raconte nos retrouvailles dans le couloir, le poste que les dirigeants lui ont proposé et son rôle au sein de l'équipe.

– On peut savoir pourquoi tu as attendu tout ce temps pour nous mettre au courant? demande Jordan, mécontent.

– Je n'en sais rien. Toi, fais-je en désignant Graham, tu as assez à faire avec le basket et ta nana.

Graham joue en tant que meneur pour les Chicago Bulls depuis une dizaine d'années maintenant. Comme moi, il a la chance d'avoir vu son rêve se réaliser. Il a fait ses études sur Chicago et a été recruté alors qu'il jouait pour les Ramblers à l'université Loyola.

– Et puis toi, continué-je en me tournant vers Jordan, ton boulot te prend suffisamment de temps.

– Il n'empêche qu'on est tes amis, putain! s'énerve Jordan en prenant la mouche. Tu aurais dû nous en parler tout de suite, pas deux mois plus tard! Je n'y crois pas !

– Je suis d'accord avec Jordan, renchérit Graham.

– Ça fait à peine trois semaines, pas deux mois, le contredis-je.

Bon, je ne vais pas leur dire le nombre de jours exact, vingt, ils me prendraient pour un barjo.

– Je ne voulais pas vous ennuyer avec ces conneries.

– Parce que tu crois que Jordan fait mieux avec sa meuf? se moque Graham en attirant le regard noir de notre ami.

– Oui, tu as raison.

– Eh bien merci, les mecs, ça fait plaisir. Bon… Tu te sens comment par rapport à ça?

– Pas terrible. Je vais être obligé de me taper des sessions avec elle sur la gestion de la colère, comment veux-tu que je me sente, bordel? Si on ne peut plus se battre de temps en temps sur la glace… La voir tous les jours, c'est insupportable. La voir évoluer dans mon univers, c'est dur. Le plus dur, c'est de voir les mecs qui s'entendent bien avec elle. Ils n'ont aucune idée de ce qu'il s'est passé.

– Tu ne leur en as pas parlé?

– À Mark seulement. Je n'ai pas envie d'ébruiter la chose, ça ne servirait à rien de toute façon.

– Vous avez parlé d'autre chose que du boulot? demande Graham.

– Pas vraiment.

– Ne nous mens pas! articule Jordan en me donnant un coup sur le bras.

– Mais t'es pas bien!

– Arrête de faire le con et accouche. Garder tout ça pour toi, ça ne sert à rien, insiste Graham.

– Je n'ai eu que le premier entretien avec elle pour l'instant. Je n'y ai pas vraiment mis du mien, mais je répondais à ses questions, même si je ne voyais pas vraiment l'intérêt de certaines. Et puis quand elle a commencé à m'interroger sur ma vie privée, je l'ai un peu cherchée, on va dire.

Mes deux amis secouent la tête, sûrement désabusés par mon attitude. Mais ils ne sont pas à ma place!

– Comment est-ce qu'elle l'a pris?

– Elle m'a demandé si je jouais de ma popularité.

– En gros, si tu te sers de ta crosse pour attirer les meufs? décrypte Graham avec poésie.

– Je ne sais pas ce que ça voulait dire exactement, mais ça m'a fait sortir de mes gonds. J'avais cette sensation que c'était parce que c'était moi. Alors le ton a monté, de son côté comme du mien. Elle a fini par me dire que c'était ma faute, fais-je en secouant la tête.

– Votre rupture? C'est une blague?!

– Non. Le pire, c'est qu'elle croit ce qu'elle dit. Tu aurais vu la hargne dans son regard quand elle s'est emportée. J'ai tous les reproches et elle est blanche comme neige.

– Il y a un truc qui cloche, fait Jordan.

– Eh bien, vas-y, mène ta petite enquête.

– Ne me tente pas. Tu veux que je cherche des trucs sur elle? Des trucs louches? Comme ça, tu pourrais peut-être faire pression pour te débarrasser d'elle?

– T'es sérieux?

– Non, c'était pour t'aider moralement, te montrer que je suis de ton côté.

– Ouais, en gros, tu sers à rien.

Je voulais plaisanter, mais c'est vraiment sorti comme un reproche. Heureusement, je vois à son regard qu'il ne m'en tient pas rigueur. J'appelle le serveur pour commander la seconde tournée.

– Tu es sûr que ça va aller, Frank? demande Graham, une main sur mon épaule.

– Oui. Je ne veux plus en parler pour le moment. Elle est là pour la saison, je vais faire avec et puis après, basta. Chacun reprendra sa petite vie tranquille. Je dois juste prendre sur moi. Ça va le faire.

Les mecs me lancent un regard sceptique que j'ignore.

Après avoir terminé nos bières, on rejoint la table de billard plus loin et on s'installe un peu bruyamment. Ce n'est pas forcément mieux durant le reste de la partie. Tout ce que je sais, c'est qu'être en compagnie des potes me fait un bien fou.

Deux nanas plutôt mignonnes viennent nous rejoindre. Jordan se met en retrait alors qu'elles nous demandent, à Graham et moi, un autographe et un selfie. On se prête au jeu avec plaisir. C'est toujours agréable.

Je me dis que Graham doit vraiment être accro à sa copine, parce qu'il refuse poliment les avances de la petite blonde. Jordan ne leur prête pas du tout attention, concentré sur son jeu, alors forcément elles se tournent vers moi. En temps normal, je ne me poserais pas de questions, mais là, ce soir? L'envie me fait défaut. Je les congédie avec douceur et reviens à la partie. Graham me fixe avec attention.

– Quoi ?

– Où est passé Frank ? Le tombeur, l'irrésistible ?

– Ouais, c'est ça, cause toujours. C'est toi qui as rembarré la petite blonde avant moi, je te signale.

– Je ne dis pas le contraire.

– Jordan et toi, vous êtes vraiment mal barrés !

– Tu peux toujours te foutre de nous, mais si j'en juge par ce qui vient de se produire, tu es dans le même bateau, intervient Jordan.

– Ça n'a rien à voir. Je n'ai pas la tête à ça et je suis fatigué.

Mes deux potes explosent de rire devant mes excuses bidon. Je pensais pourtant avoir été assez convaincant. Je grogne pour toute réplique et ordonne à Graham de jouer.

Je refuse d'admettre que la situation actuelle me perturbe au point que je refuse une partie de jambes en l'air avec une nana sexy. Quelle belle merde !

7

Lexi

Aujourd'hui, c'est journée détente. Selma tenait à m'emmener dans un spa pour décompresser. Cela ne peut pas me faire de mal. Je la rejoins devant la boutique et l'enlace chaleureusement. Un mois a passé depuis notre soirée avec Claire, alors je suis hyper contente de la voir. On s'est parlé au téléphone depuis, mais ce n'est pas pareil.

– Comment tu savais que j'en avais besoin?

– Un don de meilleure amie, c'est tout, fait-elle avec un clin d'œil en poussant la porte.

Je suis immédiatement saisie par les odeurs d'encens. Nous sommes rapidement prises en charge, j'ai l'impression que Selma a ses petites habitudes.

– Tu viens souvent? lui demandé-je alors qu'on rejoint le hammam.

– Régulièrement. Greg m'a offert un abonnement. Ce n'est pas que le projet de recherche occupe cent pour cent de mon temps mais parfois, quand je suis lancée dans une manip, je peux passer plusieurs jours sans sortir du labo, alors il a pensé que ce serait une bonne idée.

– Je dirais qu'il a eu raison. Et si je peux en profiter, c'est tant mieux !

Selma travaille pour une société de recherche médicale. Je ne suis pas une spécialiste en biologie, je ne suis jamais très longtemps ce qu'elle raconte quand elle se lance sur le sujet. Tout ce que j'ai retenu, c'est qu'il s'agit d'une étude sur les maladies cardiaques. Je crois qu'il est question de mutation génétique, mais au-delà de ça, je suis perdue.

On discute de choses légères. On a rarement besoin d'échanger sur nos familles, parce que nos parents sont voisins. Ils sont donc au courant de tout avant nous. Le nombre de fois où ma mère m'a raconté des trucs dont la mère de Selma lui avait parlé, avant que Selma ait eu la chance de le faire en premier et vice versa !

Quand on commence à avoir du mal à respirer, on rejoint la salle pour attaquer le massage en tandem. Je choisis quelque chose de doux, tandis que Selma demande que ce soit un peu plus tonique. L'odeur plus qu'agréable des huiles de massage emplit la pièce et je me décontracte immédiatement.

– Tu bosses trop, c'est pour ça, commenté-je alors qu'on s'installe sur les tables chauffées.

– Ouais, mais qu'est-ce que tu veux, j'adore ce que je fais.

– Vous trouvez quand même du temps avec Greg pour vous retrouver ? Vous arrivez à arranger vos emplois du temps ?

Il y a quelques jours, Selma m'a annoncé que le transfert chez les Bulls a été approuvé et Greg l'a rejointe sur Chicago. Elle était totalement euphorique et hystérique ! Et moi aussi, du coup. Ils le méritent. Cette journée ensemble, c'est aussi un moyen de fêter ça.

– Oui, enfin, cela ne va pas vraiment changer les choses, si ce n'est qu'il sera auprès de moi pour les matchs à domicile. Ce n'est pas évident, il a beau être basketteur, il est aussi souvent sur la route qu'un hockeyeur, donc tu sais ce que c'est maintenant. Mais on fait tout pour que ça marche. Les retrouvailles ne seront que meilleures, sourit-elle en me faisant un clin d'œil.

Je sais qu'elle ne dit pas ça en pensant à mal, et malgré moi, Frank se mêle à mes pensées. Pourquoi est-ce toujours le cas? Pourquoi ne peut-il pas simplement m'apparaître comme un joueur comme les autres? Quand je crois l'oublier, il resurgit, ma colère et mon ressenti se mélangeant aux doux souvenirs.

– Votre recherche de maison avance?

En arrivant à Chicago, j'ai pu m'acheter un bel appartement avec l'argent de la vente de celui de Detroit. Selma se contentait d'un logement en location, mais maintenant que Greg est là, ils espèrent trouver la maison de leur rêve. Ils ont entamé leurs recherches depuis quelque temps déjà.

– Pas terrible. On en a visité quelques-unes mais on n'arrive pas à tomber d'accord. Quand quelque chose plaît à l'un, il y a un truc qui cloche pour l'autre. Mais je ne perds pas espoir, on finira par s'entendre, c'est obligé. On n'est pas pressés, de toute façon.

– Je suis contente pour vous. Ça me fait plaisir de vous voir si heureux. Ça n'a pas été trop dur pour Greg de quitter les Pistons?

– Il était tellement content d'être transféré chez les Bulls. C'est chez lui, ici. C'est l'équipe de ses rêves. Il a adoré chaque instant passé chez les Pistons, mais c'est un nouveau chapitre de sa carrière qui s'ouvre et il est heureux.

– Tant mieux.

– Tu sais, commence-t-elle d'une voix douce, Greg a retrouvé quelqu'un chez les Bulls.

– Ah oui? Qui ça?

Mon corps se crispe, pourquoi est-ce que j'ai une drôle de sensation? Peut-être à cause du ton tout doux qu'elle a pris.

– Je ne sais pas si tu t'en souviens, Frank nous avait présenté ses deux meilleurs amis. Eh bien, Graham joue pour les Bulls depuis sa sortie de la fac.

– C'est dingue.

Je ne suis pas réellement enthousiaste. Graham ne m'a rien fait, je n'ai rien contre lui, mais je me demande pourquoi la vie s'entête à créer des connexions avec Frank. Bon, certes, j'ai accepté de travailler pour les Blackhawks, mais qu'on m'ait proposé le poste alors que je n'avais rien provoqué, c'était déjà hallucinant et perturbant. Et puis maintenant, Greg et Graham? Inévitablement, cela ravive les souvenirs de tout le monde. Du destin ou du hasard, quelle force joue avec moi?

– Comment ça se passe?

Elle n'a pas besoin de donner plus de précisions, je sais ce qu'elle me demande. Je hausse les épaules alors que la masseuse insiste sur le bas de mon dos.

Je suis restée très évasive au téléphone et Selma n'a pas

insisté. Je la soupçonne d'avoir mis au point cette journée pour en apprendre plus. Je ne peux pas lui en vouloir, c'est ma meilleure amie, elle se fait du souci pour moi. Et si mon métier est d'écouter les autres, Selma joue ce rôle pour moi. Il est peut-être temps de vider mon sac, de laisser parler mon trouble, ma colère et mon attirance pour Frank, toujours là malgré tout. Tous ces sentiments contradictoires qui bataillent en moi.

– Comment tu vas ?

Son regard est chaleureux et son sourire doux alors qu'elle pivote vers moi.

– Je n'en sais rien, avoué-je, sincère. Ça fait tellement longtemps. Mais je… j'ai l'impression que mon corps, mon cœur se souviennent, tu vois ce que je veux dire ? Dès que je le regarde, les souvenirs, les sensations reviennent. Je devrais avoir oublié, non ?

– C'était ton premier amour, Lexi. Même si ça s'est mal terminé, tu ne peux pas oublier ça.

– Ça me fait souffrir, lui confié-je. Ça ne devrait pas, mais c'est le cas. Je savais à quoi je m'exposais en acceptant ce poste, mais j'ai peut-être sous-estimé la situation. Il m'a reproché de prendre plaisir à le faire souffrir en réapparaissant. Tu te rends compte ? C'est à cause de lui que tout s'est fini et il m'accuse !

– Comment ça ?

La masseuse appuie un peu plus fort entre mes omoplates. Visiblement, la douceur ne suffit pas sur moi. Elle doit sentir des nœuds alors que mon corps réagit à mon discours. Je ne peux pas m'en empêcher. Même mon pouls accélère.

– Pendant notre première session, il s'est mis en colère. J'essayais d'être professionnelle, mais il est parti en vrille. Il me tient pour responsable. Selon lui, je l'ai mis plus bas que terre et je l'ai abandonné.

Selma garde le silence et me fixe de ses yeux noisette. Elle fronce le nez, comme toujours quand elle réfléchit.

– Tu ne lui as jamais expliqué pourquoi, hein ?

– Bien sûr que non, pourquoi j'aurais eu à m'expliquer, d'abord? m'écrié-je. Il est parti, il m'a abandonnée et n'a pas cherché à comprendre. Il a cru tout ce qui se disait, il m'a condamnée. C'était déjà assez difficile de surmonter cette épreuve, je n'allais pas non plus lui courir après. Ce n'est qu'un homme arrogant, imbu de sa petite personne, qui profite de sa notoriété et de ses privilèges. Il n'a plus rien à voir avec le Frank dont je suis tombée amoureuse. Je n'ai pas d'efforts à faire pour lui.

– Lexi, ce n'est pas moi, l'ennemi, dit-elle doucement.

– Je suis désolée. Je suis injuste, reniflé-je, les larmes aux yeux. Pardon.

– Ce n'est rien, dit-elle en tendant la main entre nos tables pour s'emparer de la mienne. Vous êtes maintenant deux adultes. Peut-être qu'il vous faudrait une bonne conversation, histoire de crever l'abcès. Tu lui expliques, il comprend et vous passez à autre chose.

– Peut-être, concédé-je, même si je ne sais pas si j'en serai capable.

– Il te monte à la tête, si tu veux mon avis. Il faut que je te sorte, décrète-t-elle.

– Oh non, non. Pas la peine, vraiment.

– Tu n'as pas à discuter. C'est moi qui décide. Ce soir on sort, point barre. Je ne te pousserai dans les bras de personne, promet-elle. Mais si tu veux mon avis, un petit coup vite fait ne te ferait pas de mal.

Heureusement que j'ai la tête cachée dans le trou de la table, elle ne voit rien de ma gêne.

– Désolée, s'excuse-t-elle parce qu'elle n'a pas besoin de voir mon expression pour sentir mon malaise. Je sais que tu n'es pas comme ça, mais tu as besoin de te détendre, de t'amuser.

– C'est d'accord. Pour la soirée, précisé-je toutefois.

– Génial !

Je prends seulement conscience maintenant que les masseuses n'ont rien perdu de notre conversation. Je me sens encore plus ridicule. Tout ceci est ridicule.

***

Nous sommes au Canada pour une série de quatre matchs. Ce soir, c'est l'avant-dernier, l'équipe affronte les Canucks de Vancouver, mais pour le moment je m'entretiens avec Oleg. C'est un peu compliqué d'organiser des sessions individuelles quand nous sommes en extérieur, mais on y arrive. Je profite du moindre instant disponible.

Il s'est battu hier contre un joueur des Flames et a fini par être exclu. Cela n'a pas empêché l'équipe de remporter le match, mais l'ambiance était quelque peu tendue après ça. Le début de l'entretien est laborieux, comme souvent, cependant je ne perds pas espoir.

– Selon toi, qu'est-ce qui te pousse à répondre par les poings?

– La gueule du type en face.

– Oleg…

– Qu'est-ce que tu veux que je te dise? On a chacun nos têtes, on ne s'entend pas avec tout le monde.

– Une tête, je veux bien, mais toi… Carlson chez les Flames, Andrickson chez les Devils, Roberts chez les Predators, énuméré-je en parcourant mes notes.

– Bon, j'en ai peut-être plus que certains, mais je n'y peux rien.

– Tu ne peux rien à quoi?

– Quand l'autre me cherche, c'est plus fort que moi.

– Qu'est-ce qui se passe exactement?

– C'est comme si je débranchais un fil. Je jette les gants sur la glace et je laisse parler mes poings.

– Est-ce que tu aimes ça, te battre?

– Je n'irais pas jusqu'à dire que j'aime ça, mais je ne déteste pas.

– Est-ce que savoir quelle sera la réaction du public te pousse à aller au bout plutôt que de laisser courir?

C'est impressionnant l'effet que cela a sur les spectateurs, ils en raffolent vraiment. Cela me surprend toujours autant quand j'observe les mouvements de foule, les cris, les appareils photo et vidéo qui n'en loupent pas une miette.

– Je ne sais pas trop, en réalité, je ne me pose pas la question. C'est comme ça, sur un coup de tête. En tout cas, ça n'est jamais prémédité, se défend-il.

– Te bagarrais-tu souvent, plus jeune?

– Régulièrement, oui.

– Pourquoi? Je ne te juge pas, Oleg, j'essaie juste de comprendre d'où cette tendance peut venir, ce qui la motive, expliqué-je alors qu'il reste silencieux.

– C'était une façon pour moi de montrer ce dont j'étais capable. En frappant le premier, personne ne venait m'emmerder. J'étais dans les plus petits, alors c'était un moyen assez efficace pour me faire respecter.

Je prends quelques notes et repose mon bloc-notes.

– Le schéma est similaire à ce qui se passe sur la glace. Lorsque le joueur adversaire te cherche, te taquine, t'insulte même, tu te sens blessé, alors pour te défendre, tu réagis comme quand tu étais enfant.

– Mais je suis un adulte! s'emporte-t-il. Ce sont des conneries. Ce qui se passe, c'est que s'il me cherche trop, je réplique de manière à lui faire passer un message, point barre. Il n'y a pas non plus mort d'homme.

– Tu pourrais tout aussi bien laisser couler, Oleg. Seulement, tu réagis de la seule manière que tu as toujours connue.

– Je ne vois pas où est le mal.

– Je ne dis pas que tu as un problème, mais on pourrait essayer de travailler pour que tu te maîtrises plus facilement.

– Ouais, marmonne-t-il, peu convaincu.

– Bon, je trouve qu'on a fait des progrès, je ne t'embête pas plus longtemps. On se retrouve tout à l'heure pour le match.

– Ouais.

Il ne se fait pas prier et quitte la pièce. Je note deux,

trois réflexions sur sa fiche. Il était réticent au début, mais il a fini par se confier de lui-même. C'est un pas énorme de me parler de son enfance et cela joue indéniablement sur la vie adulte. Je suis très satisfaite de ce qui sort de notre entretien.

Pas comme celui que j'ai eu avec Frank. Une vraie catastrophe. Je pensais partir sur une bonne note en débutant sur ses performances durant le match contre les Kings, son but, ses deux aides qui font monter ses statistiques. Mais il n'y a eu aucun échange, il me répondait par oui ou non, de temps en temps un «J'en sais rien» avec sa variante «Je sais pas». Pas très brillant. Et si, avec les autres, j'arrive à orienter le dialogue, à percer un peu la carapace, avec Frank, je fais face à un mur en béton armé. Ça m'attriste qu'il refuse de mettre le passé de côté pour saisir l'aide que je peux apporter. Professionnellement, ce serait un échec pour moi si je ne finissais pas par y parvenir.

Je n'avais pas pensé à cet aspect du job, mais plus le temps passe et plus je m'attache à cette équipe, à ses joueurs. Leurs défaites deviennent les miennes, leur tristesse est commune. Je comprends encore mieux ce que Frank m'a dit une fois, qu'ils partageaient tout. Leurs victoires me font chaud au cœur, autant que si j'avais été sur la glace avec eux. Leurs résultats sont excellents jusqu'à maintenant et même s'ils perdent ponctuellement un match, ils donnent encore plus d'eux-mêmes la fois suivante et cela leur réussit.

***

Une nouvelle fois, je me laisse imprégner par l'ambiance qui règne dans l'arène Rogers. Ce n'est pas toujours évident pour l'équipe de jouer en extérieur, mais, d'une manière générale, les spectateurs canadiens sont respectueux.

Comme aimantés, mes yeux trouvent Frank sans le vouloir. Leur équipement n'est pas particulièrement sexy, la tenue camoufle tout, on ne voit rien de leurs muscles, mais elle les rend encore plus imposants. Ils sont immenses. Et Frank est particulièrement attrayant, je suis obligée de l'admettre : ça, ça n'a pas changé. Il adresse un sourire charmeur à une jeune femme en débardeur moulant qui arbore des tatouages des Blackhawks sur les joues et les bras. J'ose espérer qu'il ne s'agit que de tatouages temporaires, parce que c'est particulièrement affreux. Je chasse la jalousie qui grimpe en moi et me concentre sur la glace. Le match débute et les cris des spectateurs m'emportent.

J'ai réussi à observer tous les joueurs jusqu'à la reprise de la troisième période. Le match est difficile, les Canucks dominent trois à zéro et l'équipe est plus que tendue. La mise au point avec le coach n'a pas dû être tendre.

Je suis comme hypnotisée par le corps de Frank qui progresse sur la glace, fluide, précis et puissant. Je me mords la lèvre et penche le buste en avant afin de mieux le suivre. Peu avant la fin de la troisième minute, Anton marque enfin le premier but grâce à une aide de Frank, et l'effervescence grimpe d'un coup.

Je n'ai pas la prétention de dire que je connais le Frank d'aujourd'hui, mais je le connaissais très bien, et je peux affirmer qu'il est nerveux. Ses mouvements sont plus secs que d'ordinaire. J'ai croisé à deux reprises son regard et il était bien plus foncé, comme si un orage faisait rage en lui. Suis-je responsable de cette agitation ? Qu'est-ce que ça me ferait si c'était le cas ? Une chose est sûre, ce n'est pas très professionnel de le penser et ça ne devrait pas me faire quelque chose.

Après avoir réussi à égaliser, les prolongations offrent une dernière chance aux Blackhawks de gagner. Mon palpitant n'en peut plus. Je gigote sur mon siège, tape du pied et mes yeux fusent en même temps que les joueurs sur la glace. Anatoli a remplacé Bryan, et quand, à la quatrième et dernière minute il fait mouche grâce à Keith et – une nouvelle fois – Frank, je bondis de mon siège et hurle mon bonheur sans tenir compte de mes voisins ni craindre une quelconque honte. Mon équipe vient de gagner !

***

En arrivant à l'hôtel, je suis encore remplie d'un mélange d'adrénaline, d'euphorie et de bonne humeur. Maintenant que je suis mieux intégrée dans l'équipe, je n'hésite pas à leur montrer que je suis heureuse pour eux, que je partage leur joie dans la victoire.

Comme il n'est pas loin de minuit, je m'apprête à rejoindre ma chambre mais Bryan m'appelle.

– On va aller fêter la victoire, tu te joins à nous ?

– Tu es le préposé à l'invitation, Bryan ? le taquiné-je.

– Qu'est-ce que tu veux, tu les impressionnes tous.

Je ris doucement et lève les yeux vers le groupe un peu

loin. Comme à chaque fois, je ne manque pas le regard de Frank qui me fusille. Jamais il ne se lasse ?

– Que comptez-vous faire ?

– Aller boire un verre quelque part. Il n'y a pas de match demain et ensuite on prend l'avion pour Edmonton, alors autant en profiter.

Ses yeux bleus me scrutent et attendent une réponse.

– D'accord, je serais ravie de me joindre à vous.

– Vraiment ?

– Oui, fais-je en hochant la tête.

On se retrouve dans un bar tendance, pas très loin de l'hôtel. On s'installe en regroupant plusieurs tables et Donny se charge de la première commande. Bien entendu, la bande attire les regards. Quelques clichés sont volés, deux femmes viennent demander des autographes, mais dans l'ensemble, le public n'est pas trop envahissant. J'ai l'impression de faire un peu tache parmi tous ces mastodontes, mais ça ne me dérange pas. Ce soir, je suis entourée de Sven et Travis ; Bryan n'est pas loin.

– Tu as des frères et sœurs, Lexi ? m'interroge Travis.

– J'ai deux frères plus jeunes que moi, Shane et Eric. Ils sont tous les deux à Detroit. Et toi ?

– J'ai un frère, James, il est hockeyeur également.

– C'est vrai ?

– Il entame sa cinquième année chez les Maple Leafs. Avant, il jouait pour les Flyers.

– Je n'en savais rien. Je n'ai pas fait attention quand vous les avez affrontés en octobre. Comment ça se passe quand vous vous retrouvez sur la glace ?

– Très bien. On se cherche, on se motive. Comme quand on était plus jeunes. Je suis sûr que tu te feras une joie de nous observer un peu plus en détail quand on les rencontrera à nouveau, mais ce ne sera pas avant mars.

– Peut-être bien, ris-je doucement. Et toi, Sven ? Des frères et sœurs ?

– Non, je suis fils unique.

– Ce n'est pas trop dur de vivre loin de sa famille ?

– On s'habitue. Je rentre en Suède dès que je peux et mes parents viennent régulièrement me rendre visite. Ils aiment beaucoup Chicago.

L'ambiance est vraiment agréable, une petite piste est accessible au centre de la pièce. Bryan me propose une danse alors qu'une musique douce emplit l'espace. J'hésite un instant au moment où mon regard accroche celui de Frank. Il ne m'a pas décroché un seul mot de toute la soirée. En fin de compte, à part quand il y est obligé lors de nos sessions, il ne me parle pas. Cela me blesse, mais je ne peux pas le forcer. J'ai compris il y a bien longtemps qu'on ne force pas Frank Bash Irving à faire quoi que ce soit, à moins qu'il n'en ait envie. Je pose ma main dans celle de Bryan et le laisse m'entraîner sur la piste.

– Tu passes une bonne soirée ? se renseigne-t-il, les mains sagement posées au-dessus de mes hanches.

– Très bonne, merci pour l'invitation.

– De rien. J'imagine que ça ne doit pas être évident de t'intégrer dans un groupe comme ça.

– Non, effectivement. Ce travail n'a rien à voir avec

ce dont j'ai l'habitude, mais j'apprends énormément et j'aime ça.

– C'est cool.

– Et puis vous êtes tous très sympathiques, sous vos airs un peu bourrus pour certains.

Il rit doucement et son visage s'illumine. Il y a quelque chose dans son regard, sa timidité peut-être, qui le rend très attachant. Un parfum vient chatouiller mes narines et un frisson descend de ma nuque pour parcourir ma colonne vertébrale. Je sais ce que ça signifie : mon corps réagit à Frank. C'est triste pour Bryan, mais je ne l'ai jamais ressenti en sa présence. Je m'en veux d'éprouver ça alors que je danse avec un autre. Frank entre dans mon champ de vision alors qu'on tourne doucement avec Bryan. Il me fixe avec ses yeux rendus sombres à cause du manque de luminosité. Il semble furieux. Je détourne le regard, soudain mal à l'aise.

– On retourne s'asseoir? demande Bryan.

– Oui, je prendrais bien un autre verre, soufflé-je, la gorge sèche.

– Ça marche. Tu veux quoi?

– Un gin-tonic, s'il te plaît.

Je rejoins la table tandis que Bryan va passer commande. Le regard de Frank ne me quitte pas, il essaie de me déstabiliser ou quoi? Je déglutis, nerveuse, et tente de reporter mon attention sur les autres. Ce n'est pas chose aisée. Je me précipite presque sur mon verre alors que Bryan me le tend. Bon sang, mais qu'est-ce qui me prend? C'est ridicule.

Mon sang ne fait qu'un tour quand je vois une blonde aguicheuse s'avancer vers Frank. Elle le drague ouvertement et si j'en juge par sa réaction et le langage de son corps, il n'est pas insensible à ses charmes. On n'a rien en commun. Elle est petite, blonde, toute menue et les vêtements qu'elle porte ne couvrent pas grand-chose. Il l'invite d'un coup de tête à s'asseoir à ses côtés et pivote, me tournant désormais le dos, pour porter toute son attention sur elle. Pourquoi est-ce que je réagis comme ça ? Pourquoi est-ce que je ressens cette jalousie et cette peine ?

– Tout va bien ? demande Bryan en se penchant vers moi.

– Est-ce que tu veux bien me raccompagner ? Je suis un peu fatiguée.

– Oui, bien sûr.

– Je suis désolée d'interrompre ta soirée.

– Ce n'est rien, voyons. Je ne vais pas te laisser rentrer toute seule.

On salue la tablée, Frank m'accorde à peine plus d'une seconde avant de retourner à sa pétasse. Cependant, cette seconde suffit à me transpercer. Il est capable de faire passer tellement d'émotions dans son regard azur… Cela m'a toujours perturbée et intimidée aussi. Je baisse la tête et emboîte le pas à Bryan pour rejoindre la sortie. Je resserre ma veste contre moi et on prend la direction de l'hôtel.

– Qu'est-ce qui se passe entre Frank et toi ? demande Bryan en m'arrêtant net.

– Comment ça ?

– Je ne suis pas aveugle. À vrai dire, personne ne l'est.

Je ne veux surtout pas m'attirer les foudres d'un de mes coéquipiers, mais je suis curieux.

– Il n'y a plus rien entre Frank et moi. On était ensemble à la fac, c'est tout.

– D'accord. D'accord. Mais si tu veux mon avis, je ne suis pas sûr que ce soit terminé, comme tu dis. Il te regarde d'une façon tellement…

Il cherche ses mots sans y parvenir, mais je vois bien ce qu'il veut dire. Il pense que Frank a toujours des vues sur moi. J'ai bien du mal à le croire. Frank me déteste, c'est ce que je lis à chaque fois que je croise son regard. Il reste peut-être un désir latent, quelque chose contre lequel on ne peut lutter, mais ce n'est pas le sentiment principal qui nous anime l'un comme l'autre. Est-ce qu'il s'est confié à ses coéquipiers ? Que leur a-t-il raconté ?

– Je suis désolée. Je ne veux pas que tu croies que…

– Je ne crois rien du tout, me rassure-t-il en souriant. Tu es incroyablement belle mais je ne cherche pas à te séduire. Je veux seulement que tu te sentes à l'aise parmi nous. Je me souviens de ce que j'ai ressenti en arrivant. Tu débarques dans un groupe, ce n'est pas évident de faire ta place, de montrer ce que tu vaux. Alors j'imagine que ça l'est encore moins quand on est une femme et qu'on arrive pour faire ce que tu dois faire dans un milieu masculin.

– C'est adorable, Bryan, merci beaucoup, le remercié-je.

– Il n'y a pas de quoi, rit-il doucement alors qu'on entre dans l'hôtel.

– Merci de m'avoir raccompagnée. Je ne te retiens pas plus. Bonne fin de soirée, à demain.

– Je vais rentrer aussi. Bonne nuit, Lexi.

J'hésite, puis finalement je me penche en avant pour le prendre succinctement dans mes bras. Bryan se tend légèrement puis se détend aussitôt. C'est agréable et réconfortant, mais je ne fais pas durer ce moment trop longtemps. Je ne voudrais pas qu'il se fasse des idées malgré ce qu'il m'a affirmé à l'instant. Je me suis juste dit qu'une petite démonstration valait mieux que des mots.

– Merci beaucoup, Bryan.

– De rien. À demain.

Il me suit du regard alors que je vais pour appeler l'ascenseur. Je m'attends à ce qu'il le prenne avec moi, mais il reste dans le hall, il est en train de répondre au téléphone. Les portes se referment sur son sourire alors qu'il hoche la tête vers moi pour un dernier salut.

8

Frank

Il est plus de trois heures du matin. Trente minutes qu'elle est rentrée accompagnée de Bryan. Et il n'est pas réapparu au bar ensuite. Cinq minutes que je fais des allers-retours devant la porte de sa chambre. Elle va certainement très mal le prendre mais je n'en ai rien à foutre. Je suis en rogne, alors elle va s'expliquer. Mon poing s'abat et je donne trois coups secs. Je m'apprête à recommencer quand j'entends des bruits étouffés de l'autre côté. Je fais un pas en arrière, prêt à recevoir sa colère quand elle s'apercevra qu'il s'agit de moi. Ses yeux, d'abord pareils à deux traits fins, s'ouvrent finalement en grand et son visage se peint d'une colère non dissimulée.

– Ça ne va pas, non?!! crache-t-elle en voulant refermer la porte.

J'entre dans la chambre sans lui demander l'autorisation, elle fait un pas maladroit en arrière et resserre les pans de son peignoir en satin rouge. Du satin rouge? Bordel! Pourquoi est-ce qu'elle emporte un peignoir en satin rouge pendant une tournée de matchs ? Je grogne et regarde autour de nous, à la recherche d'un homme, d'un de mes coéquipiers, de Bryan.

– Tu es toute seule, marmonné-je en me sentant soudainement très con.

– Évidemment ! Qu'est-ce que tu croyais ? Qu'est-ce que tu viens faire, Frank ? Tu vas pisser aux quatre coins de la pièce pour marquer ton territoire ? Même s'il y avait un homme dans la chambre avec moi, ça ne te regarderait pas.

– Pas si c'est avec un de mes coéquipiers !

– Est-ce que tu t'entends ?

Je grimace, serre les poings puis me frotte le crâne en faisant un pas de côté. Est-ce qu'elle s'entend, elle ? Comment peut-elle ne pas comprendre ma réaction, s'en offusquer ? J'abuse sûrement, mais bordel ! J'ai vraiment cru qu'elle était avec lui. Cela serait la trahison de trop, quand bien même ni elle ni lui ne me devraient quoi que ce soit. Je m'imagine des tonnes de trucs depuis qu'elle est rentrée dans ma vie. Je la vois interagir avec les mecs, je la vois sourire et rire à leurs côtés et, oui, ça me fout les boules, parce qu'il y a dix ans, c'était moi qui la rendais comme ça. Je bous littéralement et putain, je ne sais pas comment gérer tout ça. Je la déteste.

Elle tient fermement son peignoir entre ses doigts. Droite comme un I, elle me détaille alors que la bataille fait rage en moi. Ses yeux me scrutent, n'épargnent rien : mes yeux, ma bouche, mon cou, mon torse, mes bras, mes poings. Elle fait l'inventaire et je meurs d'envie de lui demander ce qu'elle voit, si elle devine tout ce qui s'agite en moi.

J'espère ne pas être transparent, mais il s'agit de Lexi, elle a su lire en moi dès le début.

– Je ne supporte plus cette situation. Ça me rend dingue ! Tu me rends dingue.

Elle reste muette face à mon aveu.

– Je… Putain !

Je n'arrive pas à organiser mes pensées, je n'arrive pas à lui dire ce que j'ai sur le cœur, j'ai oublié ce pour quoi je suis venu. Je l'observe attentivement. Sa poitrine se lève et s'abaisse de manière saccadée. La peau de son cou est frémissante sous son pouls et elle mordille sa lèvre inférieure. Elle aussi me dévore du regard. Je ne suis plus un spécimen à étudier, je suscite du désir, de l'envie, je le vois. L'air se charge soudainement d'électricité et d'une tension insoutenable.

– Ce que tu es belle, putain, grogné-je sans me contrôler.

Elle hoquette de surprise et je fais un pas de plus vers elle. Bordel de merde, son odeur sucrée me prend aux tripes et je rêve de la toucher, de la goûter à nouveau. Probablement sans s'en rendre compte, elle lèche distraitement sa lèvre inférieure tout en fixant les miennes des yeux. J'avance encore. Plus que quelques centimètres entre nous, sa respiration accélère un peu plus et elle ne me repousse pas. Je fixe sa bouche appétissante et putain, je perds toute contenance. J'attrape sans douceur sa nuque et pose mes lèvres sur les siennes, je les caresse, les lèche, je colle son corps au mien et j'exige. Mes mains trouvent sa chute de reins puis son cul. C'est exaltant et réconfortant à la fois. Je me souviens parfaitement de son corps, de ce que j'éprouvais quand je la touchais, la tenais contre moi, la faisais vibrer. Les sensations sont les mêmes mais en mieux. Son corps a plus de formes, il est toujours aussi ferme et sent toujours aussi bon.

Dans un premier temps, elle semble stupéfaite, tétanisée par mon assaut, puis elle soupire et entrouvre les lèvres pour me donner accès à sa bouche. Ma langue trouve la sienne et part dans un ballet érotique mêlant gémissements et autres petits bruits sexy. Je suis en train de perdre la tête, je ne pense plus à rien si ce n'est à son corps plaqué au mien, la douceur de sa langue sur la mienne, son odeur entêtante. Je ne fais attention à rien d'autre, si bien que je ne vois pas venir la gifle monumentale qui s'abat sur ma joue alors qu'elle me repousse d'une main plaquée sur mon torse.

– Qu'est-ce qui te prend, putain?! hurlé-je en me frottant la joue. T'es pas bien!

– Qu'est-ce que tu essaies de faire, là? Tu crois que je vais oublier ce que tu m'as fait? Tu crois que je vais oublier ta trahison?

– Ma trahison? Ne te fous pas de ma gueule! C'est toi qui m'as planté!

– À cause de toi, Frank. Tout est ta faute.

– Tu n'arrêtes pas de dire ça mais je ne comprends rien à ce que tu racontes! Quelle trahison, putain?!

Ma voix est étouffée par l'émotion. Comment ai-je pu lui tomber dans les bras comme ça après ce qu'elle m'a fait? Comment ai-je pu oublier l'espace d'un instant ce qu'elle m'a fait ressentir?

– Je ne vais sûrement pas m'excuser pour quelque chose que je n'ai pas fait, Lexi. Je t'aimais comme un fou et tu… Tu as pris mon cœur, tu l'as jeté par terre et piétiné. Je t'aimais, bordel !

– Tu m'aimais ? Je n'en crois pas un mot !

– Qu'est-ce que j'ai bien pu faire pour que tu croies ça ? Qu'est-ce que j'ai pu faire pour que tu tombes dans les bras du type qui n'attendait que ça ? Me prendre ma copine, prendre ma place dans l'équipe. Pourquoi a-t-il fallu que tu le choisisses, lui ? À cause de Caitlin ?

– Tu as préféré croire tes amis, tu ne m'as laissé aucune chance, tu étais parti, envolé. Tu n'as plus donné de nouvelles, j'étais rayée de ta vie.

– Tu t'attendais à ce que je t'apporte des fleurs ? Qu'est-ce que tu essaies de me faire croire, là ?

– Tu n'écoutes rien ! Tu dis que tu m'aimais mais c'est faux, si ça avait été le cas, tu aurais compris, tu aurais su ! Maintenant, c'est trop tard ! Je ne veux plus que tu recommences ! Toi et moi, on oublie !

– Tu m'as embrassé aussi, je te signale, là aussi tu vas dire que tout est ma faute ?

– C'était une erreur, une erreur monumentale qui ne se reproduira plus jamais. Tu m'entends ?

– Alors là, aucune chance.

– Maintenant tu dégages de ma chambre ! s'écrie-t-elle en m'empoignant le bras.

Elle me pousse sans ménagement dans le couloir et me claque la porte au nez. Dire que je suis encore plus confus qu'à mon arrivée est un doux euphémisme. Je n'ai rien compris de ce qu'elle a raconté. Pourquoi est-ce qu'elle ne m'explique pas une bonne fois pour toutes ? Putain de merde ! Je ne la connaissais pas aussi compliquée, et putain, j'en ai plus que ras le bol qu'elle m'accuse de la sorte. Je ne le supporte pas.

Heureusement pour moi, quand je rejoins ma chambre, Mark ronfle comme une moissonneuse-batteuse. Je suis tellement sur les nerfs que je ne trouve pas le sommeil. Je suis en colère contre moi-même. Comment est-ce que j'ai pu retomber dans ses filets ? Je sais qu'elle m'attire encore, je ne suis pas con au point de nier ce que je ressens quand je la vois. Mais imaginer que je pourrais faire ça, comme si ce qui s'était passé n'avait pas d'importance, putain ouais, je suis en colère !

9

Frank

Huit matchs que je n'ai pas marqué de but, ça me met en rogne, entre autres choses. Nathan s'est blessé au dos durant le match d'avant-hier contre les Sharks – match qu'on a perdu, d'ailleurs. Je me suis pris une pénalité aussi, à cause d'un accrochage avec un autre joueur, et j'ai été à deux doigts de lâcher les gants, mais Bryan m'a retenu de justesse. J'espère bien que ce soir, la tendance va s'inverser. Enfin, on n'est pas mal, mais il ne faut rien laisser aller.

On est à Anaheim pour affronter les Ducks. Première fois depuis le début de la saison régulière. J'ai hâte d'y aller, histoire d'extérioriser la frustration qui est en moi. Je n'ai pas reparlé à Lexi depuis ce qui s'est passé dans sa chambre d'hôtel. Elle m'évite aussi. J'ai dû surprendre un coup d'œil ou deux, pas plus. On va bien devoir se reparler un jour, au moins pendant nos séances. Parce que bien entendu, après le dernier match, elle veut me voir. Je remercie ma constitution : quand j'entre sur la glace, j'arrive à bloquer tout le reste, plus rien ne compte à part l'équipe, le match, le score à atteindre. Je mets tout le reste en off. La concentration est la clé.

Je me place au centre et me penche, prêt pour l'engagement. J'aime cette adrénaline qui s'empare de moi. Je glisse et je glisse. Le palet, ne pas le lâcher des yeux. Une passe, je fais une percée jusqu'au but adverse, mais ma tentative est arrêtée. Toujours en mouvement. Ça s'agite vers notre cage. John, notre gardien phare, fait le job et la rondelle repart dans l'autre sens, puissamment dégagée par notre défense de choc, Bryce. Sam se précipite pour l'intercepter, je m'élance à ses côtés. Les deux défenseurs sont sur lui, il m'envoie la rondelle, je la réceptionne et l'excitation grimpe, le but n'est pas loin. Alors que les défenseurs reviennent vers moi, je la projette vers Sam qui shoote dedans en pleine volée, direction le gardien. Celui-ci l'arrête du pied en plongeant au sol, le palet rebondit et, avec Sam, on se précipite. Le gardien est affalé par terre avec un des deux défenseurs, l'autre est derrière la cage. Sam donne un coup d'élan au palet, mais celui-ci reste devant la ligne de la cage. Je profite d'une microseconde alors qu'il est entre les jambes du gardien et le propulse au fond du filet, marquant ainsi le premier but de la rencontre.

À peine ai-je le bras levé pour manifester ma joie, qu'un corps se jette sur moi et je suis envoyé deux mètres plus loin. Mécontentement du joueur adverse. J'évite de justesse l'arbitre et Sam est jeté par terre pratiquement dans le but. Sebastian vient me donner une tape sur le casque et je tends le bras pour accueillir Sam qui s'est relevé. Puis Bryce nous rejoint. Tout ceci est un travail d'équipe, ces types sont ma deuxième famille. On vibre, on gagne et on perd ensemble. Alors, comme à chaque fois qu'un des joueurs marque, je patine jusqu'au banc de touche et je frappe, en glissant, à tour de rôle dans les gants des coéquipiers restés là. Nous sommes une équipe.

Durant la deuxième période, alors que j'échoue à la récupération du palet envoyé par Bryce, Sam tente une première percée, joliment arrêtée par le gardien adverse. La seconde tentative est payante, je suis en place devant le but. Anton lance le palet à Bryce, qui le relance en douceur à Sam. Ce dernier fait une réception et un tir d'enfer, directement dans le filet. Le palet fuse sous le bras du gardien, et boum ! Voilà qu'on mène deux à zéro. De son côté, John fait encore un superbe arrêt pendant une dangereuse attaque de notre côté.

Le coach procède à un changement et je rejoins le banc de touche. Sans le vouloir, j'accroche Lexi du regard avant de détourner aussitôt les yeux. Je me demande toujours ce qu'elle pense quand elle nous observe comme ça, quand elle m'observe. Ses capacités à lire en moi m'effraient. Plus jeune, j'appréciais ça ; je ne pouvais rien lui cacher, cela me donnait l'impression d'être connecté à elle d'une manière intense. Mais aujourd'hui ? Je hais l'idée d'être si vulnérable face à elle. J'essaie de me blinder, mais j'appréhende le moment où je devrai m'entretenir avec elle.

L'action continue et je suis avec attention mes coéquipiers filer sur la glace. Donny subit une lourde chute et s'écrase de tout son long alors qu'il va pour récupérer la rondelle. Un des défenseurs des Ducks se précipite pour l'intercepter, mais Mark arrive et la renvoie en arrière entre ses jambes. Bryan est là pour la rattraper et il tire droit dans la cage, marquant ainsi notre troisième but. Tous les mecs sur le banc de touche se lèvent et on tape notre crosse contre la paroi pour manifester notre contentement. Dans les dix secondes qui suivent, les Ducks inscrivent leur premier but. Il est net, précis, sans appel.

Troisième période, me voilà de retour sur la glace. Agitation près de notre but: les Ducks viennent de marquer. Mais l'arbitre tranche, but non accordé, marqué à la main. Je suis devant le gardien adverse, seul contre quatre, j'essaie, je balance le palet. Il est dégagé et renvoyé au loin. Tout va très vite, la rondelle repart de l'autre côté, on essaie de dégager, mais les Ducks finissent par l'envoyer au fond de notre but. Et cette fois-ci, il est correct. Le reste du match se passe dans un flottement. Les Ducks font tout leur possible pour tenter d'égaliser. De notre côté, on essaie de marquer à nouveau, en vain, malgré une belle tentative d'Anton.

Quand le coup de sifflet final retentit, je me libère et hurle de bonheur. On a gagné! On rattrape l'échec contre les Sharks ! On se regroupe sur la glace et on défile devant John en lui donnant un coup sur le casque. Ce mec assure en tant que gardien, c'est indéniable. On se tape tous sur le gant, comme un rituel. Voilà pourquoi on fait ce qu'on fait.

***

Après notre petit séjour en Californie, on bénéficie de deux jours de repos avant deux matchs à domicile. Si, la dernière fois, je n'avais pas eu à revenir au centre sur mon temps libre, ce n'est pas le cas aujourd'hui. Putain! Elle exagère! Je n'aurais peut-être pas dû balancer ça à notre dernière rencontre. Je me suis retenu de lui dire le fond de ma pensée, mais ça me fait chier. J'avais autre chose à faire. Bon, en réalité pas grand-chose, si ce n'est glander chez moi, mais tout sauf la voir.

Le pas traînant, je rejoins son bureau. Je cogne et entre après son autorisation. Elle m'accueille sans un sourire, à peine un regard.

– Bonjour, Frank.

– Salut, marmonné-je en m'enfonçant dans un fauteuil.

Elle quitte son bureau pour venir s'installer face à moi. Je m'efforce de ne pas la détailler, je ne veux pas être sensible à sa beauté, à son allure toujours impeccable. Je ne peux pas.

– Je suis désolée de te faire venir un dimanche pendant ton repos.

– Vraiment? fais-je, sarcastique.

– Oui, vraiment, ça ne m'amuse pas non plus, si tu veux tout savoir.

– Peu importe. On commence, histoire d'abréger, tu veux?

– Très bien, soupire-t-elle devant mon air bourru.

Je ne suis pas heureux d'être là, je ne vais pas faire semblant et entrer dans son jeu. Elle n'arrivera pas à me mettre à l'aise. Comme la dernière fois, je me contente de répondre par monosyllabes. Je vois que ça l'énerve, alors évidemment, moi, ça me ravit.

– Comment te sens-tu ?

– Toujours la même question, ronchonné-je. Pourquoi penses-tu que ma réponse va changer ? Je me sens bien, comme à chaque fois que je mets les pieds à l'United Center.

– Jamais de baisse de moral ?

– Jamais, affirmé-je.

– Pas même après une blessure, une défaite ?

– Bien sûr que si, mais je ne suis pas du genre à baisser les bras, alors cet instant de flottement ne dure pas longtemps.

– Cela peut passer pour de l'insensibilité, tu ne crois pas ?

– C'est ce que tu crois ?

Je hausse un sourcil, voilà encore une question tordue.

– Ce que je crois n'a aucune importance. Je parlais de tes coéquipiers.

– C'est ce qu'ils t'ont raconté ?

– Non. Je cherche juste à savoir comment vous gérez tout ça : la blessure de Nathan, son statut revu au jour le jour. Il en a probablement encore pour un certain temps.

– Ça arrive à tout le monde, nous sommes des êtres humains, après tout. Moi-même, j'ai déjà été blessé : on revient encore plus fort et hargneux par la suite. Personne n'est à l'abri et je n'ai encore jamais entendu un de mes coéquipiers se plaindre de la blessure d'un autre. Ça serait ridicule.

Elle hoche la tête pour simple réponse avant de noter une nouvelle fois un truc sur son foutu bloc-notes. Je ne sais pas pourquoi, mais une tension s'empare de moi et je me mets à taper du pied au sol. Je redoutais ce moment et c'est exactement comme je m'y attendais. Dès que son regard se pose sur moi, je sais qu'elle voit tout un tas de choses. Je déteste ça. Cela me met à fleur de peau et putain ! Je ne suis pas quelqu'un de sensible ! Sûrement pas à cause d'elle. Je refuse qu'elle ait un quelconque pouvoir sur moi.

– Tu es nerveux ?

J'arrête net mon mouvement.

– Je devrais ?

– Frank ! J'aimerais que tu y mettes un peu plus du tien !

– Ce n'est pas ce que je fais ?! m'emporté-je. Je suis là un dimanche, je réponds à tes putains de questions, mais je n'ai rien de plus à te dire. Qu'est-ce que tu essaies de découvrir ? Un penchant sadique qui me pousserait à infliger de la souffrance à mes adversaires ? Tu me prends pour un cas d'étude ? Tu me connais, tu sais tout ce qu'il y a à savoir de moi.

– Je pensais te connaître, mais je me rends compte que j'avais tort.

– Qu'est-ce que c'est censé vouloir dire, putain ?! Arrête de jouer aux devinettes avec moi ! Si tu as quelque chose à me dire, fais-le, qu'on en finisse ! Je commence à en avoir ma claque ! Je n'arrête pas de repenser à notre conversation à l'hôtel, et bordel, je n'y comprends rien. Chaque fois que tu m'accuses, je ne comprends rien ! Alors vas-y ! Parle-moi, je suis là.

Elle me fixe de ses beaux yeux verts et je vois passer une

douleur non feinte. Elle déglutit nerveusement, referme son stylo. Elle lève les yeux au plafond et prend une profonde inspiration.

– Qu'est-ce que tu crois qu'il s'est passé ?

– Tu le sais très bien, m'énervé-je.

– Je veux te l'entendre dire. Selon toi, qu'est-il arrivé ?

Je soupire de frustration, pas vraiment ravi de me replonger dans ces souvenirs.

– On a eu cette grosse dispute, j'avais bu, tu t'es énervée et tu m'as accusé. Tu étais en colère contre moi, tu as remis notre couple, notre avenir, en question devant tout le monde. Tout est parti en couilles après que tu m'as vu avec Caitlin, mais je ne faisais rien de mal. Je ne savais plus quoi penser, alors je me suis barré. Oui, je t'ai laissée, mais c'était beaucoup trop à digérer. Je me sentais mal parce que je me suis demandé si on allait y arriver, si tu en avais envie. J'ai rejoint ma chambre et j'ai continué de boire avant de cuver tout seul comme un con. Le lendemain, je voulais aller te retrouver, mais les gars m'ont raconté ce qu'il s'était passé. Et c'était trop à supporter, alors j'ai quitté Lansing sans un regard en arrière, je n'avais plus rien à y faire.

– Qu'est-ce qu'ils t'ont raconté, exactement ?

– Tu as vraiment besoin que je te le dise ?!

– Oui.

– Ils étaient en bas, dans la grande salle. Ils t'ont vue discuter avec Kane, puis monter à l'étage avec lui. Tu as disparu dans une chambre et…

Ma gorge est nouée. Je n'étais pas là, mais les images se

construisent d'elles-mêmes et putain, c'est insupportable.

– Quand Kane est réapparu, cela ne laissait aucun doute sur ce qu'il s'était passé dans la chambre. Il s'en est même vanté auprès de quelques gars.

– Donc tu as pris pour argent comptant ce qu'ils ont cru voir ?

– Pourquoi est-ce que j'aurais mis leur parole en doute ? C'étaient mes meilleurs amis, ils n'avaient aucune raison de me mentir.

Je fouille son regard et j'aperçois cette petite étincelle qui me retourne l'estomac. Qu'est-ce qu'il s'est passé, putain ?

– Tu n'avais aucune raison de mettre leur parole en doute, mais moi, ta petite amie, tu avais toutes les raisons de croire que je t'avais trompé avec Kane ?

– Tu venais de dire que j'aurais réagi pareil si je t'avais vu flirter avec Kane ! Je ne savais pas quoi penser. Tu avais mis le merdier dans ma tête, tout ce que je croyais sûr et certain, tu avais tout ébranlé avec tes questionnements et tes reproches.

– J'avais peur ! C'est tout, et peut-être que j'avais moi aussi trop bu. Mais tu es parti, Frank ! Tu m'as abandonnée. Et, franchement, Kane ? Tu me pensais assez cruelle pour te faire ça ? Alors que j'assistais sans cesse à vos prises de tête, à vos affrontements ? Vraiment ?

Elle éclate en sanglots devant moi et me coupe l'envie de lui dire que c'est sa faute. Elle remue quelque chose en moi, je n'ai pas la force d'ajouter quoi que ce soit. Elle doit faire un pas vers moi, je pense m'être assez livré. Elle passe les doigts sous ses yeux pour essuyer ses larmes et se reprend en inspirant doucement.

– Je vais te raconter ce qu'il s'est passé. Tu jugeras ensuite si tu peux me croire ou si tu préfères en rester à ta version.

Mon cœur se serre et j'attends, suspendu à ses lèvres.

10

Lexi
Dix ans plus tôt

J'y suis peut-être allée un peu fort. Mais le voir si proche de Caitlin, cela m'a fait sortir de mes gonds !

Depuis que nous sommes ensemble, elle n'attend qu'une erreur de ma part pour tenter de lui remettre le grappin dessus. Je sais qu'elle ne comprend pas ce qu'un mec comme Frank fait avec une fille comme moi qui, jusqu'à lui, n'était qu'une jeune fille timide et inexpérimentée. Alors oui, je lui ai dit ce que j'avais sur le cœur après avoir demandé délicatement à Caitlin de lui foutre la paix. J'ai bu, plus que d'habitude, parce que je suis si fière de lui, parce que je suis heureuse de cette petite soirée, parce que je me sens bien. Mais j'ai parlé, un peu fort, devant tout le monde, sans aucune gêne.

Résultat, il est parti et je le cherche partout. Comme une folle. La maison étudiante n'a plus aucun secret pour moi, enfin je crois ; je pense avoir fait le tour, mais aucun signe de Frank. Près de la cuisine, je tombe sur Kane qui s'avance aussitôt vers moi.

– Tu cherches Frank?

– Oui, dis-je, pleine d'espoir. Tu l'as vu?

– Justement, fait-il en approchant encore. Il m'envoie te chercher.

– Vraiment?

– Il ne se sent pas très bien et je l'ai installé dans une chambre en haut. Je t'y conduis, si tu veux.

Je hoche la tête vigoureusement. Je pensais vraiment avoir vérifié partout, mais ils y sont peut-être montés après. Il m'invite à passer devant lui et on rejoint les escaliers. J'ignore les nombreux regards, je n'ai pas le temps de m'occuper de ça.

– C'est dans laquelle?

– Celle du fond.

Je m'y dirige alors et entre la première. J'ai tout juste le temps de réaliser que Frank n'est pas là, que Kane referme derrière lui et verrouille la porte.

– Qu'est-ce qui se passe? soufflé-je, mal à l'aise.

– Tout le monde a assisté à votre petit show. Il y a de l'eau dans le gaz entre vous deux?

– Où est Frank, Kane?

– Aucune idée.

Il avance vers moi tel un prédateur sur sa proie. Je vois le même éclat dans son regard, cette lueur qui pousse la lionne à bondir sur la gazelle sans défense. Sauf que dans la savane, elle le fait pour survivre, ici Kane le fait par plaisir. Non, pas par plaisir, c'est autre chose.

– À quoi tu joues, Kane? demandé-je en essayant de le dépasser pour rejoindre la sortie.

Il m'attrape brutalement par le bras et me repousse en arrière.

L'année dernière, quand Frank est arrivé, j'ai tout de suite vu en lui un rival. Plus rapide sur la glace, plus de succès auprès du coach. Putain, même plus de succès avec les meufs ! Est-ce qu'il t'a raconté qu'il m'avait piqué ma copine ?

– Non.

– Il est arrivé et il s'est servi. Ce connard a eu la délicatesse de venir s'excuser auprès de moi après ! T'imagines ! Soi-disant qu'il l'ignorait. J'ai pris sur moi parce que je savais que si je me mettais sur la gueule avec le chouchou du coach, je prendrais cher, mais putain ! J'attends depuis tout ce temps le moment où je pourrai me venger.

Je recule brusquement, sentant monter une peur inimaginable en moi. L'arrière de mes genoux rencontre le lit et je tombe sur les fesses. Il en profite pour avancer vers moi et m'observe de toute sa hauteur. Je n'ai jamais été aussi effrayée de toute ma vie. Mon pouls pulse à mes tempes, je tremble de tout mon corps. Je ferme les yeux et ma respiration se suspend alors qu'il replace une mèche derrière mon oreille.

– En partant comme ça, cela me laisse le champ libre. Tu penses vivre le grand amour avec Frank, mais ce n'est qu'une illusion. Tu n'as rien vécu tant que tu n'as pas été dans les bras d'un vrai mec. Quelqu'un comme moi.

Il me pousse sur le matelas et je commence à me débattre. Hors de question que je me laisse faire.

– Lâche-moi ! Laisse-moi partir !

– Hurle tant que tu veux, on ne t'entendra pas.

– Kane, s'il te plaît…

– Oui, supplie-moi, j'adore ça.

Son corps pèse de tout son poids sur le mien. Je commence

à avoir du mal à respirer et je suis horrifiée de sentir son désir concentré plus bas. Je tente de le gifler, de le griffer, mais ça le fait rire et il saisit mes poignets d'une main puissante pour plaquer mes bras au-dessus de moi. Les larmes mouillent mes tempes, mes cheveux. Je sanglote tout en le suppliant de me laisser tranquille. Il n'a que faire de mes supplications. Je remue des hanches, je tente de battre des jambes, mais son emprise est trop forte et je m'épuise. Je cherche à le mordre, mais plus je me débats, plus ça l'excite.

Sa main libre parcourt mon corps. Ses caresses sont brusques et impatientes. J'ai envie de vomir, il est totalement insensible à mes pleurs. La musique est si forte que j'entends à peine mes pensées. Elle fait vibrer les murs, le sol, et je tremble avec elle. Quand j'entends le bruit de sa braguette qu'il descend, j'ai envie de mourir. Je ferme les yeux mais aussitôt, sa main se serre autour de mon cou. Je les rouvre brusquement et son regard vorace plonge dans le mien.

– Regarde-moi ! Et arrêter de chialer ! Ne fais pas comme si tu n'en avais pas envie. N'est-ce pas ce dont tu l'as menacé tout à l'heure ? Flirter avec moi pour l'atteindre ?

Je secoue la tête. Bien sûr qu'il l'a entendu. Est-ce que j'ai provoqué cette situation ? Est-ce qu'il a cru que c'était ce que je voulais ?

– Je suis sûr que tu vas adorer, murmure-t-il à mon oreille alors que sa main disparaît dans ma petite culotte.

11

Frank

– Arrête! hurlé-je en bondissant du fauteuil. Arrête!

Je rugis, la fureur envahit mes veines, je... Je ne peux pas y croire! C'est au-delà de mes forces, je ne peux pas en entendre plus. Je serre les poings et fais les cent pas devant elle.

– Non! Non! NON!

Je secoue la tête, mais rien ne s'efface. Toutes ces images ont pris forme dans ma tête et j'ai besoin de frapper quelque chose! Je me retiens de tout casser dans la pièce, putain ça me démange ! Mais elle n'a sûrement pas besoin d'un excès de violence après ce récit glaçant.

Quelle horreur! Ce connard! Ce salopard! Ce sale fils de pute! Depuis tout ce temps... Je n'arrive pas y croire.

– Putain!

– Frank... murmure-t-elle.

Je redescends sur terre et tombe à genoux devant elle.

– Je ne savais pas, mon Dieu. Comment... C'est...

J'ai envie de la prendre dans mes bras, de la rassurer, mais il est trop tard, n'est-ce pas?

– Pourquoi est-ce que tu n'es pas venue me le dire? Quand tu as compris ce qu'il se disait?

Elle soupire avant de regarder avec attention mon visage. Que cherche-t-elle? Je pose les bras sur les accoudoirs du fauteuil, je m'accroche à elle comme je peux, tout en lui laissant de l'espace.

– Quand j'ai découvert la rumeur qui circulait, j'ai cherché à te joindre. Tu ne répondais pas à mes appels, à mes messages, et j'ai appris ensuite que tu avais quitté Lansing. Après avoir été humiliée par Kane, la honte a laissé place à la colère, contre lui, contre toi. Je n'arrivais pas à croire que tu accordes autant de crédit à ce qui se disait. Comment avais-tu pu partir sans venir chercher une explication? J'aurais supporté que tu m'accuses en face, que tu me hurles dessus, cela m'aurait laissé une chance de m'expliquer, de te raconter la vérité. Mais j'ai dû faire face seule.

Elle me repousse pour se lever et retourne derrière son bureau. Je suis impressionné par son sang-froid. J'imagine qu'elle se retient de craquer devant moi, mais tout de même, cela demande une force incroyable de me raconter tout ça sans s'effondrer.

– Après les grandes vacances, à la fac, tout le monde était passé à autre chose. Tu n'étais plus là, Kane non plus et mon histoire de tromperie n'intéressait plus personne. On pourrait dire que la vie avait repris son cours, mais plus rien n'était comme avant. Eli, Paul et Karl refusaient de me parler, ils ne traînaient plus avec nous au self. Je me suis renfermée sur moi-même et me suis un temps éloignée de

Selma. Elle était tout aussi concentrée sur ses études que moi, mais elle avait Greg. Au bout d'un moment, j'ai fini par me confier à elle, elle ne supportait plus de me voir comme ça et elle avait besoin d'une explication. Elle savait que je n'avais pas pu te tromper, mais elle ne comprenait pas pourquoi je ne me défendais pas.

– Lexi, bordel ! Je suis terriblement désolé. Tout est ma faute, tu as raison. Si je n'avais pas réagi comme ça, rien de tout cela ne serait arrivé. Je...

– C'est trop tard, Frank.

– Qu'est-ce que tu veux que je fasse ?

– Rien. Il n'y a rien à faire.

– Pourquoi est-ce que tu n'as pas porté plainte ?

– Tout le monde m'a entendue te menacer de flirter avec lui, tout le monde m'a vue monter et entrer dans cette chambre avec lui. Il savait très bien ce qu'il faisait. C'était sa parole contre la mienne. Il était l'un des joueurs vedettes de l'équipe de hockey, un des élèves les plus populaires du campus. Toutes les nanas rêvaient de sortir avec lui. Je sais très bien comment ça se passe dans des cas comme ça. On aurait cherché à étouffer l'affaire, le résultat aurait été le même. Et puis, qui aurait-on cru ? Tu l'as cru toi-même !

Rageusement, je mets le bazar dans mes cheveux et tire dessus. C'est un cauchemar, je vais me réveiller. Cette ordure a violé Lexi pour m'atteindre moi. Je suis la cause de cette agression. Comment est-ce que je suis censé vivre avec ça sur la conscience ? Je comprends mieux sa rancœur. Elle a raison sur toute la ligne, je suis responsable.

– La prochaine fois que je le vois, je le massacre. Ce connard!

– Frank! Tu ne feras rien. Ce n'est pas ton combat.

– Comment tu peux dire ça ?! C'est ma faute!

Elle prend une grande inspiration avant de se lancer, comme si ce qui allait suivre lui coûtait.

– J'étais en colère contre toi, pendant des années. J'ai souffert, seule, et puis au fil du temps, je me suis remise. Pas complètement, ce ne sera jamais le cas, mais je me suis concentrée sur mon objectif et j'y suis arrivée, brillamment. J'ai enfoui au plus profond cette agression, je refusais que cela me définisse, que cela me brise. Mes études m'ont apporté les clés pour y parvenir; la motivation pour réussir et aider les autres à mon tour a grandi. Je n'avais pas prévu que te revoir ferait remonter tous ces sentiments. Et même si je t'en veux, raconter les faits après toutes ces années, eh bien, je… Je me rends compte que j'ai été injuste. Kane est le seul fautif, c'est lui, le coupable.

– Raison de plus pour le faire payer!

– Non. Frank, promets-moi que tout ce qui vient de se dire dans cette pièce restera entre nous, comme pour un échange professionnel. Tu avais raison en exigeant qu'on mette cartes sur table. Mais je…

– C'est tout? soufflé-je, ahuri.

Elle ne peut pas me demander de rester sans rien faire. Putain! C'est impossible !

– Pour le moment oui, je suis désolée mais je… Est-ce que tu peux me laisser, s'il te plaît? demande-t-elle dans un filet de voix.

Je reste comme un con pendant quelques secondes avant

de hocher la tête. Je me déteste de la laisser comme ça, mais c'est ce qu'elle me demande et je pense être un peu mal placé pour me précipiter afin de la prendre dans mes bras. Pourtant, en fermant la porte derrière moi, je dois lutter pour ne pas le faire alors que je l'entends fondre en larmes. Elle attendait seulement que je parte pour se laisser enfin aller. Je tombe la tête en avant contre la porte et reste là jusqu'à ce qu'elle se calme. Il y a bien longtemps que je n'ai pas pleuré, pourtant je ne me retiens pas, seul dans ce couloir. Je partage ses larmes, sa peine, sa colère. Pendant toutes ces années, je l'ai haïe, sans soupçonner un seul instant le drame qu'elle a vécu. Je ne sais pas si j'arriverai à me le pardonner.

***

Je ne sais pas comment j'ai fait pour arriver en un seul morceau chez moi. J'ai passé l'après-midi à osciller entre colère, frustration, envie de massacrer quelque chose et profonde tristesse. J'ai fini par aller boxer dans ma salle de sport, cela m'a fait du bien, le temps de le dire. Je n'ai aucun mal à m'imaginer Carmichael. Je sais bien ce que Lexi ne veut pas que je fasse et je ne vais pas aller jusqu'à chercher Kane chez lui, mais je ne garantis rien en ce qui concerne la prochaine fois que je le vois. Rien ni personne ne pourra m'en empêcher.

Bordel de merde ! Ma fureur est arrêtée par la sonnette de l'entrée. Je fais de grands pas pour aller ouvrir sans douceur. C'est Graham. Son sourire se fige dès qu'il se rend compte de l'état dans lequel je suis. Son regard tombe sur mes mains bandées, avant de s'attarder sur mon expression féroce.

– Putain ! Qu'est-ce qui se passe ?

– Rien, grogné-je.

– Te fous pas de ma gueule ! Qu'est-ce qu'il y a, Frank ? demande-t-il, sérieux, en me suivant dans le salon après avoir refermé derrière lui.

Je lui raconte dans les grandes lignes ce que je viens de découvrir et il se laisse tomber sur le canapé à mes côtés. Il reste silencieux, comme s'il avait du mal à croire mon histoire.

– Je suis désolé, Frank.

– Ouais… J'ai l'impression qu'on m'a volé dix ans de ma vie, lui confié-je, la voix tremblante.

– Je peux comprendre ça, Frank, dit-il doucement en posant une main sur mon épaule. Mais il n'est pas trop tard, vous vous êtes retrouvés maintenant, c'est forcément un signe, non ? Tu pourrais essayer de la reconquérir.

– Comment ? En sachant ce qui s'est passé ? Si je ne m'étais pas barré ce soir-là, rien ne lui serait arrivé. Si j'étais resté le lendemain au lieu de m'enfuir, j'aurais pu être à ses côtés, elle n'aurait pas affronté ça toute seule, et crois-moi, Kane ne s'en serait pas sorti comme ça ! Mais je me suis barré, j'ai cru tout ce qu'il s'est dit. Je n'ai pas cherché.

– Tu étais blessé.

– Oui, et pendant que ce connard abusait d'elle, je cuvais dans mon coin !

Je me lève brusquement du canapé et vais me poster devant les baies vitrées.

– Comment pourrais-je imaginer un seul instant qu'elle veuille bien me donner une seconde chance ?

– La première question à poser est : est-ce que tu aimerais vous donner une seconde chance ? Si j'en juge par l'état dans lequel son retour t'a mis bien avant d'apprendre ça, il est clair que votre histoire n'est pas terminée.

– Je sais ce que je ressens, elle me fait toujours autant d'effet. Dès que je pose mon regard sur elle, les souvenirs affluent et… On était bien, merde ! Plus que bien. Mais Lexi ? Je me mets à sa place maintenant, et je ne vois vraiment pas.

– Tout ce que je peux te conseiller, c'est de prendre le temps de digérer tout ça, c'est lourd à porter quand même. Et puis, vous pourrez tenter de rediscuter, tu pourras t'ouvrir à elle et tu verras à ce moment-là.

Me rejoignant, il pose à nouveau une main réconfortante sur mon épaule et soupire à mes côtés. Quand l'un de nous est malheureux, les autres le sont aussi. On reste là un moment sans rien se dire, à contempler l'horizon. Si j'adore ma maison, c'est sans doute à cause de la vue qu'elle offre. Pour rien au monde je ne la troquerais contre quelque chose d'autre, même en bord de mer. J'aime trop mon lac pour ça. Graham pense probablement la même chose que moi, puisqu'on est voisins. Je me tourne vers lui et remarque ses traits tirés.

– Tout va bien ?

Je sais qu'il a remporté son match hier contre Philadelphie.

Je n'ai pas pu le regarder parce que j'avais moi-même un match, mais je suis avec attention les avancées de son équipe comme il le fait pour moi. On ne manque jamais de s'envoyer un petit message de félicitations ou de réconfort en cas de défaite. Le début de la saison est d'ailleurs plutôt encourageant pour les Bulls, alors je me demande ce qui le chagrine.

– Boh, tu sais bien, fait-il en haussant une épaule.

– Non, je ne sais pas.

– La même chose que toi, esquive-t-il.

Je devine qu'il y a de l'eau dans le gaz avec la femme qu'il fréquente. Graham est le plus discret d'entre nous. Le moins exubérant en ce qui concerne sa vie privée. Cela ne signifie pas pour autant qu'il n'a pas un incroyable succès auprès de la gent féminine ; il n'a rien à envier à Jordan et moi. Mais disons qu'il n'en fait pas étalage. Et je sais, à le voir comme ça, qu'il est blessé. Cette fille compte pour lui, je l'ai deviné, du peu qu'il nous en a parlé. Mais je sais aussi que tant qu'il n'aura pas décidé de se confier de lui-même, toutes les questions que je lui poserai resteront sans réponse.

– Tu veux qu'on sorte ? proposé-je, aussi bien pour lui que pour moi à vrai dire.

– En fait, je venais pour ça. Je t'emmène quelque part.

– Pas dans un club de strip-tease.

– T'inquiète.

Je l'abandonne un instant pour aller prendre une douche. Maintenant que j'y prête attention, c'est vrai que Graham a fait un effort sur la tenue, il avait donc réellement prévu qu'on sorte ce soir. Je me demande un instant si Jordan sera de la partie. C'est rare qu'on ait un dimanche de libre, alors il a sans doute prévu autre chose.

– Je t'emmène, propose Graham alors qu'on sort sur le perron de la maison.

– OK, ça roule.

On grimpe tous les deux dans sa sportive, son dernier bébé, un coupé Jaguar F-Type. Une magnifique voiture aux lignes épurées et racées. Il fait ronronner le moteur et prend la direction du portail que j'avais laissé ouvert. Je le referme alors qu'on s'engage dans la rue, et prends le temps d'apprécier de me faire conduire. Cela arrive rarement, c'est donc d'autant plus agréable.

Je fronce les sourcils lorsqu'on s'arrête devant un bâtiment que je ne connais pas. Je me tourne vers Graham qui sourit bêtement. Je me retourne une nouvelle fois vers l'immeuble en essayant de comprendre, mais rien ne vient.

– Ce n'est pas un club ou un bar, ça, lui fais-je remarquer.

– Tu as oublié, hein?

– Oublié quoi?

– Descends au lieu de parler.

Je l'imite et retire ma ceinture avant de le suivre vers l'entrée. La musique et des voix s'élèvent alors qu'on avance dans un couloir décoré de guirlandes et de ballons sur le thème des Blackhawks. Quand Sarah se matérialise devant nous, la bourrade que me lance Graham remet mes neurones en place et je percute seulement maintenant : Sarah travaillant dans l'événementiel, elle a probablement été engagée pour s'occuper de la soirée.

– Joyeux anniversaire ! rit Graham avant de me prendre dans ses bras. Je n'arrive pas à croire que tu as oublié !

– Ça arrive, bougonné-je, mal à l'aise.

Ce n'est pas que ça ne me fait pas plaisir, mais après la journée de merde que j'ai passée, je ne suis pas vraiment d'humeur. J'embrasse tout de même Sarah sur une joue et lui souris.

– Vous avez réussi à me cacher ça ? grondé-je gentiment.

– Ben ouais, bien sûr ! se marre Graham. Bon allez, viens ! Tout le monde t'attend !

Il me pousse dans la salle principale. Je prends rapidement le temps d'observer les lieux décorés et aménagés avec soin et goût. Tous les mecs sont là. Ça réchauffe mon cœur. Cela ne fait pas si longtemps que je les ai vus, mais je m'en vais saluer tout le monde : je vais passer une bonne soirée grâce à eux. Sans le savoir, ils m'offrent le moyen de m'évader, au moins pour ce soir.

– J'espère que tu ne m'en voudras pas, mais j'ai invité quelques filles, murmure Graham contre mon oreille. On a tous les deux besoin de réconfort.

Je trinque avec lui et j'observe les filles qu'il a conviées. Elles ne sont pas mal du tout. Bon, elles sont là pour parader, pour pécho, et elles ne s'en cachent pas. Pourquoi pas, après tout ? Elles n'ont rien à voir avec la rousse incendiaire qui occupe mon esprit vingt-quatre heures sur vingt-quatre, mais elles feront l'affaire pour une nuit.

J'enchaîne les verres, Graham est mon barman attitré apparemment. Je parle à tout le monde, je ris à tout et n'importe quoi. Je m'amuse, en somme. Je suis d'ailleurs en train de m'époumoner devant une connerie de Travis, quand je repère Jordan qui s'avance vers moi parmi la foule.

– Hey, Jordan ! le salué-je avant de lui donner une franche accolade. Je suis content de te voir.

– Moi aussi. Graham est déjà là ?

– Ouais, quelque part, fais-je en haussant les épaules parce qu'il a disparu après m'avoir donné une bouteille. Tu veux une bière ?

– Ouais, s'il te plaît.

Je l'entraîne vers le bar. Certains de mes coéquipiers le saluent et il serre quelques mains. Depuis le temps que je fais partie des Blackhawks, Graham et Jordan sont largement connus de mon équipe. Graham parce qu'il joue chez les Bulls et qu'il s'entraîne à l'United Center comme nous, et Jordan parce qu'il est fourré, après chaque match à domicile, dans les coulisses avec nous. Forcément.

– Hey, mec ! s'exclame Graham en arrivant derrière Jordan. Tu es en retard, comme toujours.

– Oh vas-y, fais pas chier ! Frank n'est pas la reine d'Angleterre non plus, réplique-t-il.

Je suis les yeux de Jordan qui observe les lieux. Sans doute une déformation professionnelle, il le fait partout ; dès qu'il rentre dans une pièce, il détaille ce qui l'entoure. Il parcourt des yeux le bar, le DJ, puis son regard s'arrête sur les spots lumineux qui donnent un aspect très boîte de nuit à l'endroit.

– Ne prends pas cet air dégoûté, personne ne va t'obliger à danser.

Je me marre alors qu'il reste bloqué sur l'appareil qui change de couleur toutes les minutes.

– Encore heureux, soupire-t-il en prenant une gorgée de bière.

– Quoique… murmure Graham en passant un bras autour de ses épaules, le regard perdu à sa gauche. J'imagine que si une beauté comme celle-ci vient te demander de danser, tu ne diras pas non.

– Aucune chance, je suis là pour Sarah, affirme-t-il en secouant fermement la tête.

– Justement, insiste Graham en donnant un coup de menton pour l'inciter à regarder à gauche.

Je souris quand je vois Jordan prendre une expression idiote. La vision de Sarah le scotche. L'amour rend vraiment con, il n'y a pas à dire. Il la détaille sans gêne, à l'abri de son regard.

– Va la voir, idiot, l'incite Graham.

– Je ne vais pas la déranger.

– Elle fait le pied de grue sur ses hauts talons, elle s'ennuie, va la distraire un peu.

J'embarque Graham pour le laisser tranquille en espérant qu'il se décide à aller lui parler. On ne va quand même pas lui mâcher le travail ! S'il y en a un de nous qui mérite le bonheur, c'est bien Jordan.

Je retourne auprès de mes invités, mais pas avant que Graham ne me tende un autre verre. Whisky, cette fois-ci. Je commence à avoir chaud, je me sens bien en fait. J'ai dû cligner plusieurs fois des yeux parce que j'ai cru voir Lexi tout à l'heure, mais je sais que je rêve. Qu'est-ce qu'elle pourrait bien faire ici? À moins qu'un des mecs ne l'ait invitée? Je doute qu'elle ait accepté de venir, de toute façon.

– C'est une super soirée, Frank! me félicite Daniel avant de reluquer une des filles.

– Merci. Je suis content que vous soyez tous là!

Je souris en passant un bras autour de ses épaules.

– C'est ton anniversaire! C'est normal.

– Ouais, merci, les amis, répété-je en embarquant dans mon accolade Vincente, à mes côtés.

Ils se marrent puis je les laisse en bonne compagnie. Mon regard se pose sur Jordan et Sarah, côte à côte, pas très loin du bar. Ils se parlent mais Sarah observe les lieux avec attention, comme si elle était à l'affût du moindre dérapage. J'attrape Graham qui est en train d'engager la conversation avec une blonde, pour l'entraîner vers notre pote. Il est peut-être temps de lui foutre la honte, un tout petit peu.

– Salut, vous deux! m'écrié-je en me plantant devant eux. Vous paraissez bien coincés tous les deux. Sarah, tu es… superbe. Hein, Graham?

– Oui, magnifique.

– Merci, les gars, rit-elle.

– Il te l'a dit? me renseigné-je.

– Quoi? Qui ça? fait Sarah sans comprendre.

– Jordan, il te l'a dit que tu étais magnifique?

– Oui, murmure-t-elle en se planquant dans son verre.

– OK. Parce que tu sais, insisté-je en venant la coller pour murmurer à son oreille, il est un peu con, mais il est dingue de toi.

Elle hoche distraitement la tête et lui coule un regard.

– Il faut que tu donnes une chance à mon pote, Sarah. Il le faut !

– Ça suffit, intervient Graham. On va te trouver une autre meuf à emmerder, hein ?

– Ouais ! Une meuf ! Peut-être deux, même.

Mon regard et mon sourire se font lubriques, je commence à en tenir une bonne couche. Mais j'ai besoin d'oublier.

– Si tu veux.

Graham m'éloigne de Jordan et Sarah pour m'entraîner vers la piste, mais je me dégage et vais vers le bar prendre un autre verre. Je devrais probablement ralentir le rythme, mais c'est mon anniversaire, alors si je ne peux pas faire la fête le soir de mon anniversaire, c'est la merde. Normalement j'ai l'alcool joyeux, un peu trop même, j'aime tout le monde, je deviens chiant et collant. Mais ce soir, je suis nostalgique. Je me remémore mon anniversaire il y a dix ans, celui que j'ai passé avec Lexi, le meilleur de toute ma vie. Ce soir-là, nous n'étions pas encore ensemble, nous avons passé la soirée à regarder des films, j'ai découvert d'où venait son odeur si particulière, si entêtante de papaye. Elle ne faisait rien pour tomber dans mes bras, mais plus le temps passait et plus je devenais amoureux d'elle. Je réprime ma tristesse et finis mon verre cul sec. Graham tente de m'arrêter, mais je lui glisse un verre sous le nez et on trinque pour mon anniversaire.

Je l'entraîne ensuite sur la piste. Les filles nous rejoignent et on se met à danser. Je tripote sans gêne celle qui se frotte à moi. Ça n'a pas l'air de la déranger, alors je continue.

Rapidement, elle est rejointe par une autre. Les deux brunes me prennent en sandwich et c'est maintenant leurs mains à elles qui sont partout sur moi. Le pire dans tout ça, ce n'est pas que je me donne en spectacle, bourré, c'est que ça ne me fait même pas bander. Putain ! Je n'arrive pas à me rappeler la dernière fois que j'ai baisé, bordel ! La haine ! Tout ça à cause d'une rousse revenue du passé pour foutre la merde. Je grogne de mécontentement et les deux brunes m'abandonnent en gloussant, elles ont dû prendre ça pour autre chose, visiblement. Mais je ne suis pas vraiment d'humeur.

Je rejoins à nouveau le bar et commande un autre verre. Le barman me lance un drôle de regard, mais je l'ignore royalement et regarde Graham en train de danser avec une jolie blonde. Sa copine danse derrière elle et me fixe du regard, elle m'aguiche ouvertement. C'est peut-être ça qu'il me faut pour oublier, tirer un coup vite fait, bien fait. Je finis mon verre et me dis « Pourquoi pas ? », en la rejoignant alors qu'elle me dévore du regard. Elles ne sont pas farouches. Graham me regarde et sourit. Je me marre avec lui et ferme les yeux. Je me laisse aller un instant, j'écoute la musique, je ressens les vibrations, je capte la moindre odeur, certaines agréables, d'autres non.

– Graham, intervient Jordan en me faisant ouvrir les yeux. Qu'est-ce que tu fais ? Et ton coup de cœur du supermarché ?

– Elle m'a laissé tomber, tu vois, je ne suis pas assez bien pour elle visiblement, marmonne-t-il la bouche pâteuse.

– Et tu te dis que tu vas noyer ton chagrin avec Barbie ?

– Ouais, c'est le plan.

– Tu vas le regretter.

– Laisse-le faire. On va peut-être se les prêter ensuite, ajouté-je, en vrai goujat.

– Non, mais vous vous entendez? grimace Jordan, écœuré.

Il nous abandonne un instant pour aller parler à Sarah avant de revenir vers nous. Les deux filles ont pris peur à cause du baby-sitter, bien entendu. Du coup, je passe le reste de la soirée à observer les filles tourner autour de mes coéquipiers et m'éviter comme la peste à cause de mon ami flic qui se sent investi d'une mission.

Je ne me rappelle plus vraiment du reste de la soirée, quelques bribes de franches rigolades avec Graham. Tout ce que je vois, c'est le regard réprobateur de Jordan, et le visage de Lexi qui se dessine dans ma tête et qui fait saigner mon cœur.

12

Lexi

J'entre dans mon bureau, un peu nerveuse. J'ai pour habitude d'être sereine dans mon travail. J'ai appris à compartimenter pour ne pas souffrir en même temps que mes patients. Bien entendu, il faut de l'empathie, mais on doit être capable de tracer une ligne à ne pas franchir.

Je n'avais pas prévu de tout raconter à Frank, surtout ce jour précisément. Même avant que Bryan ne m'invite à la soirée organisée pour l'occasion, je m'étais souvenue qu'il s'agissait du jour de son anniversaire. J'ai décliné poliment, prétextant avoir de la famille. Je voulais me contenter de faire notre entretien et de le laisser rejoindre la troupe. Mais les choses ne se sont pas déroulées comme prévu. Selma avait raison, à un moment ou à un autre, cela serait sorti. C'était dur mais libérateur, dans un sens.

Je sursaute en découvrant Frank qui m'attend dans l'encadrement de la porte, les mains dans les poches, le regard dur.

– J'ai cogné, j'ai entendu du bruit alors je suis entré, je ne voulais pas t'espionner.

– Ce n'est rien, entre. Qu'est-ce qui se passe ? L'entraînement est déjà terminé ?

– Non j'y vais, mais je… Je ne savais pas si j'allais te croiser, donc je…

Il paraît nerveux, cela ne lui ressemble pas.

– J'ai eu le temps de penser à tout ce que tu m'as confié. Je m'en veux, mais tu as raison, il est trop tard, et surtout il est impossible de revenir en arrière. Je ne peux pas effacer ce que j'ai fait, ce qu'il t'a fait et putain, ça me tue de l'admettre. Mais je ne peux pas faire comme si te revoir ne remuait pas tout un tas de sentiments en moi. Et tu ne peux honnêtement pas le faire non plus.

Mon silence parle pour moi. Je ne peux effectivement pas le nier. Je lève les yeux sur lui alors qu'il avance d'un pas.

– Je t'aimais comme un fou, j'ai tout partagé avec toi et j'aurais continué à le faire malgré la distance, malgré ce qui se préparait pour moi, parce que je te voulais dans ma vie. Je t'aimais et je pensais que toi aussi.

– Bien sûr que je t'aimais, réponds-je faiblement alors que je me noie dans le bleu de ses yeux qui me transmettent mille émotions.

– On s'est fait du mal mutuellement, et je ne sais pas si on pourra tout à fait l'oublier un jour. Mais on pourrait essayer de se donner une seconde chance.

– Quoi ?!

– On nous a volé ces dix ans, Lexi. Cette connexion entre nous, elle a résisté ; elle est toujours là, perceptible, infaillible. Tu la sens comme moi. Elle était peut-être motivée par les mauvais sentiments mais je… J'aimerais qu'on se voie en dehors d'ici, en dehors du hockey. Pour discuter de tout et de rien, réapprendre à se connaître. Je répondrai à toutes les questions que tu veux.

Je reste muette, incapable de lui répondre quoi que ce soit pour le moment. Il n'insiste pas.

– Je te laisse réfléchir à ma proposition. Je dois rejoindre les gars pour l'entraînement et le débriefing. Ce soir, on a match. Tu viendras me rejoindre à la sortie des vestiaires et tu me diras ce que tu en penses.

Sur ces dernières paroles, il sort de mon bureau et je reste plusieurs minutes à fixer la porte close, méditant sa proposition.

***

À l'approche des vestiaires, des rires s'échappent de la pièce, les joueurs jubilent encore après leur victoire deux à un contre les Panthers. Je croise Taylor et Sam qui sortent tout juste. Je les salue en souriant.

– Bonsoir. Félicitations pour ce soir.

– Merci, répondent-ils en chœur.

– Tu as aimé le match ? demande Taylor.

– Oui, comme à chaque fois. Et quelle tension pendant les tirs de fusillade !

– À qui le dis-tu, renchérit Sam, qui a été le premier à tirer et dont le palet a été arrêté.

– Frank est encore là ?

– Il est en train de finir.

Je les remercie et leur souhaite une bonne soirée avant

d'allonger le cou pour regarder à l'intérieur. Loin de moi l'idée de vouloir me rincer l'œil, mais je suis vraiment tendue, je déteste être dans cette position. Frank apparaît dans mon champ de vision et j'ouvre la bouche comme un poisson, je suis vraiment ridicule. Il est absolument incroyable. Je me doutais qu'il avait changé, mais à ce point? Sa musculature est impressionnante, ses deux bras sont tatoués, même si je ne distingue aucun détail de là où je suis. Certaines choses ont définitivement bien changé.

Je recule brusquement contre le mur du couloir alors qu'il me tourne le dos pour mettre son tee-shirt. Je laisse tomber mon bloc-notes par terre et porte une main à ma bouche. Les larmes montent sans obstacle et je fonds comme une madeleine. Alors que je croyais ne pas pouvoir souffrir plus, j'ai la preuve du contraire. C'est un choc intense, percutant. Je suis en train de glisser au sol dans un état second quand une main puissante se pose sur mon bras et m'aide à me relever. Je n'entends rien, je tourne les yeux et découvre Bryan qui me fixe, inquiet. Je baisse les yeux sur sa bouche pour tenter de lire sur ses lèvres.

– Lexi ? Tu vas bien?

Je hoche simplement la tête alors que Frank apparaît dans l'ouverture. Je suppose que Bryan lui raconte ce qu'il vient de se passer, Frank marmonne quelque chose puis prend le relais. Bryan s'éloigne et Frank me soutient. Il se penche pour ramasser mes feuilles et il nous emmène vers mon bureau. Je commence à refaire surface quand il m'assoit sur le canapé et va refermer la porte. Il attrape la bouteille d'eau qui traîne sur mon bureau puis me la tend, avant de s'asseoir à mes côtés.

– Tu te sens bien? s'inquiète-t-il.

– Oui, oui.

– Qu'est-ce qui s'est passé? Tu as fait un malaise? Tu as mangé ce soir?

– Tout va bien, le rassuré-je en évitant son regard.

– Tu n'en as pas l'air. Tu es blanche comme un linge. Tu veux que j'aille te chercher quelque chose à manger? Il doit me rester des barres de céréales dans mon sac.

– Non, non, je vais bien.

– Mouais. Tu veux que j'appelle un des médecins?

– Je t'assure, tout va bien.

– Qu'est-ce qui s'est passé alors?

– Rien, me défilé-je en me relevant.

– Lexi, gronde-t-il en me retenant par le poignet. Ne commence pas à me fuir comme ça. Je ne te le permets pas.

Cette autorité mal placée devrait me gêner, pourtant ce n'est pas le cas. Je me concentre sur la chaleur de sa peau contre la mienne.

– Lexi, répète-t-il en posant une main sur ma joue. Qu'est-ce qui t'a chamboulée comme ça?

– Je… J'ai vu ton tatouage.

Il retire brusquement ses doigts et déglutit nerveusement.

– OK. Ouais, je…

– Je peux le voir?

– De quoi? fait-il en secouant la tête.

– Montre-le-moi. Je veux le voir de plus près.

Il hésite un moment, puis il se tourne pour me montrer

son dos. Il tire sur l'encolure de son tee-shirt, comme seuls les mecs savent le faire, et le tissu remonte sur ses muscles, me dévoilant sa peau tatouée. Dans un premier temps, je me contente d'observer les traits fins et délicats, puis du bout du doigt je parcours les lignes qui reproduisent trait pour trait le dessin que je lui ai offert il y a dix ans. C'est mon arbre, mon dessin le plus personnel, le plus élaboré aussi, celui dont il est tombé amoureux, peut-être même avant moi.

Je suis impressionnée par la délicatesse des traits, il est vraiment magnifique. Le tronc est là, puissant et robuste, les détails du motif laissent entrevoir les mains que j'imaginais. La terre et le ciel, le début et la fin. L'évolution de la vie dans la tête de l'arbre, les oiseaux minuscules mais présents, l'envolée, les boutons de fleurs en couleur qui détonnent dans la noirceur de l'arbre, les feuilles automnales en camaïeu rouge rehaussé d'orange et de jaune, le pissenlit qui s'envole. Je descends sur ma signature en bas, en tout petit mais bien là.

Quand mes doigts se séparent de sa peau, Frank rabat son tee-shirt puis se tourne vers moi. Il me découvre en pleurs, je n'arrive pas à contenir mon trouble.

– C'est Jordan qui a lancé les tatouages entre nous trois. J'ai commencé par mes bras, mes pectoraux, quand je suis entré dans les Blackhawks, quand on a remporté la Coupe Stanley et les deux suivantes. Et puis un jour, je suis retombé sur ton dessin. Je me suis rappelé ce que j'ai ressenti en le découvrant, mon amour pour toi m'est revenu en pleine face, j'étais bouleversé par toute cette émotion qui remontait à la surface. Je suis allé voir mon tatoueur, Zake, un gars vraiment extra et talentueux. Je lui ai demandé si c'était quelque chose de réalisable. Il a été émerveillé par le dessin, la finesse et la précision, tout comme je l'avais été ; il a été plus qu'excité par le projet. Ça a pris un certain temps, vu la grandeur, mais je suis assez fier du résultat.

– Pourquoi avoir tenu à le faire, après ce qui s'était passé ? demandé-je, la voix nouée.

– Parce que malgré tout ça, je me souviens de chaque moment passé avec toi et j'étais heureux à cette époque-là. On était heureux et ça n'a rien changé. C'est peut-être un peu maso effectivement, mais je ne regrette rien.

– C'est d'accord, dis-je brusquement.

Tout ce qu'il me dit, ce que j'éprouve, je ne peux pas l'ignorer. Je ne peux pas ignorer que la vie nous a rapprochés.

– Pour qu'on se voie en dehors du boulot.

– Vraiment ?

– Oui.

– Demain, pas de match. Dîner chez moi. Je t'envoie mon adresse.

– Très bien.

On s'observe encore pendant quelques instants, puis il prend congé. Les yeux dans le vide, je repense à la façon dont, il y a dix ans, grâce à un cours de dessin, j'ai réussi à voir qui était réellement Frank Irving.

13

Frank
Dix ans plus tôt

Quand j'ai appris que Lexi prenait des cours de dessin tous les jeudis, je n'ai pas pu m'empêcher de m'y incruster. Sa prof, qui enseigne également sur le campus, cherchait un modèle masculin, alors j'ai saisi l'occasion de pouvoir faire plus ample connaissance avec Lexi.

J'ai rapidement compris qu'elle n'était pas du genre à tomber dans les bras d'un mec qu'elle ne connaît pas au bout de deux secondes. Elle possède cette timidité et cette innocence qui me font craquer. Et même si je suis irrémédiablement attiré par elle, je veux faire les choses bien. Je vais prendre mon temps, apprendre à la connaître, et j'espère qu'après une amitié, notre relation débouchera sur quelque chose de plus romantique.

Tout sourire, j'entre dans le bâtiment où ont lieu les cours. Mlle Burton m'a contacté en début de semaine pour discuter de certains détails, comme savoir si j'étais plutôt du genre timide ou pas. Elle ne m'a pas demandé de poser nu, encore heureux. Même si je suis persuadé que ça ne déplairait pas à certaines femmes de l'assemblée, je ne veux quand même pas effrayer Lexi. Non, on va y aller en douceur.

Je lui lance un petit sourire en me dirigeant vers le même tabouret que la dernière fois, au centre de la pièce. Je m'en approche tout en retirant ma veste. Puis je prends le bas de mon tee-shirt et tire dessus pour me mettre torse nu. J'entends quelques gloussements dans la salle, ce qui flatte mon ego. Si certains fuient le regard des autres, moi, ça ne me dérange absolument pas.

Je laisse la prof faire de moi sa marionnette. Elle penche mon torse en avant, prend une de mes mains pour la placer sur le haut de ma cuisse. Un pied posé sur la barre du tabouret, l'autre à terre. Elle laisse pendre mon autre bras entre mes jambes, la main tout près de la cuisse. Je suppose qu'elle cherche à faire ressortir certains muscles.

Je n'ai pas encore vu les esquisses que les élèves ont pu faire et de toute façon, une seule m'intéresse, mais j'imagine qu'avec les lumières de la pièce, le rendu peut être sympa. D'après ce que j'observe, les étudiants du soir ne peuvent utiliser que des crayons de papier. J'aime bien les choses en noir et blanc, je les trouve magnifiques. J'espère que Lexi me laissera voir un de ses dessins un jour.

Comme la fois précédente, je ne la lâche pas du regard pendant les deux heures qui suivent. Concentrée sur sa tâche, elle ne m'en adresse pas un seul, si ce n'est sur la fin quand elle doit s'attaquer à mon visage. Ce qu'elle ignore sans doute, c'est que je sens son regard sur mon corps comme une caresse, telle une plume douce et touchante. J'ai tout le mal du monde à me retenir d'avoir une trique d'enfer. Est-ce qu'elle a la moindre idée de ce que ses yeux sur moi me font? J'en doute. Elle est bien trop innocente pour ça.

Arrive enfin la partie que je préfère. Mlle Burton m'a demandé de ne pas sourire, pourtant, quand les yeux de Lexi rencontrent enfin les miens, je ne peux retenir le coin droit de ma bouche, creusant certainement ma fossette. Son regard me sonde et je me demande un instant ce qu'elle perçoit. Voit-elle uniquement un simple sportif qui aime faire la fête? Serait-ce pour cette raison qu'elle ne succombe pas à mon charme? Je ne suis pas que ça.

Je cligne des yeux et détourne le regard un instant. Et si jamais je n'arrivais pas à la faire changer d'avis? Et si jamais personne n'arrivait à me voir autrement? Avec la carrière à laquelle je me destine, est-ce tout ce à quoi j'aurai le droit? Greg y est bien arrivé avec Selma, pourquoi est-ce que ce serait différent pour moi? Je déglutis plusieurs fois. J'ai envie que ça se termine.

C'était peut-être une mauvaise idée. Une tension s'empare de mes épaules, je crispe la main sur ma cuisse et serre les mâchoires. Je ne suis pas un crétin, pourtant j'ai le sentiment d'un coup que c'est l'impression que je donne. Je pensais m'en foutre, mais est-ce vraiment le cas? Je n'avais pas vraiment réalisé que ça pourrait m'empêcher d'intéresser des femmes comme Lexi. Putain, je suis définitivement un crétin.

Je la regarde à nouveau, elle me fixe cette fois-ci, les lèvres pincées et les sourcils froncés. Je hausse un des miens comme pour l'interroger du regard, mais je n'obtiens pas de réponse, elle retourne à sa feuille et dans la minute qui suit,

Mlle Burton nous informe de la fin du cours. Je me hâte de remettre mon tee-shirt, soudain mal à l'aise dans ma quasi-nudité. Je sais que je peux paraître arrogant, la plupart du temps, ça m'est égal. Je n'avais peut-être pas conscience que c'était quelque chose qui pourrait me poursuivre longtemps et me porter préjudice.

Je salue de la tête la prof et quitte la salle sans demander mon reste. Je marche vite pour rejoindre la voiture de Paul. Comme les mecs sont à une fête, ils n'en avaient pas besoin. Je leur ai dit que je ne rentrerais pas tard pour les rejoindre mais que j'en avais besoin pour un truc perso. Je ne leur ai pas parlé de mes plans, peut-être parce qu'ils trouveraient ça bizarre, mais surtout parce qu'ils seraient bien capables de venir me rejoindre ici et me foutre la honte ou m'accompagner en tant que modèles.

Je m'installe au volant et reste quelques instants stoïque, perdu dans mes pensées. Qu'est-ce que je suis en train de foutre bordel? J'ai fait dégager Nick parce que je ne voulais pas qu'il emmerde Lexi, mais elle n'avait rien demandé, et me voilà, dans son quotidien. Est-ce que c'est mieux? Pas sûr.

14

Frank

Quand Lexi a découvert mon tatouage, j'ai immédiatement repensé au soir où elle m'a montré son dessin, après le cours où je me suis senti particulièrement vulnérable. Ce soir-là, je lui ai avoué qu'elle me plaisait et je lui ai confié mes craintes. Elle m'a rassuré en me disant que je lui plaisais aussi, mais qu'elle préférait y aller doucement. Je lui plaisais, mais je l'intimidais également. À partir de là, notre relation a évolué tout doucement, progressant d'une amitié à un amour naissant, avant de déboucher sur une passion dévorante.

Nerveux, j'attends l'arrivée de Lexi pour notre fameux dîner. Je ne dirais pas dîner de réconciliation, mais c'est un bon premier pas dans cette direction.

J'aurais pu commander chez le traiteur, cependant je tenais à m'en occuper. Je suis loin d'être un chef quatre étoiles, mais je me débrouille largement. Ma mère a tenu à ce que je sois capable de cuisiner un minimum, et, en tant que sportif professionnel, je suis très attentif à ce que je mange.

Je suis donc en train de préparer des pavés de saumon cuits à la vapeur, de petites pommes de terre persillées, vapeur elles aussi, et une fondue d'épinards à la crème fraîche. J'ai sorti deux bonnes bouteilles de vin, blanc et rouge, parce que je ne sais pas ce qu'elle préfère. Pour le dessert, j'ai concocté des fondants au chocolat, une petite crème à la vanille et une mousse à la menthe. Même si je fais attention à mon alimentation, je sais me faire plaisir.

La table est mise, je suis douché et habillé, tout est prêt. J'ai l'impression de tourner en rond en attendant Lexi. Plongé dans les récaps des derniers matchs, je bondis presque du canapé quand j'entends l'interphone retentir. Je cours littéralement vers la porte d'entrée et ouvre le portail à Lexi. Il ne lui faut que quelques secondes pour remonter l'allée et se garer dans la cour de devant. Elle descend et lève des yeux impressionnés vers la bâtisse. J'ai travaillé avec l'architecte sur les plans de la maison. Je voulais qu'elle soit unique. Mienne. Je tenais à donner mon avis sur tout, des matériaux à l'agencement, de l'orientation à la décoration. Au final, je suis très, très fier du travail accompli, c'est pour ça que je me sens si bien chez moi. Je sors sur le perron et descends les quelques marches pour la rejoindre près de sa voiture.

– Elle est vraiment magnifique, souffle-t-elle, les yeux perdus vers l'étage. C'est tout à fait ce que j'imaginais pour toi.

– Merci.

– Je suis sûre que tu as aidé à la conception.

– Oui.

Je l'invite à entrer. Je l'observe attentivement alors qu'elle retire sa veste. Elle porte un pantalon bleu marine slim qui met inévitablement ses longues jambes en valeur, et un chemisier crème en satin. Elle sent bon, comme toujours. Encore cette odeur de fruits exotiques qui ne la lâche pas et qui me rend fou.

– J'ai allumé un feu, j'espère que tu n'as pas froid.

– Non, c'est parfait, sourit-elle en se tournant enfin vers moi.

Je pose sa veste sur le dossier d'un tabouret autour de l'îlot central et lui propose un verre. Elle choisit le blanc pour commencer. Je lui tends un verre rempli avec parcimonie et j'attrape une bière pour moi. Quand je me retourne vers elle, elle est en train d'admirer la vitrine face à l'entrée où sont exposés les différents trophées que j'ai remportés au cours de ma carrière, mais aussi de nombreuses photos de ma famille, de mes amis, de mes voyages.

– Tu dois trouver ça narcissique, d'exposer ça comme ça, murmuré-je en me posant à côté d'elle.

– Ça pourrait, mais il y a un équilibre dans ce que je vois, alors non. Et je sais que tu n'es pas narcissique, Frank.

– J'en étais venu à me poser la question lors de nos sessions.

Elle se contente de rire doucement avant de prendre une gorgée, comme si elle gardait un petit secret pour elle.

– Je te fais faire le tour?

– Volontiers.

– Donc, par ici, la cuisine, fais-je en ouvrant le bras face à nous.

– Tu cuisines? s'étonne-t-elle.

– Oui, madame, ça m'arrive, surtout quand je reçois du monde.

– Tu as cuisiné pour nous, alors?

– Oui. Par ici, le coin repas, continué-je en désignant la table carrée de la salle à manger. Par ici, le salon.

– C'est magnifique chez toi, Frank. Ces volumes, c'est impressionnant.

– Merci. Je suis plutôt fier de mon chez-moi.

– Je peux comprendre pourquoi.

– Derrière, fais-je en désignant le mur au fond du salon, il y a une chambre. Elle est aménagée de manière féminine, parce que Leah a décrété qu'elle serait la sienne quand elle viendrait squatter chez moi.

– Tu adores ta sœur, me taquine Lexi.

– C'est vrai, mais ne lui dis pas, elle m'en ferait baver.

– Les escaliers mènent à l'étage : trois autres chambres dont la mienne. Là, montré-je face à la salle à manger, c'est la salle de muscu avec un coin salle de bains et jacuzzi.

– Un jacuzzi? fait Lexi avec une petite moue en haussant un sourcil.

Elle doit tout de suite s'imaginer des orgies et autres choses sexuelles. Cela irait bien avec ma réputation après tout, mais j'ai rarement ramené de femmes chez moi.

– Il fait un peu froid, mais je peux te montrer l'extérieur.

Elle hoche la tête et j'ouvre une des baies vitrées pour qu'on puisse aller sur la terrasse. C'est un petit havre de paix. J'ai embauché un paysagiste pour qu'il aménage les espaces extérieurs, je voulais que la maison soit aussi belle dedans que dehors. Une immense table permet de recevoir au minimum une dizaine de personnes, je me suis offert un barbecue dernier cri et bien entendu, il y a une piscine. J'ai voulu que celle-ci soit naturelle. Cela demande plus d'entretien, mais je trouve ça bien plus joli et moins invasif. Je tends le bras vers la gauche pour désigner un passage.

– Le chemin là-bas mène à la plage au bord du lac.

– C'est superbe, Frank, dit-elle en resserrant un bras contre elle.

– Viens, on rentre.

Elle acquiesce de la tête et on retourne au chaud. Elle ne devrait pas tarder à se réchauffer ; il y a la cheminée, mais le chauffage au sol assure largement le coup. J'avoue que la cheminée, c'est plus pour donner un aspect romantique à la soirée.

Je m'assois sur le canapé mais Lexi se dirige vers le mur en face, là où sont rangés tous mes vinyles, DVD et livres, avec l'écran plat en plein milieu.

– Tu vas pouvoir me dire qui je suis en étudiant mes goûts musicaux et littéraires.

– Peut-être. Même si j'ai déjà une idée de qui tu es, on a forcément changé en dix ans.

– Oui.

Je la laisse observer puis elle revient à moi. Son verre est vide, alors je lui prends des mains et vais la resservir. Je reviens rapidement vers elle et elle s'empare du verre plein.

– Parle-moi de toi.

– Que veux-tu savoir ?

– Qu'est-ce que tu as fait?

– Eh bien, commence-t-elle en se raclant la gorge, j'ai fini mon master de psycho. J'étais très intéressée par une spécialisation, donc j'ai rempilé pour deux années de plus. J'ai adoré, c'était très enrichissant. J'ai fait plusieurs stages dans le centre d'aide pour le PTST, du coup, après l'obtention de mon diplôme, ils m'ont embauchée. J'y suis restée quatre ans. Ces quatre années ont été les plus dures mais aussi les plus profitables que j'aie vécues. J'ai rencontré des gens adorables qui ont survécu à des horreurs, et j'étais là pour les aider à revivre, à surmonter leurs traumatismes.

– Pourquoi être partie?

– J'ai vécu quelque chose de vraiment difficile, murmure-t-elle, une émotion particulière dans la voix, et puis Selma a obtenu une bourse pour venir ici, travailler dans un gros centre de recherche, alors je me suis dit « Pourquoi pas? » J'avais l'intention d'ouvrir mon propre cabinet, je peux faire ça n'importe où, donc je l'ai suivie. J'ai vendu l'appartement que j'avais acheté à Detroit et j'ai facilement trouvé quelque chose en ville.

– Comment tu t'es retrouvée à travailler pour les Blackhawks? Je sais que tu en as parlé à certains de l'équipe, mais je ne me montrais pas très attentif.

– Un des militaires que j'ai traités à Detroit est le fils d'un des membres du staff de l'équipe. Il a parlé de mon travail, de mon implication et ils m'ont contactée. Voilà toute l'histoire.

Son regard se perd un instant dans le vide sur sa droite

puis elle revient à moi.

– Je ne te cache pas que c'était difficile à prendre, comme décision. Je savais que tu serais là. Pendant toutes ces années, il m'a été très dur de passer à côté de toi, de ton succès. Vous êtes presque omniprésents. Mais je me suis concentrée sur l'opportunité et j'ai accepté.

– Je ne te le reproche pas.

– Et me voilà aujourd'hui, qui l'aurait cru ? rit-elle doucement.

– Pas moi en tout cas, mais j'en suis content.

Elle me lance un petit sourire tout doux et je pose mon regard sur ses lèvres. Putain, ce que je ne donnerais pas pour les goûter une nouvelle fois…

– Et toi ? Je vois qu'effectivement, ces dix années t'ont plutôt réussi.

– Oui. Mais je garde la tête froide et sur les épaules, surtout. Je mets de l'argent de côté parce que j'ai conscience que ma carrière ne durera pas éternellement. Mais je suis loin d'être fini, quand même. Regarde Anatoli, il a dix ans de plus que moi, mais il est encore excellent sur la glace.

– C'est même l'un des meilleurs buteurs de l'équipe.

– Tout à fait, alors je suis encore loin de dire adieu aux Blackhawks, mais je pense à l'avenir. Avant de signer mon premier contrat avec la LNH, j'ai pu boucler ma troisième année par correspondance tout en jouant pour les IceHogs. Et puis tout a été très vite. À vrai dire, je n'ai pas vu passer les dix dernières années. J'étais tellement sur un petit nuage. Deux ans plus tard, je remportais ma première Coupe Stanley. Je ne t'explique même pas à quel point mon palpitant a été malmené. C'était la folie, même à la maison. Bordel, quand j'y repense. La suite, tu la connais, tu as lu mon dossier.

Je souris bêtement alors que je revois la fierté dans les yeux de mon père et la fête sans nom qu'on a eue avec Jordan et Graham par la suite.

– Peut-être, mais t'entendre dire les choses, c'est différent.

Je l'invite à passer à table.

– Se mettre à deux sur la grande table, ça me paraissait un peu trop, ça t'ennuie si on mange autour de l'îlot central ?

– Pas du tout. Mmm, ça sent bon, dit-elle derrière moi.

– J'espère que ça le sera aussi.

Je dispose les pavés de saumon encore chauds en essayant de faire une présentation soignée, histoire de faire bonne impression. C'est le sentiment qu'elle me donne quand je pose les assiettes devant nous.

– Tu préfères du rouge ou du blanc pour le repas ?

– Je veux bien continuer avec le blanc.

– Pas de souci.

Elle attend que je finisse de la servir avant d'attaquer le plat. Le petit gémissement qui s'échappe de ses lèvres fait tressauter ma queue. Heureusement que je suis assis, comme ça, mon érection reste cachée.

– Ça te plaît ?

– C'est délicieux. Tu parlais de Leah tout à l'heure, dit-elle après une minute. Comment va-t-elle ? Que devient-elle ?

– Elle va très bien. Elle a brisé le cœur de ma mère en quittant Chicago pour entrer dans une école de stylisme à New York. Elle rentre souvent, mais maman a du mal avec l'éloignement. Ce qui est ridicule, vu que je suis moi aussi souvent absent. Mais bon, la relation mère-fille, c'est quelque chose à part. Elle a terminé ses études et je crois qu'elle a intégré une grande maison de mode, quelque chose comme ça. Elle a passé un été à Paris aussi.

– Je vois qu'elle profite et qu'elle va bien. Je suis contente pour elle.

– Ouais, moi aussi.

– Et tes parents? Anthony?

– Ils vont bien. Papa est toujours le doyen de la fac de Chicago, toujours de grandes responsabilités, je ne suis pas sûr qu'il soit prêt à prendre sa retraite. Il aime trop sa fac, ses élèves, son métier. Maman a quitté son job d'institutrice. Je lui ai offert le poste de directrice de la fondation que j'ai créée.

– Tu as créé une fondation?!

– Ouais, l'ABIF, Anthony Bash Irving Foundation. On a eu quelques soucis avec Anthony quand il est devenu un vrai adolescent, et ça me tuait à petit feu de ne trouver personne pour nous venir en aide, faute de moyens mais aussi à cause du manque d'informations. Alors j'ai eu l'idée d'utiliser mon argent pour une juste cause, qui me tient d'autant plus à cœur. Et je ne voyais personne d'autre que maman pour en prendre les rênes. Je ne l'ai jamais vue aussi épanouie que depuis qu'elle gère cette fondation.

Mon frère, de cinq ans plus jeune que moi, est atteint d'autisme, ce qui n'est pas toujours facile à vivre au quotidien.

– Waouh, je suis vraiment impressionnée. C'est beau ce que tu fais.

– Pas vraiment, parce que moi, je ne fais rien. Ce sont les gens qui y bossent qui ont du mérite, pas moi. D'ailleurs, maintenant qu'on parle de ça, j'ai quelque chose à te demander.

– Oui?

– Samedi dix décembre, on organise un gala pour une levée de fonds pour la fondation, est-ce que tu accepterais d'y assister à mes côtés?

– Oh, eh bien, euh, Frank, c'est… bafouille-t-elle.

– Penses-y, OK? C'est dans un mois, tu as largement le temps d'y réfléchir. Tu as peut-être quelque chose de prévu, fais-je en haussant les épaules, histoire de lui offrir une porte de sortie si besoin.

– Je vais y réfléchir.

– Parfait.

On finit nos plats tranquillement. Je lui sers un autre verre de vin blanc tandis que j'en prends un de rouge. Puis je vais préparer les desserts.

– Parle-moi de ta famille.

– Eh bien, mes parents sont toujours à Muskegon. Ils vont bien. Pas encore à la retraite non plus, mais ils profitent un peu plus maintenant. Ils sont partis en voyage en Afrique du Sud l'été dernier.

– C'est cool.

– Oui. Eric est maintenant avocat. Il fait son bonhomme de chemin aussi. Il travaille au cabinet du procureur de Detroit, il adore son métier, à tel point que, parfois il saoule les gens avec sa déformation professionnelle. Il s'est fiancé en juillet avec Beth, sa petite amie depuis quelques années maintenant. Le mariage est prévu pour l'été, l'année prochaine. Ils sont mignons, tous les deux.

– J'imagine, souris-je en déposant les desserts à table.

– Mon Dieu, c'est toi qui as fait tout ça ?

– Bien sûr ! J'espère que tu as encore de la place.

– Pour les desserts, toujours, murmure-t-elle.

Bien entendu, avec mon esprit mal placé, je capte forcément le sous-entendu. Je souris intérieurement : elle sera peut-être partante pour un tout autre dessert plus tard avec moi ?

– Et Shane ? continué-je en notant qu'elle n'en a pas parlé.

– Il va bien, il a rejoint Detroit aussi. Ils veillent l'un sur l'autre.

– C'est bien.

On finit nos desserts, elle a l'air d'aimer, en tout cas il n'en reste pas une miette.

– Tu prends un café ?

– Oui, s'il te plaît.

Je la laisse rejoindre le salon tandis que je prépare les boissons chaudes. Je sais que je suis foutu.

15

Lexi

Je m'installe sur le canapé pendant que Frank prépare les cafés. Je suis étonnée, mais tout est naturel alors qu'on discute. Il s'intéresse à ce que j'ai vécu, il se confie à moi volontiers et je prends plaisir à être en sa compagnie. Je sais bien que rien ne pourra être comme avant mais on peut essayer de redevenir amis.

– Tiens, voilà pour toi. Je ne l'ai pas fait trop fort.

Il se souvient que je ne suis pas fan du café noir et corsé. J'en prends une gorgée et mon regard tombe sur une photo où Frank est en compagnie de Graham et Jordan.

– Je sais que Graham est devenu joueur professionnel de basket, qu'il évolue avec les Bulls, mais Jordan, que devient-il ?

– Il est flic. Le plus dur d'entre nous, dit-il, une lueur de fierté dans les yeux. Il se sent parfois moins important que nous parce qu'il n'est pas célèbre ou je ne sais quelle connerie. Ce n'est pas qu'il nous en parle franchement, mais parfois c'est la sensation que j'ai, qu'il me donne. Mais il est con, alors c'est peut-être une idée que je me fais. On est toujours unis comme quand on était plus jeunes. Les épreuves du passé nous ont rendus plus soudés encore. Alors que je signais mon premier contrat, Jordan terminait l'école de police. On était fiers de lui, tu n'imagines même pas. Il y est arrivé alors qu'il a eu une sale période l'année d'avant.

– Qu'est-ce qui s'est passé?

– Eh bien, il a découvert qu'Alice le trompait avec un bon ami à nous, et ce depuis quelque temps. Ils étaient ensemble à la fac.

– Oh, merde alors, soufflé-je, une main sur la bouche.

– Ouais, le pire dans tout ça, c'est qu'il avait des doutes, mais elle a fait passer la pilule en lui faisant croire qu'elle était enceinte. Il l'a demandée en mariage et il a su les choses peu de temps après.

– C'est horrible!

– Comme tu dis. Depuis ça, Jordan n'a pas vraiment été sympa avec les filles.

Je me retiens de lui dire que j'ai la sensation qu'il a agi de la même façon, mais ce serait déplacé.

– Jusqu'à ce que Sarah débarque, sourit-il, visiblement heureux en pensant à elle.

– Qui est-ce?

– Jordan vit en coloc avec plusieurs personnes, dont Scott. Sarah est sa sœur, elle est arrivée de Miami, une sale histoire. Évidemment, Scott l'a prise sous son aile et Jordan n'a pas réussi à rester loin d'elle.

– Il est tombé sous le charme.

– Ouais, c'est exactement ça. Il faudrait être con et aveugle pour faire le contraire. Elle est vraiment extra. Forcément, si elle a réussi à lui mettre le grappin dessus. Bon, il a un peu ramé, parce qu'il a merdé, mais tout est en bonne voie. Avec Graham, on a légèrement mis notre grain de sel.

Je ris doucement face à cette confession alors qu'il sourit avec malice.

– Ton rire m'a manqué, lâche-t-il brusquement.

Je remue soudain, mal à l'aise sur le sofa. Le regard brûlant qu'il me lance n'a plus rien d'insouciant et de platonique. Les choses sérieuses commencent et mon stress réapparaît, chassant tout le bien que l'alcool a fait. Je plante mon regard dans ma tasse de café, peut-être que si je ne réagis pas et que je ne le regarde surtout pas, il passera à autre chose? Mais c'est mal connaître Frank. Il glisse sur le canapé en cuir pour s'approcher de moi, m'enlève le mug des mains et m'oblige à le regarder.

– Est-ce que tu passes une bonne soirée?

– Très bonne.

– J'ai envie de plus que tout ça, Lexi.

– Tu m'as demandé de venir pour qu'on apprenne à se connaître.

– Bien sûr, mais je te mentirais si je te disais que ce sont mes seules intentions. Je ne calcule rien, Lexi, mais je me dois d'être honnête envers moi et ça implique aussi que je sois honnête envers toi. Dis-moi qu'il n'y a rien qui passe entre nous, dit-il en prenant ma main. Dis-le-moi et je n'insisterai pas.

Je regarde fixement nos deux mains jointes. Je ressens sa chaleur, les souvenirs m'envahissent, la douceur de sa peau contre la mienne, ses lèvres sur mon corps. Ma respiration devient difficile. Je n'avais pas prévu ça, mais alors pas du tout. Je quitte son regard pour observer les lieux autour de moi, comme à la recherche d'une échappatoire.

– On pourrait reprendre là où on s'est arrêtés, lâche-t-il telle une bombe.

– Quoi? m'exclamé-je, ahurie, en me relevant.

– Tu n'en as pas envie? demande-t-il la voix grave, alors qu'il est toujours sur le canapé.

– Ça n'a rien à voir avec ce que je veux, je sais que ce n'est pas envisageable. On a des vies bien trop différentes, tu... On ne peut pas faire comme si rien ne s'était passé. Dix ans, c'est long, chacun a changé, tu ne peux pas le nier. Nous ne sommes plus ces jeunes gens de la fac.

– Ça n'a aucune importance, lâche-t-il en se levant pour me rejoindre. Je sais ce que je veux.

– Eh bien, on ne veut pas les mêmes choses alors, lui dis-je doucement.

Je vois bien que mes mots le blessent, mais je n'y peux rien. Je dois me protéger avant tout autre chose.

– Je sais pourquoi tu fais ça, affirme-t-il, sûr de lui.

– Il faut que j'y aille, Frank.

Évidemment, je tente de me défiler, je panique.

– Tu préfères prendre la fuite plutôt que d'écouter ce que j'ai à te dire.

– Non, Frank, je dois partir parce que ce que tu vas dire ne changera pas quoi que ce soit. J'imagine la vie que tu as et tu ne veux pas de moi dedans. Tu peux être fier de ce que tu as accompli, tu as un parcours incroyable. Je suis sûre que tes parents sont très fiers de toi aussi. Mais je ne peux pas partager cette vie.

– Et pourquoi ça ?

– Je ne peux pas, c'est tout.

– Donne-moi une bonne raison, exige-t-il les bras croisés.

Je ne dis pas un mot, parce que j'ai peur de lui dire ce que je pense tout au fond de moi. J'ai peur qu'il le prenne mal. Il n'a pas l'air d'être imbu de sa petite personne, malgré ce que j'ai pu croire, mais j'ai encore en mémoire ce qu'il m'a sorti lors de notre premier entretien et je ne sais toujours pas si la dernière partie était vraie ou non. Et puis, je ne suis pas ce genre de filles. Je n'ai jamais réussi à offrir ma confiance à un autre homme depuis ce jour-là et franchement, je ne me fais pas confiance non plus quand il s'agit de lui. J'ai peur, tout simplement. Si je reste auprès de lui, si je cède, je risque de coucher avec lui et je doute que ce soit une bonne idée.

– Alors ? insiste-t-il devant mon silence.

– Je dois m'en aller, Frank, dis-je en me détournant de lui.

– Lexi, je t'en prie, parle-moi. Depuis que je t'ai revue dans ce couloir, je ne fais que penser à toi, tu m'obsèdes, vraiment, je ne plaisante pas. Je repense sans arrêt à notre histoire à la fac, bon sang, grogne-t-il en passant une main dans ses cheveux courts. Je sais bien que c'est encore trop tôt pour parler de sentiments, mais ouais, c'est ce que je ressens, OK ? J'ai envie de toi dans ma vie. J'ai l'impression qu'on nous a volé quelque chose.

– Tu ne sais pas, Frank. Tu ne peux pas dire qu'on serait toujours ensemble. Cela aurait peut-être tenu au début, et puis après, avec la distance…

– Toi non plus tu ne peux pas dire qu'on serait séparés. Je t'aimais tellement, Lexi, dit-il la voix émue.

Je suis à deux doigts de m'effondrer. Il me bouleverse. Comment peut-il passer du mec renfermé qui venait dans mon bureau à cet homme qui se confie sans crainte ? Comment peut-il être si sûr de lui ?

– Sois réaliste, Frank, tu partais à Chicago, ton rêve devenait réalité, tu n'allais sûrement pas t'encombrer d'une petite amie.

– Et pourquoi pas ? On aurait au moins essayé.

– Peut-être, mais je suis sûre que tu… la vie que tu as… je ne suis pas… bafouillé-je en posant mes yeux partout sauf sur lui.

– Tu m'as déjà dit ça il y a dix ans, mais j'aurais tout fait pour que cela fonctionne. Notre couple. Je t'aimais, je nous aimais. Lexi, regarde-moi, exige-t-il en se plantant devant moi, les mains sur mes bras. Je comprends ce que tu te dis et je ne peux pas vraiment te contredire. J'en ai effectivement bien profité, j'étais jeune, tu venais de labourer mon cœur et j'étais en colère, alors j'ai fait ce que n'importe qui aurait fait, je me suis amusé. Mais il me manquait quelque chose, il me manque toujours quelque chose.

Il laisse passer quelques secondes avant de reprendre, toujours très sérieux.

– On pourrait croire que j'ai tout ce dont je rêve, et c'est vrai, je n'ai pas à me plaindre, mais quand je rentre, je suis seul. Je n'ai personne avec qui partager tout ça au quotidien et ça commence à me peser. J'ai rencontré bon nombre de filles au fil des ans, j'en ai profité, eu quelques aventures plus sérieuses que d'autres, mais personne n'a jamais fait vibrer mon cœur comme tu l'as fait. Peut-être qu'inconsciemment je n'ai laissé personne le faire parce qu'il y avait toi, ton souvenir et cette blessure. Je n'aurais jamais cru que je ressentirais une nouvelle fois tout ça en te revoyant après toutes ces années, mais c'est pourtant le cas, et j'ai assez de couilles pour ne pas te le cacher et te l'avouer, parce que si je ne le fais pas, je m'en voudrai toute ma vie.

Là, sous ses yeux, sous ses mains, sous son courage, je m'effondre. C'est impossible qu'il ressente encore quelque chose pour moi après tout ce temps, je n'arrive pas à y croire. Ça paraît être une habitude prise il y a des années, mais je me laisse aller, mon front contre son torse, ses mains rassurantes dans mon dos. Je le respire.

– Je veux partager tout ça avec toi, Lexi. Je t'ai donné mon cœur et je ne l'ai jamais récupéré, tu l'as toujours, murmure-t-il contre mon oreille. Tu es la seule qui puisse le réparer et j'aimerais tellement que tu me donnes une chance de pouvoir en faire autant pour le tien.

Je me détache de lui, incapable de dire quoi que ce soit face à cette déclaration. Je n'arrive pas à croire ce qu'il se passe. C'est hallucinant, tout simplement.

– Ne me rejette pas, Lexi, je t'en prie.

Je secoue la tête pour lui dire que je ne compte pas m'en aller, pas après ses paroles. Mes yeux sont posés sur ses lèvres qui m'attirent plus qu'elles ne devraient, je suis perdue pour de bon. Comment peut-il avoir ce pouvoir sur moi? Sans me contrôler, je me penche vers lui et en un rien de temps, ses lèvres sont sur les miennes et on se dévore. Je me plaque contre lui. Il y a tellement longtemps que je n'ai pas vécu quelque chose d'aussi passionnel, j'ai du mal à organiser mes pensées.

– On va prendre notre temps, me promet-il en me serrant dans ses bras.

Comment sait-il que c'est ce qu'il me faut? Du temps et sa patience. Je soupire contre son épaule et me détache à contrecœur.

– Je vais y aller.

– Tu es sûre? Maintenant?

– Oui. Ce qui vient de se passer, ce qu'on s'est dit, c'est si intense, j'ai besoin de souffler un peu. Je te promets que je ne m'enfuis pas, mais je…

– D'accord. Pas de souci.

J'ai l'impression que cela lui coûte, mais il respecte ma décision.

– Tu veux que je t'appelle un taxi?

– Non, ça va aller, merci.

Il m'accompagne jusqu'à ma voiture, m'ouvre la portière et patiente le temps que je m'installe. Il se penche pour m'embrasser une dernière fois avant de me sourire tendrement.

– Tu m'envoies un texto pour me dire que tu es bien arrivée ? Fais attention sur la route.

– Promis.

***

Le dîner avec Frank était il y a deux jours, et depuis il ne se fait pas trop pressant. Il est plutôt attentionné et touchant. Il m'envoie des textos, se rappelant de vieux souvenirs, il me souhaite bonne nuit et j'ai même eu une livraison surprise d'un magnifique bouquet de pivoines.

À part un match prévu dans deux jours à Philadelphie, nous sommes à Chicago pour presque deux semaines, c'est vraiment très appréciable. Ce soir, l'équipe affronte les Devils du New Jersey. J'ai réussi à avoir des places pour Greg et Selma. Normalement je devrais réussir à être avec eux. Je suis sur le point d'aller les rejoindre, mais quelqu'un me retarde. Frank est là, en tenue, il me surplombe de toute sa hauteur et de sa masse imposante. Il esquisse un petit sourire et je fixe sa fossette, qui m'hypnotise comme toujours. En deux pas, il m'a rejointe. Il couvre ma joue avec sa grande main et m'embrasse à me faire perdre la raison. Il me laisse essoufflée et pantelante. Il me fait un peu plus chavirer en me lançant un vrai sourire, puis il m'abandonne comme ça. Et je suis sciée. Je mets quelques instants à me ressaisir puis je rejoins la patinoire. Selma est là, toute seule.

– Greg n'est pas là ?

– Si, si, il est là, m'indique-t-elle en tournant la tête et en le désignant plus haut. Il signe des autographes. Qu'est-ce que tu veux ?!

J'accueille un bisou sur ma joue et son visage se fend d'un grand sourire.

– Pourquoi tu souris comme ça ? Si j'avais su que venir voir un match de hockey te réjouirait autant, je l'aurais fait plus tôt.

– Oh, ça n'a rien à voir avec ça. Enfin, bien entendu, je n'ai rien contre assister à un match avec des hommes pareils, mais c'est plutôt ta mine à toi qui me donne le sourire, rit-elle en tendant un doigt vers moi.

– Qu'est-ce que j'ai ?

– Les joues rouges, un petit quelque chose dans le regard, la panoplie de la femme heureuse, énumère-t-elle.

– Je suis censée être la psy, ronchonné-je en esquivant sa remarque.

– Ouais, ouais, mais je vais le faire à ta place, juste pendant quelques minutes. Comment était le dîner ? Vous avez mis les choses au clair avec Frank ?

– On apprend à se connaître à nouveau, c'est déjà un grand pas pour moi.

– OK.

– J'ai besoin de temps, mais il a toutes ses chances, murmuré-je en fixant la glace encore vide.

– C'est tout ce que j'avais besoin de savoir.

Greg nous rejoint, enfin, il essaie parce qu'il se fait arrêter presque toutes les deux secondes pour signer des autographes. L'United Center est transformé en patinoire ce soir, je ne m'attendais pas à ce qu'un basketteur ait autant de succès.

– Bonsoir, Lexi, tu vas bien ? me salue-t-il en me prenant dans ses bras.

– Oui, très bien. Et toi ?

– Super ! Merci pour l'invitation, j'ai rarement l'occasion de pouvoir assister à un match de hockey ici. Je suis excité, sourit-il avant d'embrasser Selma à pleine bouche.

– Je suis navrée pour votre match d'hier.

Ils ont perdu à domicile contre les Lakers de Los Angeles. J'essaie de suivre un peu leurs résultats aussi.

– Ouais, c'est dur cette saison, avec le changement d'équipe, tout ça. Pas évident pour moi. Mais j'apprécie d'être ici.

– Je suis à chaque fois impressionnée quand je me rends compte qu'il y avait encore un terrain de basket à ce même endroit hier, dis-je en observant les lieux.

– C'est encore plus impressionnant quand tu les vois tout mettre en place. Quand ils installent la glace, c'est dingue quand même, et puis les dessins après… Je suis content d'être là, les filles. Ça me change, cette soirée, c'est cool.

– Je suis contente de partager cela avec vous. Moi aussi, ça me fait plaisir que vous soyez là.

On parle encore un peu de tout et rien, puis la salle plonge dans le noir. Le son résonne dans l'espace et les images se mettent à défiler, aussi bien sur les écrans face à nous que sur la glace. Une sélection d'images anciennes et récentes passe en rafales lentes et plus rapides. Je souris sans le vouloir en découvrant Frank sur quelques-unes d'entre elles. On déroule ensuite un petit tapis rouge, et les arbitres entrent dans l'arène via une ouverture derrière un des buts. Ils glissent pour se mettre en condition pendant quelques instants, puis ils vont vérifier l'attachement des buts de chaque côté.

Rapidement, les joueurs font leur entrée sous une acclamation du public. Les Blackhawks vont occuper la partie à notre gauche, tandis que les Devils apparaissent à notre droite. Sans le faire exprès, mes yeux trouvent le numéro 89 de Frank et je ne le quitte plus du regard alors qu'il évolue en douceur sur la glace. Ils font plusieurs tours de chauffe, crosse à la main.

– Il a vraiment fière allure, murmure Selma à mon oreille.

Je me contente de hocher la tête. C'est vrai qu'il en impose. On est aux premières loges, juste à côté du banc de touche. Les meilleures places.

Les six joueurs commençant la partie sont annoncés sur les écrans géants et sur la glace. Ma respiration se suspend alors que Frank apparaît en grand devant nous. Selma s'empare de ma main et me la presse doucement. Elle doit sûrement ressentir mon stress. Même si je n'ai pas voulu entrer dans les détails, elle voit clair en moi. Les autres joueurs rejoignent le banc de touche. Les arbitres s'immobilisent sur la tête de l'Indien au centre, les joueurs se positionnent sur les lignes bleues, chacun de leur côté, puis le drapeau américain se déroule sur la glace et l'hymne national est entonné par Jim Cornelison. Le jeu de lumière est impressionnant. Cela me donne la chair de poule.

– Nathan ne joue toujours pas? m'interroge Greg.

– Non, sa condition est évaluée chaque jour. Il est impatient, mais il comprend et se plie aux règles. On espère avant la mi-décembre.

Du coup, comme Frank occupe le même poste que lui, il peut faire l'ouverture du match. Dès la fin de l'hymne, chaque joueur va trouver son poste. Le gardien se met devant sa cage, deux défenseurs en arrière, deux attaquants de chaque côté et Frank au centre pour l'engagement.

Le match se passe un peu comme si j'étais à côté de mon corps. Les hockeyeurs évoluent avec tellement de rapidité et de fluidité que j'ai du mal à faire le compte de qui est sur la glace. Les changements sont si rapides, j'arrive tout juste à suivre, pourtant je connais maintenant sur le bout des doigts les numéros des joueurs et je sais associer qui avec quel numéro. Mais c'est trop compliqué pour mon esprit en ce moment. Toutefois, je sais repérer Frank, pas besoin d'effort pour lui. Je me concentre sur le jeu, je note les comportements sportifs aussi. Je sais que le contact fait partie intégrante du jeu et je ne m'attarde pas sur les actions non volontaires, uniquement sur les comportements agressifs que les joueurs peuvent parfois avoir.

Zijac des Devils ouvre le score durant la première partie. Les Blackhawks n'arrivent pas à égaliser, malgré une très belle action d'Anton. Malheureusement, le palet rencontre la barre du but et retombe en dehors. Dans des cas comme ça, on ne peut qu'admirer la technicité impeccable des joueurs. Greg s'époumone à nos côtés. Visiblement, il est pris par le jeu. Ça me fait sourire.

La deuxième période débute sur les chapeaux de roue. Mark égalise et rebooste ainsi son équipe. Après dix bonnes minutes d'actions dans les deux camps, le rythme accélère et Frank revient dans le jeu. Zijac marque une nouvelle fois, mais Frank rééquilibre la balance moins de deux minutes plus tard avec un superbe *slapshot* sur une aide de Keith et Bryce, notre défense de choc. Le palet semble pourtant être arrêté par le gardien adverse, mais il ressort et entre tout doucement dans les filets. Je me lève et hurle ma joie, accompagnée de Selma et Greg. Ce tir est tout simplement magnifique. Dixième but de Frank. Oui, bon, je tiens peut-être les comptes, mais je le fais pour tous, question de statistiques.

Je suis absolument envoûtée par le jeu, je retiens ma respiration pendant les mouvements de suspense, Frank attire mon regard comme un aimant. Il apparaît juste devant nous et trouve le temps de me faire un clin d'œil rapide, qui fait glousser Selma. Mais aussitôt un joueur adverse vient le plaquer durement contre la paroi et je me lève instinctivement. Il tombe au sol et y reste un court instant avant de se relever. Je soupire de soulagement, et le jeu reprend comme si de rien n'était. C'est ça aussi, le hockey.

Bryan prend une punition pour avoir fait trébucher un joueur du New Jersey. Une fois ses deux minutes purgées, une action se met en place devant le but des Devils. Bryan ne perd pas de temps : à peine revenu sur la glace, il intercepte le palet et file droit vers le but adverse. Il tente un tir mais le palet ne passe pas le gardien. Je peux lire sa frustration, cependant Sven n'est pas loin. À une vitesse impressionnante, il s'en empare, tire et marque, offrant ainsi l'avantage aux Blackhawks. Toute la salle exulte. Le bruit, les cris, les sifflets, la musique, nous sommes tous au diapason et pleins d'admiration pour notre équipe.

La troisième et dernière période est marquée par les tensions. Zijac inscrit un troisième but, réalisant ainsi un coup du chapeau. Même s'il s'agit d'un joueur adverse, c'est tout de même impressionnant. Mais les Blackhawks n'arrivent pas à inverser la tendance avant la fin du temps réglementaire. Quand ils reviennent pour les prolongations, je sens une détermination et une volonté de fer. Nous sommes tous sur les nerfs, retenant notre souffle. Puis, quand Sam et Keith se mettent en place, je repère immédiatement une des tactiques de l'équipe. Anatoli file à travers la patinoire, et après un échange, le palet arrive sur sa crosse et repart avec coup puissant. La rondelle trouve son chemin directement dans les filets des Devils, offrant ainsi la victoire aux Blackhawks.

L'effervescence est totale, la joie se lit sur les visages des joueurs. Une victoire met toujours du baume au cœur. Le sourire qui ne quitte pas mon visage me trahit, je suis inévitablement ravie pour l'équipe. Selma me prend dans ses bras et je savoure cette étreinte. Elle a toujours été là, dans les bons comme les mauvais moments. Je suis heureuse de partager cela avec elle ce soir. Elle entrevoit une partie de mon monde.

Greg propose d'offrir un verre pour célébrer cette victoire. J'accepte volontiers, il y a bien longtemps qu'on n'a pas fait ça. Ils m'accompagnent sans discussion à mon bureau pour que je récupère mes affaires. Sur le chemin pour rejoindre la sortie, on tombe sur quelques joueurs. Certains se préparent pour la conférence de presse qui suit toujours un match, avec coach T, d'autres ne sont toujours pas changés. Ils vont sûrement aller boire un verre, eux aussi.

Comme souvent, Bryan me lance un grand sourire et vient à ma rencontre. Frank est plus loin, occupé à discuter avec l'entraîneur. Selma et Greg s'éloignent légèrement pour ne pas déranger.

– Félicitations. Vous étiez sacrément en forme ce soir.

– Merci. Je vais parler pour tout le monde, mais oui, on se sent bien. Et une victoire, c'est toujours grisant.

– Je suis avec des amis, ils ont adoré. Selma, ma meilleure amie et Greg, son petit ami, expliqué-je en les désignant.

– Franklin ? Bah merde ! Tu es amie avec Greg Franklin ?! s'exclame-t-il.

– Oui, ris-je.

– Sympa !

– Plus que de vous connaître vous ?

– Ouais, enfin non, disons à égalité, dit-il avec un clin d'œil.

Je ris à nouveau. Vincente et Travis me bousculent en passant et je me retrouve tout contre Bryan. Il me retient par le bras et alors que je murmure des excuses, même si je n'y suis pour rien, un grand corps massif se matérialise à nos côtés et m'écarte brusquement de Bryan.

– Tu ne la touches pas, grogne faiblement Frank en lui lançant un regard glaçant.

Bryan a un mouvement de recul et papillonne des cils, tellement surpris par l'attitude et l'agressivité de son coéquipier.

– Désolé, je… Ce n'était pas déplacé.

– Il n'y a aucun problème, Bryan. Frank est de mauvaise humeur, visiblement. Tout va bien.

Bryan lui lance un dernier regard avant de se tourner

vers moi. Il me demande silencieusement si ça va. Je le rassure d'un petit sourire. Il ouvre la bouche avant de la refermer.

– Si t'as quelque chose à dire, dis-le, ordonne Frank, toujours aussi peu sympathique.

– Non, rien.

J'imagine facilement que Bryan m'aurait proposé de me joindre à eux pour célébrer la victoire, mais l'homme de Cro-Magnon à mes côtés l'en empêche.

– Bonne soirée, Lexi.

– Merci, toi aussi.

Frank darde à nouveau sur lui un regard qui ne me plaît pas, heureusement Bryan ne le voit pas. J'attire son attention en tirant sur le devant de son tee-shirt.

– Frank.

– Quoi?

– Arrête avec ce regard.

– Quel regard?

– Bryan. Laisse-le tranquille.

Maintenant c'est moi qu'il foudroie du regard.

– C'est totalement injustifié. C'est un ami et ton coéquipier. Il a été le seul à me tendre la main au tout début, tu ne peux pas le regarder comme tu le fais, tu ne peux pas non plus me regarder comme ça. C'est méchant.

– Je ne suis pas gentil.

– Garde ça pour la glace, Frank. Je vais aller fêter ça avec Selma et Greg.

– Lexi, je m'excuse. Venez avec nous.

– Non, je préfère vous laisser. Et je te conseille d'aller

t'excuser auprès de Bryan. On se voit demain au départ pour Philly.

Je l'entends grogner tel un homme des cavernes, mais il résiste à l'envie de se donner en spectacle devant ses coéquipiers qui n'ont aucune idée de ce qui se passe entre nous deux. Je l'abandonne là comme ça, sans une parole gentille et réconfortante. Il ne la mérite pas. Selma et Greg m'attendent en se tenant dans les bras. Peut-être que j'aurai droit à ça moi aussi, peut-être avec Frank, s'il se défait de son sale caractère et ça, rien n'est moins sûr.

Je prie pour ne pas choisir le bar où les Blackhawks vont se détendre. Heureusement pour moi, ils ne montreront pas le bout de leur nez. Je peux enfin décompresser et profiter de la soirée avec mes deux amis.

16

Frank

Comme notre match contre les Flyers de Philadelphie est à midi, chose peu courante, on est partis hier afin d'avoir un entraînement sur place. On sort du débriefing après un petit déjeuner très matinal. Je dois rejoindre les gars pour nous préparer mais j'ai quelque chose de plus important à faire avant. Je suis un peu stressé, à vrai dire, en arrivant devant la chambre de Lexi. Je cogne deux fois et patiente.

– Frank? Qu'est-ce que tu fais là?

– Je voulais te parler avant de descendre.

J'entre et elle referme derrière elle.

– Je me suis comporté comme un gros con.

– Ce n'est rien de le dire, dit-elle simplement.

– Je me suis excusé auprès de Bryan. On a discuté un peu plus longuement que d'habitude. Je… J'ai fini par lui dire que toi et moi…

– Toi et moi quoi?

– Eh bien, je lui ai parlé de notre passé, sans entrer dans

les détails, et je lui ai dit que… qu'on… qu'on renouait doucement.

J'attends de voir si elle va mal le prendre, mais elle se contente d'un petit sourire.

– J'ai laissé parler mon foutu caractère et je n'ai pas réfléchi. Je suis parti au quart de tour et ce n'était pas justifié. Tu as raison au sujet de Bryan, c'est un gars bien, qui s'est montré prévenant envers toi dès le départ, je ne peux pas lui en vouloir. Je n'ai pas le droit. D'autant plus que je l'apprécie vraiment.

– Tant mieux. Je suis contente que tu aies réalisé tout ça et que tu aies fait un pas vers lui.

– Tiens, fais-je en lui tendant un sac en papier.

– Qu'est-ce que c'est?

– Ouvre.

Elle s'exécute et son visage se fend d'un grand sourire. Il s'agit d'un ensemble des fameux produits australiens qu'elle utilise depuis des années. Je suis toujours très sensible à cette odeur fruitée et sucrée, je me suis dit que ce serait une bonne idée.

– Tu n'as pas oublié, murmure-t-elle.

– Bien sûr que non, comment voudrais-tu?

Je réduis à néant l'espace qui nous sépare.

– Deux jours que je ne t'ai pas embrassée et encore, c'était ridicule il y a deux jours. Je sais que j'ai dit qu'il fallait qu'on prenne notre temps, mais j'ai besoin d'un peu plus. Je peux?

Elle plonge son regard dans le mien et laisse tomber le sac par terre. Ses mains enserrent ma nuque et son corps se colle au mien. Cela doit être mon signal. Je fonce sur ses lèvres, elles s'entrouvrent automatiquement et bordel de merde ! Je ne sais pas si je vais réussir à me contenir.

Je me penche légèrement et attrape son cul pour la hisser contre moi. Je n'ai pas l'intention d'aller plus loin qu'un baiser torride et peut-être un peu de caresses si elle m'y autorise, mais j'ai besoin qu'elle sente tout le désir qui m'anime, qui bout en moi. Je l'emmène contre la porte et l'emprisonne. Ses mains sont dans mes cheveux et je lui caresse les fesses alors qu'elle resserre son emprise autour de mes hanches.

– Tu me rends fou, tu le sais ça ?

– J'en ai une petite idée, oui.

– Petite ? grogné-je en me frottant un peu plus contre elle.

Elle glousse avant de soulever mon tee-shirt pour caresser ma peau, explorant mon torse. Je me perds dans le vert de ses yeux, je vois le désir grimper en elle aussi. Elle essaie peut-être de le maîtriser, mais elle perd la tête tout comme moi. Il y a des choses qui sont difficilement maîtrisables, voire impossibles. C'est comme ça quand deux personnes sont faites l'une pour l'autre. Je ne vais pas le dire à haute voix, parce qu'il est trop tôt, mais je le sais tout au fond de moi. La vie ne nous aurait pas remis sur le même chemin, autrement.

Ma bouche descend dans son cou et je sens son pouls accélérer. Le dessin de ses clavicules est particulièrement sexy ; pourquoi, aucune idée, mais c'est comme ça. Je descends un peu son tee-shirt pour trouver son épaule. Elle gémit, s'agrippant un peu plus à moi. Je me demande si je peux continuer plus bas, je ne voudrais surtout pas la brusquer. J'aperçois le haut de son sein sous son soutien-gorge rose bonbon. Elle est si appétissante.

– Lexi…

– Hum?

– J'ai envie de te toucher.

Elle semble hésiter un instant, un léger voile masque l'étincelle qui habitait à l'instant son regard, puis elle hoche la tête doucement.

– Je ne veux pas que tu te forces. Si c'est trop tôt, tu me le dis, c'est tout. Tu sais quoi? Je vais me contenter de ça, affirmé-je difficilement. On a tout notre temps et je vais être à la bourre.

– Frank…

– Je t'assure. Tout va bien, on va bien, très bien.

Je l'embrasse à nouveau longuement avant de la relâcher.

– C'est parfait.

Elle me sourit tendrement et je sais que j'ai pris la bonne décision.

– Je te retrouve tout à l'heure.

– Oui. Et, Frank?! m'interpelle-t-elle. Samedi prochain? Tu peux compter sur moi pour la soirée de charité.

J'espère qu'elle arrive à lire toute ma gratitude et ma joie à travers le sourire que je lui lance.

***

Devant le miroir en pied de ma chambre, j'inspecte ma tenue. J'hésitais entre un costume Armani ou Tom Ford, mon choix s'est finalement porté sur le second. D'un bleu nuit, je trouve qu'il va plutôt bien avec mes yeux. Une chemise blanche classique mais qui fait son petit effet. Une cravate bleue elle aussi, un peu plus claire que le costume. Ma mère dit toujours qu'il faut mettre quelque chose dans la pochette de la veste, alors j'y glisse un carré de tissu, bleu encore, orné de légers motifs discrets. Je récupère mes chaussures et les prends à la main avant de rejoindre le rez-de-chaussée. J'y retrouve Leah, qui m'attend dans une magnifique robe fourreau noire bimatière. Le haut est un subtil mélange de dentelle, de cuir et de tissu, léger et transparent, classe mais sexy. Oui, je sais bien, c'est ma sœur, mais j'ai conscience de l'effet qu'elle produit sur les hommes, le nier serait stupide ; ça me hérisse le poil.

– Bon sang ! s'exclame-t-elle. Tu as mis une plombe !

– Arrête avec tes jérémiades, tu n'étais pas prête il y a deux minutes, j'ai regardé par le balcon ! Tu es très belle, la complimenté-je toutefois.

– Merci, sourit-elle en s'approchant de moi pour remettre d'aplomb mon nœud de cravate. Tu es toi aussi très beau. Je suis fière de toi, tu sais.

– Leah…

– Non, vraiment. Je veux dire, je l'étais déjà il y a dix ans, mais aujourd'hui encore plus. C'est tellement incroyable ce que tu fais pour Anthony.

– C'est pour nous que je fais tout ça, Leah.

– Je sais, je sais. Je t'aime, c'est tout.

– Moi aussi, p'tite sœur, moi aussi je t'aime, lui dis-je avant de lui faire un gros câlin.

C'est rare qu'elle se laisse aller à de telles confidences, alors j'en profite. Je m'assois ensuite pour enfiler mes chaussures et elle fait quelques pas devant moi sur ses hauts talons.

– Un cavalier pour la soirée?

Je me renseigne l'air de rien, parce qu'on a beau être adultes maintenant, je suis toujours très protecteur envers elle.

– Boh, non. Je n'ai réussi à traîner personne de New York. J'ai demandé à Justin, mais…

– Qui est Justin? fais-je aussitôt en fronçant les sourcils.

– Un copain, élude-t-elle en enfilant sa veste cintrée et en récupérant sa pochette.

– Quel copain? D'où?

– Arrête, Frank, tu n'es pas mon père.

– Pourtant tu viens ici quand tu es à Chicago. Pourquoi, d'ailleurs?

– La vue, mon cher, la vue, sourit-elle sournoisement.

– Ouais, ce n'est pas dans l'espoir de croiser des hockeyeurs beaux et sexy par hasard?

– Peut-être, souffle-t-elle alors que je mets mon manteau et que je récupère les clés de la voiture.

Je sens qu'elle meurt d'envie de me demander si un coéquipier en particulier sera là ce soir, mais elle se retient parce que je risque de me mettre en mode grognon. Je l'ai vaguement entendue dire une fois que Bryan était hyper mignon, mais il n'y a pas moyen, il est plus jeune qu'elle. Et puis merde, qu'est-ce qu'il a, ce Bryan, pour les attirer toutes comme des mouches? Non, là ce soir, j'ai la sensation que c'est Mark qui a toute son attention. Ça me fait peur. Je suis un peu mal placé pour lui dire quoi que ce soit, vu mon passé avec les filles, mais je n'ai pas forcément envie qu'elle fricote avec mes coéquipiers. Pourtant elle a raison, qui suis-je pour mettre mon veto?

On est attendu pour dix-neuf heures à l'hôtel Hilton, sur Michigan Avenue. Formidablement placé, face à Grant Park, c'est un lieu très luxueux.

J'ai proposé à Lexi de venir la chercher, mais comme elle n'habite pas très loin, elle pouvait s'y rendre toute seule. Je lui ai donc simplement donné une invitation. Le carton est à mille dollars; ensuite, différents lots sont lancés aux enchères pour récolter plus de fonds. Une chanteuse a été sollicitée pour l'événement, et il y a un espace de danse afin de passer une bonne soirée autrement qu'en mangeant et en buvant.

– Je ne sais pas si maman t'en a parlé, mais j'envisage de revenir à Chicago.

– J'ai vaguement entendu parler de ça, oui.

– J'aimerais ouvrir mon propre atelier et ensuite ma boutique.

– C'est génial, ça. Si je peux t'aider en quoi que ce soit, n'hésite pas.

– C'est gentil, Frank, ce n'est qu'un projet pour le moment, mais merci.

– Pourquoi? demandé-je en lui lançant un rapide coup d'œil.

– Chicago me manque, vous me manquez. C'est vrai que New York n'est pas si loin, mais j'ai envie de revenir par ici.

– Ça n'a rien à voir avec ce Justin par hasard?

– Peut-être un peu, répond-elle honnêtement en me surprenant. C'est compliqué.

– Ne gâche pas ton rêve de New York pour un mec.

– Ce n'est pas ça, me rassure-t-elle en posant une main manucurée de rouge sur mon avant-bras. J'ai vraiment envie de revenir. Ça me trotte depuis un moment dans la tête, en fait.

– Dans ce cas, je serais ravi que tu reviennes.

– Oui, sourit-elle, d'autant que j'ai déjà ma chambre chez toi!

– Pour quelque temps, ça ne me dérangera pas.

– Je te taquine, mais je prends note.

Un service de voiturier a bien entendu été mis en place. Je laisse les clés de mon quatre-quatre Jeep à un jeune boutonneux qui va se faire plaisir et vais ouvrir la portière de Leah. Elle accepte mon bras et on prend quelques minutes pour poser devant les photographes. On est obligés de jouer le jeu lors de soirées comme celle-ci.

Quand on a fini de jouer les mannequins d'un soir, on se présente à l'entrée. Pour nous deux, pas besoin de montrer patte blanche, on est immédiatement reconnus et on pénètre dans le luxueux hôtel. L'entrée de la salle de réception nous est indiquée par les hôtesses d'accueil. Après s'être débarrassés de nos vestes, on se met à la recherche de nos parents. On les trouve en train de graviter un peu partout, à saluer, embrasser, discuter avec les convives qui arrivent tout doucement.

– Frank! Leah ! Mes chéris, s'exclame ma mère. Que vous êtes beaux!

– Bonsoir, maman, souris-je en l'embrassant avant qu'elle ne prenne Leah dans ses bras.

– Ma chérie, tu es magnifique.

– Merci, toi aussi, maman. Superbe, la robe, dit-elle avec un clin d'œil.

Je suppose qu'il s'agit d'une de ses créations. Une robe bimatière là aussi, de couleur bleu roi. Le haut a un col rond, sans manches, parsemé de petits brillants ; la jupe est en mousseline toute légère mais pas transparente. C'est vrai qu'elle est belle et ma mère aussi.

– Bonsoir, papa, continué-je en serrant la main qu'il me tend.

– Mon fils, dit-il en m'attirant pour une accolade. Ma puce.

– Où est Anthony ?

– Là-bas, avec Agnès.

Agnès est son auxiliaire de vie. Il n'a pas besoin de sa présence en continu, mais pour une soirée comme celle-ci, il vaut mieux qu'il ait de la compagnie non-stop. Nous laissons nos parents faire leur tour et on rejoint Agnès et Anthony.

Dès que j'apparais dans son champ de vision, Anthony se jette dans mes bras. Il est plus petit que moi et plus chétif, mais pas tant que ça. Je fais durer le câlin sans aucune gêne, puis Leah prend le relais.

– Tu sens bon, dit Anthony en reniflant son cou.

– Merci, mon beau. Quel costume, dis donc !

– Ouais, hein ? Je suis même plus beau que Frank.

– Toujours, toujours.

Il me lance un franc sourire puis s'attaque aux mèches

violettes de Leah. Si elle a une passion pour le stylisme, je dirais qu'il en va de même avec la mode capillaire. Je suis étonné qu'elle ne soit pas devenue chauve, avec tout ce qu'elle fait subir à ses cheveux.

– Tu aimes? lui demande-t-elle.

– Je préfère le bleu, dit-il en grimaçant.

– Eh bien, la prochaine fois, je serai bleue alors.

– S'il te reste encore des cheveux, me moqué-je en inspectant les arrivants.

– Tu attends quelqu'un? demande-t-elle, suspicieuse.

– Ouais, Jordan et Graham.

Bon, Graham a un match contre les Miami Heat à l'United Center, donc il n'arrivera que bien plus tard. Jordan devait venir, mais comme son métier est souvent imprévisible, je ne pourrai pas compter sur lui ce soir à cause d'une grosse affaire qui tombe mal. Leah n'est pas obligée de savoir tout ça, et, surtout, je ne suis pas obligé de lui dire que c'est Lexi que je cherche.

Je passe en mode bienfaiteur et vais à mon tour serrer quelques mains et répondre à quelques questions. Je mets un point d'honneur à saluer tous mes coéquipiers parce que leur présence à cet événement si important pour moi signifie énormément. Comme je l'avais présagé, Leah se jette presque sur Mark à peine celui-ci arrivé. Mon Dieu, mais je ne vais pas la refaire celle-là. Mon irritation est rapidement dissipée par la vue extraordinaire de Lexi qui entre dans la salle. Elle est à couper le souffle.

Elle porte une robe en mousseline couleur crème à

motifs de dentelle noire. Toute en légèreté aussi, et tout simplement sublime. Le décolleté monte jusqu'au cou mais il est fait dans un tulle transparent qui laisse entrevoir le haut de sa poitrine. Bordel, je ne peux m'empêcher de la détailler et de l'admirer. J'ai sûrement la bouche ouverte et le petit filet de bave qui perle.

Leah me fait sursauter en se penchant à mon oreille pour murmurer.

– Je savais que tu attendais quelqu'un ! Hey, mais… c'est Lexi ! Qu'est-ce que… commence-t-elle avant de se planter devant moi. Je peux savoir ce que ça veut dire ?

– Pas maintenant, Leah, s'il te plaît.

– Les parents sont au courant ?

– Non.

– De mieux en mieux. Tu vas bien ? s'inquiète-t-elle subitement.

– Oui, ça va. Ne t'en fais pas. Je… Elle est venue à Chicago et elle a été recrutée par les Blacks, lui expliqué-je, en gros.

– Je peux savoir pourquoi je n'apprends ça que maintenant ? s'offusque-t-elle, un voile de colère dans le regard.

– Je voulais attendre de voir ce que ça donnait.

– OK. Et ?

– Tout va bien. Je ne vais pas souffrir. Va retrouver Mark.

J'attrape sa nuque et dépose un baiser sur son front avant de la laisser pour aller rejoindre Lexi. Je la trouve alors qu'elle s'installe à la table qu'on lui a désignée, la mienne, bien entendu. Ce qu'il y a de bien à faire partie des investigateurs d'une soirée pareille, c'est qu'on peut exiger quelques changements de dernière minute.

– Tu es magnifique.

– Merci, murmure-t-elle en passant une main sur son bras.

– Qu'est-ce qu'il y a? demandé-je doucement en pliant légèrement les genoux pour la regarder dans les yeux.

– Je n'ai pas ma place ici. Et puis tu...

Son regard se perd dans la salle. Je soupire en comprenant enfin où elle veut en venir. Je pose un doigt sous son menton et l'oblige à me regarder.

– Tu es ici parce que je suis avec toi et je veux que tu sois là. C'est Leah.

– Qui ça? fait-elle en fronçant les sourcils.

– Robe noire, mèches violettes, en train de draguer Mark, c'est Leah.

Ses épaules s'affaissent de soulagement et je ne peux m'empêcher de sourire.

– La jalousie te va très bien, murmuré-je à son oreille en replaçant une mèche de cheveux.

– Frank, souffle-t-elle.

– Hum?

Elle me lance un chaleureux sourire et je ne résiste pas à l'envie de plaquer mes lèvres sur les siennes. Un chaste baiser, mais un baiser quand même.

– Viens, dis-je en saisissant sa main. Je t'emmène voir mes parents.

– Oh non, non! Il est bien trop tôt, Frank, ils me détestent sûrement après ce qu'il s'est passé.

– Non, ils ne te détestent pas.

Je comprends son angoisse, moi-même j'appréhende les retrouvailles, mais autant crever l'abcès maintenant, durant cette soirée pour une cause si importante. Je ne vois pas de meilleur moment.

Mes parents sont sous le choc, bien sûr, ils se souviennent parfaitement de Lexi et de l'état dans lequel j'étais après la rupture. Pourtant ils font bonne figure, pas vraiment le bon endroit pour piquer un scandale. Leah, quant à elle, eh bien, elle réagit comme toujours et ne se montre pas très accueillante. Si je suis protecteur envers elle, elle l'est tout autant envers moi, encore plus depuis Lexi. Mais ce qui finit par rassurer tout le monde, je pense, c'est la réaction d'Anthony quand ses yeux se posent sur Lexi. Dix ans ont passé et pourtant il se souvient d'elle. La même alchimie immédiate entre les deux. Les yeux de ma mère se mettent à briller et je sais que les dernières barrières cèdent. Rien ne pouvait me rendre plus heureux. Je prends Anthony dans mes bras et lui dis à quel point je l'aime.

***

Le repas est parfait et l'ambiance efficacement animée par une artiste locale qui reprend des titres classiques et modernes à la perfection. Quand vient le moment des enchères pour les différents lots, maman m'invite silencieusement à monter sur l'estrade. Comme je suis le président de la fondation, c'est à moi de prononcer le discours. Jamais je n'ai autant le trac que lorsque je monte ces quelques marches. Loin, très loin même de ce que j'ai ressenti lors de la finale de la Coupe Stanley. Lexi m'encourage d'un sourire et d'une bise sur la joue.

Le cœur battant, je m'installe devant le parterre d'invités.

– Tout d'abord, je tiens à tous vous remercier d'avoir répondu présents ce soir. Mes coéquipiers qui me soutiennent. Ma famille qui me porte tous les jours. Des connaissances venues apporter leur pierre à l'édifice. Des personnes qui me sont chères et que j'aime, dis-je en regardant Lexi. Je suis le plus âgé d'une fratrie de trois enfants. Quand Leah est née, j'étais déçu, je voulais un petit frère. Comprenez-moi, j'ai su patiner avant de savoir marcher et je voulais un copain de glisse. Bon, il s'avère qu'elle patine très bien, mais je voulais un petit frère. Mes parents ont exaucé mon souhait et Anthony a vu le jour. J'étais le plus heureux, ce jour-là. Quand il a grandi, on s'est rendu compte qu'il n'était pas comme nous. Regardez-le, il est bien plus beau que moi ou mon père.

Je lui lance un clin d'œil qu'il tente tant bien que mal de me renvoyer avant de poursuivre.

– Moi, je m'en foutais, j'avais mon petit frère, continué-je en le regardant avec amour. Il était tout ce que j'avais toujours voulu. Un copain de jeu, un camarade de bêtises. Je dois d'ailleurs confier pour ma défense qu'il en a fait bien plus que moi, mais comme il était le benjamin, on lui en a passé énormément.

Anthony se met à rire franchement, presque exagérément et toute la salle le suit. Quand enfin il se calme, parce que Lexi se matérialise à ses côtés, mon cœur fond un peu plus pour la merveilleuse femme qu'elle est devenue.

– L'autisme n'est pas chose facile à gérer au quotidien. Il en existe une multitude et aucun handicap ne se vit de la même façon. Je ne dis pas qu'on souffre comme lui, mais on souffre avec lui. Le plus dur est de ne pas savoir quoi faire pour lui venir en aide. Le manque de compréhension de la personne, les difficultés de communication n'arrangent rien. Nous sommes tous les deux extrêmement têtus, alors parfois à la maison, c'était un vrai champ de bataille. Mes parents ont fait du mieux qu'ils ont pu et je pense qu'ils ne s'en sont pas trop mal sortis avec nous trois. Le meilleur étant Anthony, bien entendu. Je t'aime, si tu savais, petit frère. Pour rien au monde je ne t'échangerais contre un autre. Ma vie ne serait pas la même si tu n'étais pas là. Je veux que tu le saches. Je ne serais pas l'homme que je suis sans toi.

Je prends un moment pour ravaler mes larmes et j'inspire un grand coup avant de reprendre.

– Quand Anthony est devenu adolescent, les problèmes n'ont pas rapetissé. Je ne vais pas vous les énumérer, nous ne sommes pas là pour ça, nous ne sommes pas là pour nous plaindre de ce qu'on a vécu, parce que je suis heureux d'avoir vécu toutes ces choses avec lui. Cependant, une fois adulte, je me suis rendu compte qu'il y avait un profond manque d'informations. À l'image d'autres associations telles que ARI ou ASA, j'ai souhaité créer ABIF en l'honneur de mon frère. Je voulais que mon argent serve à quelque chose de noble. Ma mère a pris la direction de la fondation et elle s'en occupe d'une main de fer. L'objectif est simple et précis : sensibiliser le public à l'autisme et aux problèmes rencontrés au quotidien. C'est un ensemble, car ils concernent les personnes atteintes d'autisme, mais aussi leur famille et les professionnels avec qui ils interagissent. L'organisation milite en faveur de programmes et de services pour l'autisme et elle est une source principale d'information, de recherche et de référence. Un enfant sur cent soixante-six est touché par l'autisme dans le monde, la prévalence serait même en constante progression. L'autisme est donc un sujet qui peut toucher tout le monde. Je m'y engage tous les jours, chaque fois que je pose les yeux sur Anthony. Ma vie ne serait pas celle qu'elle est aujourd'hui sans toi. Cette fondation est ma pierre à l'édifice. Je vous remercie sincèrement d'être là ce soir. J'espère que les lots proposés et choisis par ma mère sauront vous satisfaire et faire sortir vos chéquiers. Il y a une boîte à l'entrée en cas de mécontentement. Je vous souhaite une bonne soirée. Maman, papa, finis-je en les invitant à prendre la suite.

Ils me serrent rapidement à tour de rôle dans leurs bras et je vois que ma mère a du mal à retenir ses larmes. Leah se jette dans mes bras et me donne une tape sur le torse en me lâchant.

– Tu m'as fait pleurer, idiot !

– Tu as raison, va refaire ton maquillage, je doute que Mark craque pour un panda.

– Tu es vilain.

– Moi aussi, je t'aime.

Je m'en vais prendre Anthony dans mes bras qui met plusieurs minutes avant de me lâcher.

– Je t'aime, Frank.

– Moi aussi, mon grand, moi aussi.

Je l'embrasse sur la joue et laisse Agnès prendre le relais. Je vais rejoindre ma table et Lexi. Je serre les mains qui me sont tendues ; une fois arrivé à elle, je m'empare de la sienne et l'entraîne à ma suite.

– Où est-ce que tu m'emmènes ?

– Dans un coin tranquille, on trouvera bien.

Ce discours m'a épuisé émotionnellement, j'ai besoin de me retrouver seul avec elle. On déambule dans les coins jusqu'à arriver finalement dans un petit salon désert. Je m'empresse de la prendre dans mes bras. Ses mains caressent mon dos, je respire son parfum de papaye sucrée. Ma main trouve sa nuque et je caresse ses cheveux du bout des doigts. Je pose mon front contre le sien tandis que nos respirations se mélangent.

– Ce discours, murmure-t-elle les yeux fermés. Tu m'as bouleversée. Anthony était à mes côtés, tu aurais vu ses yeux quand il te regardait ! Tu es son héros.

– Il est le mien.

– Je m'en rends compte. Je m'en rends compte, répète-t-elle en ouvrant ses yeux.

Je fonce sur ses lèvres et je me moque du lieu où l'on se trouve, de qui peut débarquer n'importe quand. Rien ne compte à part elle, ses lèvres sur les miennes, sa langue contre la mienne, son corps pressé contre le mien. Ma Lexi, mon amour.

Elle glisse ses mains sous ma veste et se colle un peu plus à moi. J'aimerais lui faire tellement plus qu'un simple baiser, mais ce n'est pas vraiment le moment pour ça, ni l'endroit, d'ailleurs. À bout de souffle, elle se détache de moi et me ramène sur terre.

– On ferait mieux d'y retourner, tes parents vont se demander où tu t'es enfui.

– OK, réponds-je simplement.

***

Lexi a accepté que je la raccompagne chez elle. La soirée a été un véritable succès, les invités, tous très généreux. Je me suis encore plus rapproché de mes coéquipiers, tout n'est que bénéfice.

Leah est rentrée avec Mark – enfin je crois, je n'ai pas cherché à savoir en fait, alors on n'est rien que tous les deux avec Lexi. Je prends mon temps, même si je peux difficilement faire durer le trajet pendant des heures, vu qu'elle habite à dix minutes. Elle ne débat pas alors que je me propose de l'accompagner jusqu'à sa porte.

Elle habite dans un bel immeuble du Loop. Elle a bien réussi elle aussi. Je suis d'autant plus fier d'elle quand on entre dans l'ascenseur qui nous conduit jusqu'au quinzième étage. Le bruit de nos pas résonne dans le couloir alors qu'on marche sur le carrelage. Une fois devant sa porte, elle se tourne vers moi et me sourit.

– J'ai passé une merveilleuse soirée.

– Moi aussi, si tu savais.

Je glisse une mèche derrière son oreille et l'embrasse doucement. Elle caresse ma nuque et mes cheveux courts puis répond franchement à mon baiser.

– Qu'est-ce que tu es belle, soupiré-je en l'admirant à nouveau. Est-ce que je t'ai dit à quel point je suis fan de ce carré flou ?

– Non. Je suis contente de le savoir. Je ne te l'ai pas encore dit, mais toi aussi, tu es très beau dans ce costume. Je n'aurais jamais pensé que ça t'irait aussi bien, susurre-t-elle en se glissant contre moi.

Ses mains passent sur le dos de ma chemise et je soupire d'envie. Je veux qu'elle m'invite à entrer, j'ai envie de lui enlever cette robe qui me rend fou par sa semi-transparence, j'ai envie de retrouver son corps magnifique, j'ai envie de lui faire l'amour doucement, tendrement.

– Lundi, murmure-t-elle, tu viens dîner chez moi.

– OK.

– On se voit demain.

– Oui, bien sûr. Bonne nuit, Lexi.

– Bonne nuit, Frank, sourit-elle.

J'attends qu'elle entre puis referme la porte. Je me frotte l'arrière du crâne et soupire bruyamment. Putain de merde !

***

Je sors de chez le fleuriste, j'ai choisi un gros bouquet de roses blanches. J'espère que ça lui plaira. Je me gare au pied de son immeuble et rejoins le quinzième étage. Jamais ça ne m'arrive d'être nerveux comme ça alors que je vois une femme. Peut-être tout simplement parce qu'il ne s'agit pas de n'importe quelle femme. J'inspecte rapidement ma tenue avant de frapper à la porte. J'ai opté pour quelque chose de décontracté ; nous ne sommes rien que tous les deux, pas besoin d'en faire des tonnes. J'ai mis un jean brut, un tee-shirt beige moucheté col tunisien et un gilet marin, ma veste d'hiver bleu marine. Je jette un œil à ma montre – une Breitling, cadeau de mon père après ma première Coupe Stanley – pour vérifier si je ne suis pas en retard ou trop en avance, et je me lance. Deux coups secs. Lexi ne met pas longtemps à m'ouvrir, j'y vois le signe qu'elle partage mon impatience.

– Bonsoir, Frank, sourit-elle en me faisant entrer.

– Bonsoir, Lexi. C'est pour toi, lui dis-je en lui tendant le bouquet.

– Elles sont magnifiques, merci, répond-elle en rougissant avant de refermer.

Je la suis vers la droite, où l'on entre dans la cuisine, et la regarde placer les fleurs dans un gros vase. Je la contemple à la dérobée et soupire d'amour de me trouver avec elle. Elle porte un jean slim bleu clair qui met en valeur ses longues jambes fuselées. Elle a mis un pull col bateau crème qui laisse largement voir ses fines épaules, je ne distingue aucune bretelle de soutien-gorge. Putain, voilà que je me mets à avoir la gaule, quelle merde !

Vachement sérieux, Frank.

Elle est pieds nus aussi, bon sang j'aime ça. Elle se tourne vers moi et me gratifie d'un franc sourire.

– Qu'est-ce que tu veux boire ?

– Whisky, si tu as.

– Oui. Enfin, je ne sais pas si mes bouteilles vont te plaire.

– Tes bouteilles ?!

– Mon père est un grand fan de whisky, alors j'en ai quelques-unes.

Elle ouvre une porte de son bahut et me laisse choisir parmi les flacons ambrés. Il y a du choix, de l'abordable au plus haut de gamme : Koval, Few, Sonoma Rye, Jack Daniel's, Hudson, Jefferson's ou encore Elijah Craig. Mon choix se porte sur une bouteille de Jack Daniel's, vieille de 1904.

– Je suis impressionné par ta collection, lui dis-je alors qu'elle me tend un verre.

– Ah oui ? Tu diras merci à mon père quand tu le verras.

Elle revient vers moi, un verre de moelleux à la main, et on s'installe sur le canapé, face à face. Je prends un moment pour observer les volumes et la décoration de l'appartement.

– Ton appartement est très sympa.

– Merci. Bon, ça n'est pas aussi grand que chez toi, mais j'aime bien la vue et les fenêtres.

– Toi aussi, tu peux être fière du parcours que tu as accompli, Lexi. Ce n'est pas la taille de la maison qui en est la preuve, insisté-je en la regardant droit dans les yeux. Ce que tu as fait et ce que tu fais compte plus que ce que j'ai fait moi.

– C'est faux, Frank. La soirée de samedi en est le témoignage. Ne te dévalorise pas. Le bonheur et le plaisir que vous apportez aux gens ont autant de valeur à mes yeux. Et tout ce que tu fais pour ton frère et les personnes comme lui, ça vaut encore plus. Même si nous ne nous étions pas expliqués et rapprochés, je me serais rendu compte que je me méprenais à ton sujet. Cette façade que tu montres, elle est tellement loin de qui tu es en réalité. Tu es devenu quelqu'un d'impliqué, tu essaies d'apporter ton aide de manière concrète. Ça me rend tellement fière de toi.

Je déglutis, nerveux, je n'ai pas vraiment l'habitude d'entendre de tels compliments. Les femmes avec qui je traîne généralement, uniquement dans le but de baiser, n'ont jamais conscience de cette partie-là de ma vie, alors je suis troublé. Lexi a décidément beaucoup d'importance.

– Qu'est-ce qu'il y a? demande-t-elle en glissant vers moi.

Nos genoux se touchent maintenant et son parfum sucré arrive jusqu'à mes narines.

– Rien.

Elle tend une main vers mon visage et la pose sur ma joue barbue. Du bout des doigts, elle gratte, amusée, les poils noirs de ma barbe.

– C'est nouveau? Tu ne l'as jamais gardée aussi longtemps.

– Tu fais attention à ça? Elle te dérange? Tu veux que je m'en débarrasse?

– Non, non, j'aime bien, murmure-t-elle alors que ses yeux s'attardent sur mes lèvres.

Je lui prends son verre des mains et le pose avec le mien sur la table basse devant nous. Je caresse à mon tour sa joue et penche la tête pour l'embrasser. J'aurais dû faire ça dès que j'ai mis un pied dans son appartement, mais je l'ai sentie un peu nerveuse, elle ne fait sûrement pas mieux que moi. Même si on a déjà vécu quelque chose, il nous faut tout recommencer. Sa langue danse avec la mienne et je suis au paradis. Le moindre contact avec cette femme me donne des sensations qui dépassent tout ce que j'ai jamais ressenti.

– Tu m'as manqué.

– Toi aussi.

– Tu me manques. Tout le temps, à chaque minute.

– Oh, Frank.

Elle gémit en attrapant ma nuque et se jette à nouveau sur mes lèvres. Elle approche encore un peu plus son corps et passe une jambe par-dessus la mienne. C'est limite si elle ne me couche pas sur le canapé. Il faut que je ralentisse le jeu, j'ai envie de prendre mon temps avec elle. Mais je n'ai besoin de rien faire parce qu'elle ralentit la cadence toute seule. Elle se détache légèrement, puis dépose des baisers tout doux sur mes lèvres, ma mâchoire, ma gorge.

– Tu veux me rendre fou ?

– Oui, c'est le but, rit-elle. Tu crois être le seul à pouvoir faire ça ?

Je ne réponds rien, mon regard de braise en dit suffisamment, je pense. Elle reprend son verre et le mien. Elle retire sa jambe, mais reste au plus près de moi et j'aime cette sensation. Je veux la vivre tous les jours. Elle me parle de notre départ prévu pour New York demain. Nous y restons trois jours afin d'affronter les Rangers puis les Islanders. Elle est excitée par ce voyage parce qu'elle n'est jamais allée dans la Grosse Pomme. Elle espère pouvoir prendre quelques instants pour aller admirer la statue de la Liberté et se balader dans Times Square.

– Je ne sais pas si ça va être possible, lui réponds-je franchement.

– Eh bien, peut-être, je me disais qu'on pourrait y rester la nuit du jeudi après le match pour profiter d'une soirée en amoureux, et y rester le vendredi en mode touriste. On pourrait prendre un avion samedi pour Saint Louis par nos propres moyens, comme ça, tu ne serais pas en retard pour l'entraînement en vue du match du soir contre les Blues.

– Je vois que tu as étudié le planning. Je ne sais pas, Lexi, il faudrait en parler au coach. Il n'aime pas qu'on rentre séparément.

– Ça ne coûte rien de lui en parler.

– Cela impliquerait qu'il soit au courant pour nous deux alors, lui fais-je remarquer.

Elle a un moment de silence, elle n'avait visiblement pas réfléchi à ça. Je prends sa main pour caresser sa peau et sa constellation et tente de la rassurer.

– C'est comme tu veux, Lexi. Je pense que quasiment tout le monde l'a deviné au gala, de toute façon. Et presque toute l'équipe et le staff savent ce que je ressens pour toi depuis le début. On peut faire en sorte qu'ils le sachent vraiment ou on peut laisser les choses se faire doucement.

– OK.

– Ça m'est égal, vraiment. Du moment que je suis avec toi. On fait à ton rythme, tu mènes la danse.

– Vraiment? dit-elle en esquissant un sourire.

– Oui, absolument.

Elle quitte le sofa, attrape son verre au passage et le remplit avant d'en prendre une longue gorgée. Puis elle se positionne face au plan de travail pour finir la préparation. Je l'observe préparer des courgettes rondes dans lesquelles elle glisse oignons, poivrons rouges, rondelles de chorizo, tomates cerises rouges, avant d'y casser un œuf. Elle se penche pour glisser le tout au four.

– Frank, j'ai besoin de te parler de quelque chose.

– Je t'écoute.

– Tu n'as pas réagi tout à l'heure. Mais dans quelques jours, vous allez affronter les Blues.

Ce n'est pas que je n'ai pas réagi, j'ai juste pris sur moi pour ne pas la mettre mal à l'aise. Mais là c'est elle qui remet ça sur le tapis. Je me redresse et attends la suite.

– Est-ce que tu as besoin qu'on en parle ? Comment penses-tu gérer cette rencontre maintenant que tu sais ce qu'il s'est passé ?

– Franchement, je verrai le moment venu. Je ne sais pas.

– Si, tu sais.

– Je prendrai sur moi jusqu'à ce que ce ne soit plus possible et je finirai probablement par lui casser la gueule, très méchamment. Je crois que je serais capable de le tuer, affirmé-je, sûr de moi.

– Non, Frank, tu ne vas pas faire ça.

– Et pourquoi pas ?! Tu ne vas pas défendre ce connard, quand même ?!

– Ce n'est pas ce que je fais. Je te protège toi. Tu ne peux pas mettre en péril tout ce que tu as construit ces dernières années. Certains joueurs se font exclure et punir en se voyant interdits de matchs pour plusieurs jours, voire plusieurs semaines, même carrément une saison entière. Je refuse que tu prennes ce risque. Il n'en vaut pas la peine.

– Peut-être pas, mais toi oui.

– Frank, je t'en prie. Nous pouvons discuter, nous entretenir, et je peux t'aider à contrôler ces pulsions. Ta carrière est importante, je ne veux pas que tu la gâches pour lui. Je te le demande, Frank.

J'ai le sentiment qu'elle ne me laisse pas le choix. Je hoche la tête et elle retourne à sa cuisine. Mais hors de question que je la laisse cogiter dans son coin, j'arrive pour me positionner derrière elle. Elle se raidit un instant avant de se détendre quand mes lèvres se posent sur son épaule. Lentement, je remonte sur son cou, trouvant son pouls qui palpite alors qu'elle penche la tête sur le côté pour me laisser libre accès. Elle gémit contre moi et je suis maintenant sous son oreille.

– Tu es le plus important à mes yeux, Lexi. Si c'est ce que tu veux, j'y arriverai pour toi.

– Merci. Ça me touche énormément.

– Je peux être honnête envers toi ?

– Bien sûr, toujours.

– Je n'ai vécu aucune histoire vraiment sérieuse. Aucune femme ne m'en a donné envie. J'étais sincère quand je te disais qu'il me manquait quelque chose. J'ai couché avec pas mal de femmes, des groupies, des mannequins, des journalistes, avoué-je un peu honteux. Mais il y avait toujours ce vide, impossible à combler. Celui que tu as laissé. Dans tes bras, je comprends seulement maintenant qu'il y avait une raison à cela.

Suspendue à mes lèvres, elle attend.

– C'est parce qu'il n'y a que toi qui peux le remplir.

L'émotion qui illumine ses iris semble me dire la même chose. Je ne perds pas une seconde et fonce sur ses lèvres, affamé d'elle. Rapidement, mon désir devient manifeste et je colle mon corps contre le sien. Je deviens fou, sa peau douce, son odeur, son corps chaud, tout m'excite. Et elle ne semble pas en reste, si j'en juge par la façon dont ses hanches cherchent le contact. Elle gémit contre ma bouche et attrape ma nuque. Je sens sa poitrine fabuleuse contre mon torse et putain, je suis à deux doigts de la prendre sur l'îlot central.

Mais bien entendu, comme si un petit être malin veillait à contrecarrer mes plans, la sonnerie du four nous arrête dans notre élan. Lexi rit doucement et je me détache d'elle. Elle sort le plat du four, attrape deux assiettes dans le placard au-dessus d'elle et dispose deux courgettes pour chacun. Elle rajoute une cuillère de riz basmati et parsème le tout de ciboulette fraîche. Elle me tend les plats, puis sort deux verres à pied dans lesquels elle nous sert du vin rouge. On s'installe autour de l'îlot central et elle récupère des couverts. Juste avant de s'asseoir à côté de moi, elle se penche pour m'embrasser sur la joue.

– Si tu savais à quel point je suis heureuse que tu sois là ce soir.

Je lui souris comme elle aime et ses yeux se posent sur ma fossette à moitié camouflée par ma barbe. Je lui arrache un baiser et on commence à manger. On oublie les sujets qui fâchent, elle me questionne sur la fondation, le rôle de ma mère, les avancées qu'on a réalisées. Tout tourne autour d'Anthony, mon cœur se serre un peu plus quand je vois la petite lueur qui brille dans ses yeux. Elle pousse doucement son assiette vide devant elle et se tourne vers moi. Le petit éclat a changé et je sais ce qu'il veut dire.

– Tu veux du dessert? demande-t-elle en plongeant son regard dans le mien.

– À une seule condition, réponds-je gravement en me relevant.

– Hum? fait Lexi en suivant mon corps qui s'approche d'elle.

– Seulement si c'est toi le dessert, soufflé-je en l'attirant à moi après lui avoir saisi le poignet.

Je me rue sur ses lèvres et mes intentions ne sont pas cachées. Lexi doit sentir que je ne suis plus très loin de perdre le peu de contrôle qu'il me reste. Elle est tellement tout ce que je désirais à l'époque, elle l'est encore plus maintenant. Mais cela fait si longtemps entre nous. J'essaie de ne pas précipiter les choses.

– J'ai besoin que tu prennes les devants, dis-je d'une voix rauque. Juste pour me signifier que tu es d'accord, parce qu'une fois franchi ce pas, il n'y a plus aucun retour en arrière possible. Je serai tien et tu seras mienne.

Elle hoche la tête et me prend la main. Je la suis alors qu'elle nous emmène à l'étage. Je ne vois rien d'autre que son corps qui ondule devant moi au moment où l'on rejoint sa chambre.

17

Lexi

Mon cœur bat à la chamade, pourtant je suis sereine. C'est contradictoire et loin de ce que j'ai l'habitude de ressentir en sa présence, mais c'est là. Même si je pourrais angoisser pour ce qui est en train d'arriver, je sais que tout ira bien parce que c'est Frank. C'était déjà merveilleux il y a dix ans, je ne vois pas pourquoi ça le serait moins aujourd'hui. Non, je m'attends même à des étincelles, à un tournis immense et un bonheur total.

Il m'a demandé de prendre les devants et il a raison en disant qu'il n'y aura pas de retour en arrière possible. Nous ne pourrons pas défaire ce que nous nous apprêtons à faire. Mais je suis prête pour le grand plongeon avec lui. J'ouvre la porte de ma chambre. Il n'y a aucune lumière si ce n'est la lueur de la rue qui perce à travers les voilages aux fenêtres. Je referme derrière nous et je le pousse jusqu'au lit. Quand l'arrière de ses genoux touche le matelas, il se laisse tomber dessus et sa respiration s'accélère. Il passe le bout de sa langue sur ses lèvres et je me penche pour les caresser avec la mienne. Ses mains trouvent mes hanches et il essaie de m'entraîner avec lui. Je ris doucement et secoue la tête.

Je fais un petit pas en arrière et passe le pull par-dessus mes épaules. Ses yeux se rétrécissent en deux traits fins tandis qu'il me détaille avec envie. Je déboutonne mon jean et me dandine pour le retirer. Je suis maintenant en sous-vêtements devant lui. Un ensemble tout simple, mais sexy quand même. Blanc en dentelle. J'ai ôté les bretelles du soutien-gorge et le bas est un string. Je m'avance vers lui et tombe à genoux. Action physique mais aussi émotionnelle face à cet homme qui a capturé mon cœur.

Je m'empare de son visage et l'embrasse goulûment. Ses mains se posent sur ma taille et je me colle un peu plus à lui. Quand elles commencent à se montrer impatientes, je déboutonne son gilet et le lui retire. Je m'attaque ensuite à ses chaussures. Il me regarde faire, une étincelle de désir dans le regard et sa fossette qui me nargue. Les chaussettes suivent, ensuite je m'attarde sur la boucle de sa ceinture. Il m'aide en soulevant les hanches, et rapidement, il se retrouve en boxer. Son désir pour moi ne fait aucun doute alors qu'une bosse soulève le tissu du sous-vêtement. Une vague d'excitation parcourt mon corps et je glousse comme une adolescente qui découvre pour la première fois le sexe masculin.

Soudain, il ne veut plus se montrer patient et joueur, il me soulève par les coudes et je me retrouve à califourchon sur lui. Son érection juste au-dessous de mon sexe. Il attrape l'encolure de son tee-shirt et s'en débarrasse.

Brusquement, il pose une main sur ma nuque et m'attire à lui pour m'embrasser à me faire perdre la raison. Son autre main se balade dans mon dos, sur ma chute de reins, à la limite de mon sous-vêtement. Il grogne de satisfaction en découvrant que je porte un string. Habilement, il enlève mon soutien-gorge et notre étreinte prend une tout autre dimension. Sa bouche et ses mains sont sur ma poitrine. Je cambre le dos, rejette la tête en arrière pour lui donner un meilleur accès et me perds sous ses caresses impatientes et excitantes.

Je me frotte sur son érection pour me stimuler et il grogne de plus belle. Soudain ses mains sont sous mes fesses et il me soulève pour m'allonger sans douceur sur le lit. À genoux, il me surplombe de toute sa hauteur. Ses yeux se posent partout et laissent une traînée brûlante sur mon corps. Je halète, tellement impatiente de découvrir la suite.

– Putain, qu'est-ce que tu es belle ! Encore plus belle que dans mon souvenir. Oh oui… Putain !

Je tends une main pour caresser son torse magnifique. Il me laisse faire un instant puis ses lèvres sont sur les miennes. Il descend dans mon cou, s'attarde un moment sur ma poitrine avant de partir sur mon ventre. Il taquine mon nombril, puis ses doigts saisissent mon string et il le fait glisser le long de mes jambes. Je n'ai pas le temps de faire quoi que ce soit que sa bouche est sur mon sexe.

– Mon Dieu. Frank, gémis-je en secouant la tête.

Tellement longtemps que des sensations comme ça ne m'ont pas retournée. Je mords ma lèvre inférieure, agrippe les draps et lève les hanches vers lui pour accentuer le contact. Il pose ses grandes mains sur mes cuisses et les écarte un peu plus. Sa barbe me chatouille, sensation extra parmi les autres. Sa langue est magique. Sur mon clitoris, le long de ma fente, en moi. Putain, je deviens folle. Mon cœur accélère, une chaleur grimpe en moi, le point de départ étant mon clitoris, bien sûr. Comment fait-il ça ? Quand ses doigts se mêlent à la partie, je suis perdue. Les talons plantés dans le matelas, je pars et les petites étoiles se mettent à danser devant moi. Visiblement fier de lui, il revient à moi, sans que ses doigts me quittent.

Je lui souris tendrement et fonce sur ses lèvres tout en le faisant basculer sur le dos. Je l'oblige à ôter ses doigts alors que je vais pour lui retirer son boxer. Sans perdre une seule seconde, mes mains sont sur sa queue et il lâche un râle rauque qui me donne des frissons. Je continue de plus belle en augmentant la cadence. Quand mes lèvres se posent sur son gland, il geint d'une voix grave.

– Oh ! Putain, Lexi ! grogne-t-il en se redressant légèrement pour pouvoir poser une main sur ma tête et accompagner mon mouvement.

Je le prends tout entier et savoure le pouvoir qu'il me confère. Je me sens toute-puissante de savoir que je lui procure tant de plaisir. Quand il se laisse tomber sur le matelas, pantelant, je sais qu'il n'est pas loin. J'ai l'intention d'aller jusqu'au bout tout comme lui, mais brusquement il reprend conscience et je suis à nouveau plaquée sur le lit. Je ris doucement mais cesse aussitôt quand je vois son regard brûlant. Il m'arrache un baiser possessif et se positionne entre mes jambes. J'entoure sa taille et mes talons se plantent dans ses fesses musclées. Son sexe titille le mien, je n'en peux plus d'attendre. Cependant, rien ne vient.

– Qu'y a-t-il? demandé-je doucement, une main sur sa joue.

Il enfouit son visage dans mon cou. Je le laisse venir à moi sans le brusquer, en caressant son dos en de lents gestes.

– Je… commence-t-il, à peine audible.

– Oui?

– Rien. Je reviens.

Il se détache de moi et l'air frais qu'il laisse me fait frissonner. Je me redresse, surprise.

– Où vas-tu?

– Prendre un préservatif, explique-t-il en s'apprêtant à sortir de la chambre. C'est dans ma veste.

– Frank, l'arrêté-je en me mettant à genoux. Viens là.

Il fronce les sourcils mais fait tout de même ce que je lui dis. Je glisse mes bras sous les siens et entoure sa taille pour me coller à lui. Je dépose des baisers sur son torse et mes mains caressent ses fesses.

– J'ai vu ton dossier médical, murmuré-je, je sais que vous êtes régulièrement dépistés. Je… Je prends la pilule et j'ai moi-même fait une analyse.

– Qu'est-ce que tu veux dire? demande-t-il en ressentant le besoin que je lui dise les choses clairement, une main sur ma joue.

– On n'a pas besoin de préservatif, à moins que tu n'en ressentes la nécessité.

– Tu es sûre de toi?

– Je suis sûre de toi.

Il ne lui en faut pas plus, sa fossette apparaît et l'instant d'après, il me plaque sur le lit, se positionnant au-dessus de moi. Il est sur les coudes pour ne pas m'écraser, pourtant je ressens toute sa chaleur. Il pose le bout de ses doigts sur ma joue et lentement son sexe se fraye un chemin à l'intérieur du mien. Je soupire d'aise, rien ne pourrait être plus merveilleux que cet instant. Rien ne compte si ce n'est nous deux, nos deux corps ne faisant qu'un. Je lis dans ses yeux qu'il partage mes sentiments, mes émotions. Je l'embrasse alors qu'il commence ses va-et-vient. Il prend son temps, savoure chaque seconde en moi. J'entoure ses épaules, mes talons toujours dans ses fesses. Puis l'envie prenant le pas sur la tendresse, il augmente la cadence et je chavire de l'autre côté. C'est indescriptible.

Il se redresse et j'admire la perfection de son physique, chaque muscle tendu dans l'effort. Ses cuisses contre mon cul, ses mains puissantes serrant mes hanches, ses pectoraux parfaitement dessinés, les veines de ses bras et avant-bras qui m'hypnotisent, le désir ardent dans son regard, tout me rend folle. Je ne retiens plus mes cris de jouissance quand il me fait basculer vers le nirvana. Il me rejoint rapidement et ses grognements d'homme des cavernes m'excitent énormément.

Il s'écrase lourdement sur moi mais ne se retire pas. On reste comme ça dans les bras l'un de l'autre pendant quelques instants, nos respirations qui se calment, puis il roule sur le dos. J'ai immédiatement un sentiment de vide alors qu'il se retire. J'embrasse son torse et quitte le lit pour rejoindre la salle de bains. Il prend la place quand j'ai fini, et une fois que nous sommes réunis dans le lit, je me blottis contre lui.

– Ça fait bien longtemps que je ne me suis pas sentie aussi bien, lui confié-je dans la pénombre.

– Tu n'as pas idée à quel point, confirme-t-il en embrassant le dessus de ma tête.

Il remonte le drap sur mes épaules dénudées.

– Je sais pourquoi ça n'a jamais fonctionné avec aucune autre. Tout simplement parce que c'est toi. Juste toi.

Comment est-ce que je pourrais ne pas être amoureuse de lui ? Je pose le menton sur son torse et lui lance un regard plein d'amour.

– Je t'aime, Frank.

– Moi aussi, bébé, moi aussi je t'aime.

On tend le cou tous les deux pour s'embrasser puis je reprends place sur lui. Rapidement, nos respirations apaisées se mêlent et on sombre dans le sommeil.

***

Je me réveille au milieu de la nuit, une pointe d'angoisse dans la poitrine. La respiration calme de Frank endormi à mes côtés m'apaise un peu. Ce n'était pas un rêve, il est bien là dans mes bras, dans mon lit. J'observe son profil harmonieux. Il y a dix ans, il était déjà particulièrement beau et charismatique, mais là, maintenant, à mes côtés, après l'amour, je suis encore plus éblouie par sa beauté. Nous avons eu notre histoire étant jeunes, nous étions heureux. Une personne malveillante nous a séparés pour s'amuser. Je me demande quelle bonne étoile a bien pu remettre Frank sur mon chemin, dans ma vie, dans mon cœur.

Puis tout à coup, une panique et une colère m'envahissent. Doucement, sans bruit, je quitte le lit chaud et douillet, j'attrape mon peignoir en satin noir et je rejoins le rez-de-chaussée. Une lumière douce provenant de la rue règne sur le salon. Je prends place sur le rebord intérieur de la fenêtre et les larmes se mettent à couler sans que je puisse contrôler quoi que ce soit. Ce que nous venons de vivre devrait m'emplir de joie et de sérénité, pourtant je ressens tout le contraire. Mes pleurs redoublent de violence et je serre les bras autour de moi, tentant en vain de me calmer. Je suis du regard la voiture solitaire qui circule en contrebas.

– Tu es là.

J'échappe un petit cri alors que Frank descend les dernières marches, uniquement vêtu de son boxer, les cheveux en bataille, la voix enrouée.

– Qu'est-ce que tu fais là?

J'imagine qu'il s'est dit que j'avais fui. Ce n'est pas vraiment le cas, mais il n'aurait pas tout à fait tort... Je renifle discrètement mais ne dis rien. Seulement, ce n'est pas assez discret, parce que Frank fronce les sourcils et accourt devant moi, inquiet.

– Lexi? Tu pleures? Qu'est-ce qu'il y a?

Il me force à le regarder et caresse mes bras de haut en bas pour m'apaiser. Il attend, sans lâcher mon regard, que je me sente prête à me confier à lui.

– Je suis là avec et pour toi. Je n'ai pas l'intention de m'en aller.

– Je sais, réponds-je d'une voix rauque. Ce n'est pas ça.

– Qu'est-ce qu'il y a, alors?

Je me détache de lui. Cela ne semble pas lui plaire mais je quitte tout de même ses bras et fais deux pas en avant en prenant une grande inspiration.

– Tu avais raison.

– À quel propos?

– Chez toi, la dernière fois, quand tu as dit qu'on avait perdu dix ans. Je... Je réalise que j'y suis peut-être pour quelque chose, si...

– Non! m'interrompt-il fermement. Nous avons tous les deux nos torts, on aurait pu faire les choses différemment. J'aurais dû avoir plus confiance en toi, j'aurais dû venir te voir, chercher à comprendre. Avoir confiance en nous.

– J'aurais pu faire plus, moi aussi. Insister. Je ne sais pas. Ce qu'on vient de vivre ce soir, c'est tellement... Je n'ai jamais réussi à accorder ma confiance à qui que ce soit. Pas une seule fois en dix ans. J'ai essayé à plusieurs reprises, mais je n'y suis pas parvenue. Et puis avec toi, tout semble si facile, naturel. Peu importent ces dix années.

– Ce n'est pas ta faute, Lexi. Tu ne pouvais rien forcer. Et puis, si ça fonctionne si bien entre nous deux, c'est justement parce que c'est nous deux. Nous sommes faits l'un pour l'autre.

– Comment peux-tu en être si sûr?

– Quand je vois ce qu'on a retrouvé, cette connexion

entre nous, je me rends compte que rien n'a changé, cela veut bien dire quelque chose. Le principal, c'est qu'on soit ensemble maintenant. Ne te focalise pas sur le passé. On va rattraper le temps perdu, je te le promets. Je suis avec toi, je t'aime, Lexi.

– Oh, Frank, lâché-je, un trémolo dans la voix, je t'aime aussi, si tu savais. Je t'aime.

– Viens là, exige-t-il en m'attirant à lui.

Je me jette dans ses bras. Il est là avec moi, je vais me concentrer là-dessus, pour moi, pour lui, pour nous.

***

Je suis sur un petit nuage. Un mois et demi a passé depuis nos retrouvailles charnelles, on avance à notre rythme, mais tout va pour le mieux. Je suis encore un peu sur mes réserves quant à l'attitude qu'on doit adopter au centre devant les joueurs et le staff de l'équipe. Frank comprend mon point de vue et ne me force à rien. Il ne me prend jamais par surprise en m'arrachant un baiser ou une étreinte alors qu'il y a du monde autour de nous. Il respecte mon appréhension et je le remercie du fond du cœur pour ça.

Depuis le début de l'année, les Blackhawks ont ajouté sept victoires à leur palmarès, pour seulement trois défaites. Ils gagnent des points en vue des séries éliminatoires. Ils ont eu quatre matchs en extérieur : à Saint Louis, Washington D.C., Denver et Boston. Une des choses que j'apprécie dans ce contrat avec les Blackhawks, c'est de découvrir des villes où je n'avais jamais mis les pieds. Bien entendu, les gars ne peuvent pas en profiter comme moi. J'essaie toujours de m'accorder une ou deux heures pour aller me promener un peu entre l'entraînement du matin et le match du soir. Un vrai bonus pour moi.

Avec Frank, on agit comme un jeune couple, hors de question de précipiter les choses. On s'octroie des sorties de couple – dîners au restaurant les jours de repos, petits cinémas, balades tranquilles dans Chicago, près du lac, dans les parcs. Nous avons décidé de célébrer les fêtes de fin d'année chacun de notre côté. Nous avions déjà prévu quelque chose depuis un moment, un repas en famille et entre amis ; nous ne voulions pas tout chambouler et décevoir notre entourage. Cela m'a permis de discuter au calme, avec mes parents, de ma relation avec lui. Pareil de son côté, avec ses amis.

Nos soirées, c'est un peu un coup chez l'un, un coup chez l'autre. Au début, je ne m'étais pas sentie à l'aise dans sa maison quand il m'a demandé qu'on reprenne là où on s'était arrêté. Mais maintenant, après y avoir passé plus de temps, j'y suis bien et c'est grâce à Frank, parce qu'il fait tout pour cela. Le premier soir où je suis restée dormir, j'ai trouvé dans sa salle de bains mes produits australiens. Mon cœur a eu un pincement et dans la foulée, j'ai profondément et chaleureusement remercié Frank pour cette gentille attention. Ensuite, il m'achète souvent des fleurs quand je viens. Il m'a dit que je pouvais apporter des affaires si je voulais. Il m'a libéré une partie de son dressing sans que je lui demande quoi que ce soit. Un amour.

Frank m'a confié qu'il avait un petit rituel : il retrouve Graham et Jordan les lundis pour boire un verre, parce que les Blackhawks et les Bulls ont rarement ou moins de matchs ce jour-là. Du coup, il m'a prévenue qu'on ne se verrait pas ce soir. Il m'a toutefois proposé de venir à mon appartement plus tard, pour passer la nuit avec moi. J'ai donc l'intention de profiter d'une soirée tranquille en l'attendant, mais peu avant dix-neuf heures, on frappe à ma porte. Je vais ouvrir et tombe sur Selma, qui fronce les sourcils.

– Je n'ai pas de nouvelles depuis le Premier de l'an, c'est inadmissible ! On habite dans la même ville quand même !

– C'est réciproque, je te signale.

Je souris mielleusement en la faisant entrer, Greg sur ses talons. J'accueille une étreinte de chacun et croise les bras, attendant une explication à leur présence ici.

– On t'amène dîner dehors et boire un verre, explique Selma en souriant.

J'étudie la proposition quelques secondes, mais je n'ai pas vraiment mieux à faire de toute façon, alors autant m'occuper avant l'arrivée de Frank plus tard. Je les abandonne quelques instants pour aller me changer. J'enfile un jean enduit bordeaux, je garde mon débardeur avec les bretelles en dentelle et récupère un chemisier en soie beige à petits pois noirs. Je mets un gilet noir par-dessus, chausse des escarpins noirs à talons dorés et les rejoins. Un petit sourire d'approbation étire les lèvres de Selma. Je mets mon manteau et on gagne l'extérieur.

– On t'emmène si tu veux, propose Greg en désignant sa berline de luxe, une Lexus.

– OK, ça marche, vous me ramènerez ensuite, dis-je en ouvrant la portière arrière.

– Non, on te laissera rentrer à pied, rit Selma.

Je lui fais une grimace et on prend la route. Je les laisse choisir le lieu, je n'ai pas vraiment de préférence parce qu'à vrai dire, je ne connais pas les endroits qui valent le détour. Greg s'arrête après seulement dix minutes de voiture devant le Rockit Bar & Grill.

– Tu connais? demande Selma en pivotant sur son siège.

– Absolument pas, réponds-je en secouant la tête.

– Parfait! Greg adore, c'est sympa tu verras.

– Je vous crois.

L'endroit est très chaleureux et masculin, je m'y sens tout de suite bien. On s'installe sur une banquette en cuir et j'inspecte les lieux.

– Alors? demande Selma.

– C'est très sympa. Merci de me sortir ce soir.

– De rien.

Je me sens un peu coupable de ne pas avoir donné plus de nouvelles que ça à Selma, mais j'étais un peu perturbée avec Frank, et puis le rythme chargé des matchs et des voyages n'aide pas vraiment. Elle ne sait pas encore pour notre rapprochement, mais je me vois mal aborder le sujet, là ce soir, avec Greg.

– Qu'est-ce que vous voulez boire, les filles?

– Un cosmo, s'il te plaît.

– Un gin-tonic pour moi, bébé.

– OK, je vais commander ça, on attend un peu pour les plats?

– Ça marche.

Je souris en le regardant quitter la table.

– Il sait que les serveuses sont là pour ça?

– Oui, il sait, mais il a dû voir quelques mains à aller serrer. Mon homme est très sociable.

– Je sais. C'est vraiment cool ici. J'ai l'impression que ça fait une éternité que je ne suis pas sortie, simplement pour profiter.

– Ce n'est pas qu'une impression.

– Je suis vraiment désolée, je me suis laissé un peu déborder par le travail, pas évident. Mais tu es pareille.

– Je sais. Mais je me disais qu'avec la nouvelle année, on pouvait en faire une de nos bonnes résolutions. Essayer de penser un peu moins au boulot et s'accorder un peu plus de temps entre filles.

– Tu en es capable? fais-je, sceptique, une moue sur le visage.

– Absolument! jure-t-elle, amusée.

– OK, je te prends au mot. Gare à toi si tu faillis à ta parole.

Greg réapparaît, le sourire aux lèvres. Selma ne peut s'empêcher de rire.

– Toi, tu as encore signé des autographes.

– Quelques uns. Je ne pensais pas être si vite intégré à Chicago, ça fait plaisir.

– Tu as commencé le job à Detroit, ce n'est que la continuité ici.

– Comment ça se passe? lui demandé-je alors que la serveuse arrive à notre table.

– Génial. Je ne pourrais rêver mieux, je suis chez moi, avec ma femme, dans mon équipe. Le pied.

– Ta femme? tiqué-je en regardant les mains de Selma.

– Oui!!! On ne devait pas le dire comme ça! gronde-t-elle Greg en lui donnant une tape sur le bras.

Il feint d'être blessé et hausse les épaules.

– Mon Dieu! Je n'y crois pas! Quand as-tu fait ça?!

– Il y a quelques jours, dit-il en prenant une gorgée de bière. J'avais la bague depuis longtemps, à vrai dire, je voulais le faire pour la Saint-Valentin, et puis ce soir-là, elle était juste là, belle et souriante et je me suis dit : merde, pourquoi attendre?!

– Mon Dieu, mon Dieu, c'est super!

Je me penche en avant pour les embrasser, sans être gênée que l'on se demande autour de nous ce qui se passe, puis je prends la main de Selma pour admirer le solitaire.

– Elle est magnifique. Vous êtes beaux tous les deux.

– Merci, Lexi.

– Bientôt, tu auras droit à tout ça, murmure Selma, les yeux tristes.

– Oh non, non pas de ça! Je vais bien, je vais même très bien. Je suis heureuse.

Je laisse passer quelques secondes, pendant qu'ils se lancent un regard amoureux, puis je me dis que ce n'est pas parce que Greg est présent que je ne peux pas parler de Frank et moi. Après tout, Greg est un très bon ami, il me connaît depuis toujours. Il est au courant de ce que j'ai vécu, je ne lui ai pas directement raconté, mais j'ai autorisé Selma à le lui dire. Je sais que je n'ai pas à craindre son jugement. Je prends une gorgée de cocktail, du courage liquide, avant de me jeter à l'eau.

– Hey, les amis, j'ai quelque chose à vous dire.

– Oui?

– Eh bien, je... Vous savez que j'ai accepté de voir Frank en dehors du cadre professionnel pour qu'on réapprenne à se connaître, après que je lui ai confié la vérité.

Ils hochent la tête tous les deux mais n'ajoutent rien.

– Disons que depuis que je l'ai accompagné à la soirée de gala en l'honneur de sa fondation, eh bien je...

– Ne me dis pas que... commence Selma, stupéfaite.

– Si.

– Comment?

Greg recule un peu sur la banquette, peut-être gêné par la direction que prend la conversation, mais il ne loupe pas un mot de ce qui se dit.

– Je serais bien incapable de tout expliquer, mais c'est comme ça. Je... On se retrouve, on partage à nouveau les mêmes choses, nos familles, nos amis, presque rien n'a changé et c'est rassurant.

– Tu ne trouves pas que ça va un peu vite?

– Je ne dirais pas ça. On prend notre temps. Il ne me force à rien.

– Après ce qu'il s'est passé, tu es sûre que c'est une bonne idée?

– Sans oublier que vous travaillez ensemble, intervient Greg.

– Je pensais que tu étais heureuse pour moi, quand vous m'avez accompagnée au match. Je pensais que tu serais contente.

– Je voulais que vous mettiez cartes sur table et je pensais que vous vouliez redevenir amis. Mais je… Ce n'est pas que je ne suis pas heureuse pour vous. Je reste sur mes gardes, c'est tout. J'étais là il y a dix ans, je me rappelle parfaitement l'état dans lequel tu étais, et même si Frank n'est pas celui qui t'a agressée, il a une part de responsabilité.

– Tu ne peux pas dire ça.

– Ce n'est pas ce que tu pensais à l'époque, ni même il y a quelque temps encore.

Évidemment, Selma me met face à toute ma dualité.

– Tu as raison sur toute la ligne, je maudissais Frank, il n'y a pas si longtemps. Mais les choses ont changé. Je comprends que cela puisse vous surprendre, après tout, cela me surprend moi-même, ce revirement de situation. Mais je me sens bien. Vraiment. Je ne peux pas effacer ce qu'il s'est passé, lui non plus, et crois-moi, il s'en veut, énormément. Mais il essaie de me faire oublier. Nous créons de nouveaux souvenirs, on se remémore les anciens, heureux, et c'est ce sur quoi on doit se concentrer. Je comprends votre méfiance et je vous en remercie. Vous ne seriez pas mes meilleurs amis si vous faisiez le contraire. Mais je vous demande de me faire confiance.

– Je ne veux pas que tu souffres à nouveau. C'est tout, murmure Selma en tendant le bras à travers la table.

Je m'empare de sa main en lui souriant tendrement.

– Je sais, mais c'est différent cette fois-ci. Nous sommes adultes et vraiment, il y a quelque chose de différent, de plus fort. C'est récent, donc étrange de l'admettre, mais c'est ce que je ressens.

– De toute façon, je t'ai à l'œil. Si je perçois le moindre truc louche, j'envoie Greg lui casser la gueule. Hein, mon chéri? lance-t-elle afin d'alléger l'ambiance.

– Oui, si tu veux, répond-il en haussant un sourcil.

– Ça pourrait être marrant à voir, suggère Selma.

– Tu ne voudrais quand même pas que Frank abîme cette gueule d'ange? taquiné-je Greg.

– Dis donc, toi! Femme de peu de foi! Qui te fait dire qu'il s'en sortirait mieux que moi? J'ai grandi à Chicago tout comme lui, je sais parfaitement me battre.

– Je n'en doute absolument pas. Mais tu n'auras pas à me faire de démonstration, ça n'arrivera pas. Je nous fais confiance, cette fois-ci.

Selma me sourit enfin franchement et j'ai la sensation que j'ai réussi à la convaincre. C'est tout naturel, parce que j'y crois vraiment.

– En parlant de Frank, dit Greg en redevenant sérieux. Il s'est bien remis de sa blessure? Graham avait l'air pas mal ennuyé quand il a appris ça, on en a discuté un peu.

Lors de l'avant-dernier affrontement contre les Blues, mi-décembre, il y a eu un petit débordement sur la glace. Frank faisait preuve d'un sang-froid hors du commun. Mon amour pour lui a grandi ce soir-là. On avait eu une séance juste avant où j'avais mêlé discussion et méditation pour lui donner plus de chances, mais Kane en a décidé autrement. Ce n'est passé inaperçu aux yeux de personne. Ils ne se sont pas battus, mais ils ont commencé à se chercher, à se bousculer. Je sentais la tension et la colère grimper, puis Kane a fait basculer Frank de l'autre côté de la glace, dans le carré du banc de touche. Frank s'est très mal réceptionné et s'est blessé à l'épaule.

– C'est gentil de demander. Il n'a pas pu terminer le match et a rejoint les vestiaires pour se faire examiner. Ce n'était finalement pas très grave, légère luxation de l'épaule. Il n'a pas très bien pris d'être mis à l'écart pour les trois matchs suivants, mais comme ils étaient à domicile, il ne s'est pas retrouvé seul, alors c'était plus facile. Un peu de rééducation et c'était vite remis. Il était très en forme en revenant sur la glace. Il a d'ailleurs marqué au cours des deux matchs qui ont suivi son retour.

Ils se sont ensuite retrouvés le lendemain du Nouvel An. C'était intense, mais une nouvelle fois, Frank m'a étonnée.

– Tant mieux. Ça ne doit pas être facile à vivre, les rencontres contre les Blues. Pour lui, mais pour toi aussi. Comment tu fais? m'interroge Greg sous le regard bienveillant de Selma.

– Je me concentre sur mon équipe, sur mon travail. Sur Frank, ce qu'on a retrouvé, ce qu'on reconstruit. C'est ça qui compte. J'ai un frisson chaque fois que je croise Kane, mais je suis transparente à ses yeux. Je ne suis qu'une femme parmi les autres dans la foule et il ne s'est jamais attardé sur moi au point de me reconnaître; j'ai un peu changé en dix ans, je ne sais pas s'il se souviendrait de moi. Le jeu auquel il joue depuis dix ans avec Frank me fait penser qu'il n'a rien oublié de ce qu'il a fait, mais je ne sais pas... Je pense que je ne suis qu'un souvenir pour lui et il prend toujours autant plaisir à malmener Frank.

– En tout cas, je dois accorder ça à Frank : prendre sur lui à ce point, je ne sais pas si j'en serais capable.

– Il le fait pour moi.

– Eh bien dans ce cas, on ne peut que partager cette chance que tu lui as donnée, affirme Selma. Et quoi que tu décides, demain, dans quelques semaines, dans un an, nous serons là pour toi.

Je sais qu'elle parle de Kane, et j'y pense de plus en plus. Mais ce n'est pas facile. Tout ce temps écoulé depuis… je ne sais même pas si cela serait possible. Et puis m'expliquer sur le pourquoi après toutes ces années, toute l'attention que cela amènerait… je ne sais pas si je serais capable de le supporter.

– Merci les amis, merci du fond du cœur d'être là pour moi, depuis toujours. Je vous aime, dis-je en levant mon verre.

Ils s'empressent de me rejoindre au milieu de la table et on trinque volontiers à l'amitié.

18

Frank

J'ignore depuis combien de temps je suis sous la douche. Tout ce que je sais, c'est que les autres ont terminé depuis un moment, qu'il n'y a pas un bruit à part l'eau qui coule sur mon corps et que je suis seul face à mes pensées. Appuyé contre la paroi carrelée de ma cabine, je tente de comprendre ce qui n'a pas fonctionné pendant ce match.

On a perdu contre les Lightning de Tampa Bay, durement, cinq à deux. Je n'ai pas été fichu de marquer, je n'ai même pas réalisé une seule passe décisive. Peut-être que l'équipe souffre encore de l'absence de Mark, blessé. C'était sûrement son dernier match off, mais ça commence à faire long. Plus que tout, quand c'est une défaite sévère à domicile, j'ai toujours plus de mal à le supporter et je me remets facilement en question.

– Frank ?

Je me redresse brusquement et tends l'oreille, pas sûr de ne pas avoir rêvé.

– Frank ?

– Lexi ? Qu'est-ce que tu fais là ?

– Tout le monde est parti et je t'attends depuis un moment maintenant, explique-t-elle en approchant. Qu'est-ce que tu fais ?

Je pousse la porte et la découvre, le visage inquiet.

– Je réfléchissais, c'est tout. Je n'ai pas vu le temps passer.

– Tu réfléchissais à quoi ?

– Au match de ce soir.

Elle me lance un regard compréhensif.

– J'en ai pour un instant, je te… Qu'est-ce que…

Je ne finis pas ma phrase, je la regarde retirer ses chaussures avant d'avancer dans la douche.

– Mais qu'est-ce que tu fabriques ? marmonné-je. Tu es trempée maintenant.

– Chut, souffle-t-elle contre moi.

Ses lèvres se pressent sur les miennes et j'oublie toutes mes interrogations, toute ma frustration.

– Est-ce que tu as déjà fait l'amour ici ?

– Non, jamais.

– Une nouvelle première fois entre nous, ça me plaît bien, murmure-t-elle la voix chargée de désir.

Cette femme causera ma perte, je le sens. Je vais pour lui retirer son chemisier, mais mon empressement fait sauter les boutons. Je grogne de satisfaction en découvrant son débardeur avec les bords en dentelle. Ses mains sont partout sur moi, elle a l'air de se ficher complètement d'avoir les vêtements trempés. Je tombe à genoux pour lui enlever son jean. Il glisse difficilement le long de ses jambes. Un coup d'œil vers son corps uniquement habillé de lingerie et ma queue se tend un peu plus. Je suis littéralement en pâmoison devant sa petite culotte parme, encore et toujours de la dentelle, de la transparence. Je me hâte d'enlever son débardeur et me jette sur sa poitrine. J'écarte le tissu des bonnets et titille ses pointes tendues pour moi. Elle gémit puis cambre le dos pour accentuer mes caresses. Je n'en peux plus.

– Frank, s'il te plaît, gémit-elle en écho à mes pensées.

– Oui? grogné-je alors que ma langue dessine une ligne de sa clavicule à son cou.

– Prends-moi maintenant.

– Tes désirs sont des ordres.

Je la soulève par les fesses et la plaque contre la paroi. Tout en la soutenant, j'écarte sa petite culotte et la pénètre d'un seul coup. Je me doute qu'elle est parfaitement prête pour moi, mais je ne peux m'empêcher de grogner de plaisir en découvrant à quel point elle l'est. Elle mouille pour moi, elle est chaude et serrée. Putain, c'est le nirvana! Le meilleur endroit sur terre. Je refuse de l'embrasser, je veux voir son visage alors que je la prends sauvagement, je veux voir les petites grimaces de satisfaction qu'elle fait, je veux voir sa bouche se tordre de plaisir, ses yeux se révulser sous le désir.

Mes coups de boutoir sont précis et violents. Elle agrippe fermement mes épaules, y plante même ses ongles. Je m'en fous. J'ai l'impression qu'elle m'offre un moyen d'évacuer toute ma frustration. C'est libérateur, le pied total. C'est primaire, sauvage, dénué de tendresse, je prends ce que je veux et elle me laisse faire. Je me focalise un instant sur l'endroit où nos deux corps se rejoignent, ça fait grimper mon désir en flèche. Loin de moi l'idée de vouloir jouer avec elle, mais je m'arrête quand même juste avant qu'elle ne jouisse.

– Frank ! s'exclame-t-elle.

– J'ai encore des projets en tête, je veux faire durer le plaisir.

Je me retire et plonge sur sa poitrine alors qu'elle dénoue ses jambes. Elle proteste en s'agitant, tend la main pour attraper mon sexe, mais je l'en empêche. Accroupi, je lui retire sa petite culotte puis pose un de ses pieds sur mon épaule avant de lui lancer un regard brûlant.

– Tu ne te doutes pas de tout ce que tu m'apportes. Laisse-moi prendre soin de toi.

Elle n'a pas le temps d'objecter, je me précipite sur son sexe et donne tout pouvoir à ma bouche, ma langue, mes doigts. Ses gémissements et plaintes envahissent l'endroit et je prie pour que personne n'entre par inadvertance. Quand je la sens tremblante au-dessus de moi et qu'elle n'a de cesse de crier mon nom, je me relève enfin et retrouve ses lèvres. Elle gémit à nouveau en se goûtant à travers les miennes.

Je tends le bras pour augmenter la température de l'eau et la pousse sous le jet. Je la prends à nouveau contre moi, ses jambes s'enroulent telles des lianes autour de mes hanches et mon sexe retrouve sa place. Une main sur sa joue, je l'embrasse doucement, tendrement. Je suis maintenant décidé à lui faire l'amour.

– Je t'aime, Frank.

– Moi aussi, ma puce, murmuré-je dans son cou. Tu es

tout ce qu'il me faut. Je suis à toi, rien qu'à toi, tu le sais, n'est-ce pas? Je t'appartiens corps et âme, depuis toujours.

Je commence un lent ballet et son regard se fait brumeux.

– Je suis à toi, souffle-t-elle.

– Tant mieux alors, on est sur la même longueur d'onde. JE. T'AIME.

Ses yeux se voilent d'amour et je me perds en elle, je la savoure, je la chéris, je l'aime. Elle m'embrasse avec passion tandis que je pars dans de longs mais profonds mouvements. Avec la première partie de sexe de tout à l'heure, on ne met pas longtemps à jouir mais le bonheur est total.

***

Après une journée de repos passée tranquillement à la maison à lézarder, se câliner, je suis d'attaque pour cette nouvelle journée. Ce soir on affronte les Jets, dernier match à domicile avant une grosse série en extérieur. On sera sur la route pour plus de dix jours, première fois aussi longtemps depuis que nous sommes ensemble. Je me demande comment ça va se passer.

Je suis dans la cuisine, en train de faire couler le café. J'ai pressé quelques oranges et préparé des toasts. Je souris niaisement parce que je suis heureux. Je souris un peu plus quand deux bras fins viennent enserrer ma taille. Lexi pose sa tête entre mes omoplates et dépose un baiser par-dessus mon tee-shirt.

– Bonjour.

– Bonjour, bébé. Tu as bien dormi?

– Dans tes bras? Toujours.

Je pivote sur mes pieds pour la prendre contre moi et l'embrasser dignement.

– Café?

– Oui, s'il te plaît.

Elle s'installe à l'îlot central et je lorgne sans retenue ses jambes dénudées. Elle a mis un de mes tee-shirts et il va lui très bien.

– On se rince l'œil?

– Tout à fait. Je te signale que tu fais exactement la même chose.

– Je ne le nie pas.

Elle sourit malicieusement et je fais glisser une tasse jusqu'à elle. On petit-déjeune tranquillement. La pluie a laissé place à un soleil timide. Le ciel est bien blanc toutefois, signe que la neige n'est pas loin.

– Tu veux peut-être repasser chez toi avant d'aller au centre? On se retrouve là-bas?

– Non.

– Non quoi?

– Effectivement, je veux repasser chez moi, mais je ne veux pas qu'on se rejoigne au centre.

Je fronce les sourcils, il va falloir qu'elle m'en dise un peu plus.

– Je veux qu'on y aille ensemble. Je ne dis pas qu'on doit faire une démonstration d'affection en public, mais on n'a pas besoin de se cacher.

– Tu es sûre? demandé-je sans dissimuler ma surprise.

– Oui, sûre et certaine. Je n'ai jamais été aussi sûre de quelque chose.

Je souris toujours niaisement. Je descends de mon tabouret pour venir la prendre dans mes bras et l'embrasser. Elle a le bon goût du café, mais le parfum de fruits de sa peau prend le pas et me fait tourner la tête.

– Je suis sûre que tout le monde se doute de quelque chose, alors je n'ai rien à craindre. Je me demande seulement comment vont le prendre le coach et le P.-D.G.

– On n'est pas obligés de le crier sur les toits. On continue d'agir comme on le fait et tout ira bien. Je suis d'accord pour garder une limite entre notre vie privée et notre vie professionnelle. Nous ne sommes plus à l'école, je pense qu'on peut se retenir de se sauter dessus quand l'équipe est là.

– Ah oui? fait-elle avec une petite moue.

– Pas si tu me regardes comme ça, par contre.

Je grogne en respirant son cou alors que je l'installe sur l'îlot et prends place entre ses jambes.

– Peut-être que je viendrai te rejoindre la nuit dans ta chambre d'hôtel quand on sera en extérieur. J'aimerais beaucoup faire l'amour avec ma groupie numéro un.

– Je ne suis pas une groupie, Frank, s'offusque-t-elle amusée. Et puis mon cœur est encore avec les Red Wings.

Je souris en titillant son cou de baisers. Je soulève son tee-shirt, appréciant le spectacle.

– Je n'y crois pas. Je n'y crois pas du tout. Ça sera mal venu de te faire l'amour, là maintenant? ici? demandé-je en suçant son téton.

– Probablement, susurre-t-elle, mais je m'en fiche.

Je ris doucement avant de plonger les doigts dans sa petite culotte. Je jette vite fait un œil à la pendule de la cuisine pour vérifier qu'on a bien un peu de temps devant nous. Ça devrait être jouable, d'autant plus qu'elle semble particulièrement réceptive à mes caresses malgré la nuit de folie qu'on a passée. Je remplace rapidement mes doigts par ma queue qui est toute prête pour elle. Allongée sur le marbre de l'îlot central, sa poitrine remue en rythme avec mes coups et la vue me coupe le souffle. Elle est absolument magnifique et elle est avec moi. On ne met pas longtemps à se rejoindre dans la jouissance.

Je profite un peu de ce moment de plénitude avant de me retirer. Lexi veut aller prendre une douche rapide avant qu'on y aille, je décide de l'accompagner tout en promettant de me tenir bien sage. J'ai toutes les peines du monde à ne pas la caresser alors qu'elle fait mousser le gel douche sur sa peau, mais je tiens bon. Elle me promet une récompense ce soir avec un clin d'œil.

On passe rapidement chez elle, je l'attends dans la voiture pendant qu'elle monte se changer et prendre ses affaires. C'est le cœur léger que je prends ensuite la route pour l'United Center. J'appréhende un peu le qu'en-dira-t-on, mais bon, cela ne regarde personne, même si je me demande les conséquences que cela pourrait avoir sur le contrat de Lexi avec l'équipe. Mais du moment qu'on ne fait pas dans l'effusion, je ne vois pas ce qui pourrait poser un problème.

Je ressens toute la tension qui s'est emparée de Lexi

alors qu'on rejoint l'intérieur. Je serre gentiment sa main.

– Tout va bien se passer.

– Oui, bien sûr, dit-elle dans un petit sourire coincé.

On est obligés de passer devant les vestiaires avant qu'elle ne rejoigne son bureau. Je ne lâche pas sa main, je suis avec elle. Nous croisons quelques joueurs occupés à discuter dans le couloir. Les regards sont d'abord surpris, mais pas tant que ça. Ils sont chaleureux et les bonjours lâchés à notre attention semblent soulager immédiatement Lexi.

– Salut, lance Alexej, un de nos défenseurs, sans faire attention à nos doigts entrelacés.

– Salut, répondons-nous en chœur.

– Je t'avais dit que tout irait bien, murmuré-je à Lexi.

– Oui, sourit-elle franchement cette fois-ci en accrochant mon bras.

– Hey ! Hey ! roucoule Sven en attrapant Bryce par le cou. Regardez qui va là !

Je secoue la tête doucement alors que les joues de Lexi se colorent de rouge.

– Putain ! Mark ! s'écrie-t-il à l'attention de ce dernier, à quelques pas. J'arrive pas à croire que tu l'aies vu venir et que je te doive cent billets !

– Ouais, moi non plus, ajoute Bryce, dépité.

– Parce que vous avez parié sur nous ? m'offusqué-je en redressant les épaules.

– Oh là ! intervient Mark. Du calme. On était tous d'accord pour dire que vous alliez finir ensemble. Le pari, c'était sur le temps que ça allait prendre. J'étais optimiste, je savais qu'on n'aurait pas à attendre la fin de la saison.

Lexi se met à rire doucement à mes côtés, ce qui a le don de m'apaiser aussitôt. Quelle bande de cons !

– Te fâche pas, mon vieux FBI, se marre Mark en me donnant une tape sur la joue. On est juste heureux pour vous, mais si y a moyen de récupérer quelques billets au passage, je suis preneur.

Je lui lance un regard un peu plus noir, ça ne m'amuse qu'à moitié quand même.

– Je ferai un don pour l'ABIF, me rassure-t-il.

– Ouais.

– Lexi ! Frank ! nous interrompt le coach.

Il se tient debout, droit sur ses pattes dans l'ouverture de son bureau, juste à côté des vestiaires. On se lâche immédiatement la main et on avance vers lui comme deux gamins qui viendraient de se faire prendre en train de faire quelque chose de mal.

– Un mot.

Nous le suivons à l'intérieur et il referme derrière lui. Il nous observe, le regard un peu dur mais pas tant de ça. Je l'ai déjà vu en colère, ce n'est pas le cas ici.

– Coach, on peut vous expliquer…

– Vous n'avez pas besoin de m'expliquer quoi que ce soit, me coupe-t-il fermement mais pas sèchement. Je ne participe peut-être pas à toutes vos soirées ou sorties, mais j'ai des oreilles comme tout le monde et elles sont en parfait état de marche. Il aurait fallu être aveugle en plus d'être sourd pour ne pas voir qu'il se passait quelque chose entre vous. Cela ne me regarde pas. Mais je me dois de vous rappeler que toute relation intime entre le personnel est déconseillée, pour de bonnes raisons.

J'ai cru comprendre qu'il y a quelques années, une des kinés a eu une aventure avec un des joueurs et l'histoire ne s'est pas particulièrement bien terminée. Je n'en sais pas plus et je n'ai jamais cherché à en découvrir plus. Ça ne m'intéresse pas. Mais je comprends ce qu'il veut dire.

– Je ne peux pas vous demander d'arrêter parce que pour le moment, je n'ai rien à y redire. Peu importe ce qu'il se passe, le travail de Lexi semble porter ses fruits. Tu m'as impressionné lors de la dernière rencontre avec les Blues, surtout après ce qui est arrivé en décembre. Alors j'aime à croire que tout n'est que bénéfice. Mais au moindre dérapage, au moindre drame, je serai intransigeant. Et ce ne sera pas mon équipe qui en paiera un quelconque prix.

Le message est clair, Lexi perdra son contrat avec les Blackhawks.

– Vous n'avez pas à vous en faire, lui promets-je.

Il se contente de hocher la tête.

– Va te changer, je te retrouve sur la glace. Lexi.

– Merci, coach.

Une fois de retour dans le couloir, je l'entraîne un peu à l'écart, histoire de m'assurer qu'elle va bien.

– Tu n'as pas décroché un seul mot, ça va?

– Ça va, sourit-elle. J'ai eu l'impression d'être à votre place quand il fait le point après un match. Mais ça va. Tout ira bien.

– Ah ouais?

– Absolument. Parce qu'il dit vrai. J'ai une bonne influence sur toi et il en va de même pour toi. Tu n'as pas idée. Il tient seulement à son équipe et à ses joueurs. Je ne peux pas lui en vouloir, je le comprends tellement.

Je l'embrasse avant de la laisser.

Oui, tout ira bien.

19

Lexi

Après la défaite face aux Sharks fin janvier, l'équipe a le vent en poupe. Ils cumulent trois victoires – des victoires serrées mais belles. Pendant le match contre les Stars de Dallas, Oleg a encore fait des siennes et s'est battu contre un joueur adverse, son troisième combat depuis le début de la saison régulière. Il va falloir qu'on retravaille dessus. Il a vraiment un tempérament chaud bouillant. Il est un peu un challenge pour moi.

On a eu droit à une petite pause de trois jours en début de semaine, avant de prendre l'avion pour le Minnesota. C'était bien, rentrer à la maison, en profiter pour ne rien faire auprès de Frank. Je commence tout doucement à prospecter pour voir où je pourrais ouvrir mon cabinet : la saison va prendre fin et je ne vais pas rester à ne rien faire. Je n'ai pas les moyens d'acheter quelque chose, mais en location, je devrais m'en sortir.

Je suis installée parmi les gars au bar de l'hôtel pour fêter leur victoire quatre à trois contre les Wild. La rencontre a eu lieu à Saint Paul au Xcel Energy Center. J'ai bien apprécié cette journée passée ici, d'autant plus qu'elle se solde par un succès. L'ambiance entre les joueurs est excellente, une très bonne cohésion ; tous les ingrédients sont réunis pour qu'ils réussissent. Je m'entretiens régulièrement avec le coach, j'apprécie énormément mon travail au sein de l'équipe et je m'y sens de plus en plus à l'aise.

Comme bien souvent, je discute avec Bryan et Travis. Frank n'est pas encore là, je crois qu'il devait discuter avec Mark. Je soupçonne que ça a quelque chose à voir avec sa sœur, mais il ne m'en a rien dit.

Des talons résonnant sur le carrelage attirent mon attention et je vois deux superbes créatures sortir de l'ascenseur. Presque toutes les têtes masculines se tournent vers elles, et je suis stupéfaite de voir l'une d'elles se jeter quasiment sur Frank qui sort de l'autre ascenseur. Son visage se fend d'un sourire et il se penche pour l'enlacer. Cette fille est particulièrement tactile avec lui et mon sang bout face à ce spectacle.

Frank ne regarde pour l'instant absolument pas vers nous. Mark nous rejoint et Frank fait quelques pas avec les deux poupées Barbie. J'ignore totalement qui elles sont mais je mettrais ma main à couper qu'elles sont top models. Le visage de celle qui colle Frank comme une sangsue me dit quelque chose. Aussitôt, cela fait tilt dans mon cerveau, Frank a dû sortir avec cette femme. Magnifique, de longs cheveux brillants, une bouche pulpeuse, des yeux de biche, le portrait typique de la femme qui rend fous les hommes.

Je n'en crois pas mes yeux quand je vois Frank continuer avec elle vers le bar. Ils restent là à discuter plusieurs minutes sans qu'il réalise que je suis plusieurs mètres derrière lui et que je ne manque rien du spectacle. Je commence à ne plus tenir. Je finis cul sec mon verre et me tourne vers Bryan qui plaisante avec Travis. Je laisse passer quelques secondes puis je m'excuse auprès d'eux, feignant une migraine. Je quitte la table en souriant aux hommes, ne manquant pas de les féliciter une nouvelle fois. Sans que Frank me voie, je rejoins les ascenseurs puis ma chambre.

Je ne me savais pas aussi jalouse. Enfin, je suis consciente de l'être un minimum, comme toute personne en couple, j'imagine. Et puis, ce n'est pas tout à fait vrai : après tout, je lui ai déjà fait une comédie à cause de Caitlin quand on était plus jeunes. Mais on a mûri, depuis le temps. Je ne devrais pas me mettre dans cet état! Et là, je suis folle de rage. Je sais pertinemment que les hommes et les femmes ne fonctionnent pas de la même façon, je le sais d'autant plus par mon métier. J'ai étudié les rouages du cerveau, les distinctions entre les deux sexes, pourtant j'ai bien du mal à faire le tri dans ma tête. Sur le papier, il n'a rien fait, si ce n'est dire bonjour à une connaissance et discuter avec elle. Alors pourquoi suis-je si énervée?

Je me débarrasse de mes vêtements sans douceur et file vers la salle de bains. Une bonne douche me permettra peut-être de me calmer. Sous le jet d'eau puissant, je soupire. Je déteste me sentir si dépendante, si attachée au point d'en être malade, ce n'est pas sain. Je le sais, mais si c'était si simple…

Je prends tout mon temps, puis, la peau particulièrement rouge à cause de la piqûre de l'eau chaude, je sors enfin. J'enroule mes cheveux dans une serviette et en attrape une plus grande pour me sécher. Je suis interrompue par le bruit de sonnerie de mon portable. Je noue la serviette autour de ma poitrine et mon cœur fait un bond alors qu'on cogne fermement à la porte. Si j'en juge par l'énervement que contient ce coup, je devine que ce n'est pas le premier et j'imagine très bien qui se trouve derrière.

Je me gratte l'arcade sourcilière et m'avance vers la porte. Je peux difficilement ignorer la présence de Frank. De plus, cela serait particulièrement puéril de ma part. J'enlève la chaîne et ouvre la porte. Frank m'apparaît le visage grave, je parierais mille dollars qu'il ne se doute même pas de la véritable raison pour laquelle je suis montée dans ma chambre.

– Les mecs m'ont dit que tu avais mal à la tête. Ça va?

Sa question m'arrache un petit ricanement. Je serais plus riche de mille dollars, c'en est presque décevant. Je me décale et le laisse entrer. Je resserre le nœud sur ma poitrine et entreprends de sécher mes cheveux. Je me moque totalement de la tête que je peux avoir devant lui.

– Lexi? insiste Frank. Qu'est-ce qui se passe?

– Tu n'as pas une petite idée? dis-je, tranchante.

Frank fronce les sourcils face à cette attaque. Je laisse tomber la serviette et passe une main dans mes cheveux pour les mettre en arrière. Je serre le poing sur le nœud et plaque mon autre main entre mon flanc et mon bras. Je le fixe comme si je pouvais lire en lui, mais ça ne marche pas comme ça, cela serait tellement plus simple dans mon travail. Il passe rageusement une main dans ses cheveux plus longs sur le dessus puis il gratte sa barbe de plusieurs jours. Il est tellement sexy, il le sait et ça m'énerve parce que je ne suis pas la seule femme à en avoir conscience.

Soudain, une lueur dans ses yeux me dit qu'il vient de percuter.

– Ne me dis pas que c'est à cause de Pietra?! s'exclame-t-il en laissant ses bras tomber le long de son torse musclé.

Je grimace en entendant son prénom, je veux me détourner de lui, mais en deux pas il m'a rejointe et il me tient fermement les bras.

– Lexi, putain! Tu me fais quoi là? Une crise de jalousie?

– Pas de ça avec moi, OK? Tu m'as fait la même avec Bryan! Ne fais pas celui qui ne comprend pas ma réaction, d'accord? C'est injuste.

– Mais putain, Lexi! C'est juste une amie. Je n'avais aucune idée qu'elle serait là, on a juste discuté, c'est tout.

Qu'est-ce que je peux dire de toute façon? C'est la vérité, je l'ai bien vu. Il soupire en attrapant mon menton.

– Lexi, bébé. Je t'aime, il n'y a que toi. Je suis désolé que tu te sois imaginé des choses. Mais je… On se connaît, c'est tout.

– Tu as couché avec elle.

Il déglutit nerveusement et me relâche. Un frisson me parcourt et je le regarde chercher comment me dire les choses.

– Elle a tourné une pub de lunettes de soleil avec moi. On est sorti quelque temps ensemble, ce n'était rien de sérieux, on s'est amusés, c'est tout.

– Et ?

– Et quoi ?

– Qu'est-ce qu'elle voulait ? Prendre à nouveau du bon temps avec toi ?

– Qu'est-ce que ça peut bien foutre, ce qu'elle voulait ? s'emporte-t-il, vexé. Qu'est-ce que tu crois ? Que je vais courir dans ses bras alors que je t'ai, toi ? Putain, Lexi ! En quelle langue il faut que je te le dise ? C'est toi que j'aime, c'est avec toi que je suis, c'est dans ta chambre que je me trouve, pas avec elle. Tu ne crois quand même pas sérieusement que j'aurais accepté ses avances si elle m'en avait fait ?

Je me sens complètement stupide. J'ai laissé la jalousie prendre le pas sur la raison. J'ai douté de Frank alors que je n'en avais pas le droit, et aucune véritable raison, en plus. Jamais il ne m'a laissée entrevoir qu'il avait des vues sur d'autres. Je suis injuste.

– Tu me fais payer ma réaction avec Bryan ?

– Non ! Bien sûr que non ! Je… J'étais jalouse, OK ? Je t'ai vu à ses côtés, vous êtes si bien assortis, je ne sais pas… J'ai douté de moi, admets-je à contrecœur.

– C'est la chose la plus ridicule que j'ai jamais entendue, dit-il doucement, un sourire dans la voix. Pourquoi est-ce que j'irais voir ailleurs alors que j'ai ce que j'ai toujours rêvé d'avoir ? Comment peux-tu douter que tu es tout ce que je veux, Lexi ?

Je secoue la tête alors que les larmes pointent le bout de leur nez. Je me sens stupide. Frank approche doucement et me caresse les bras délicatement. Je pose mon front sur son torse et respire son odeur. Il a pris une douche avant de descendre rejoindre ses coéquipiers.

– Tu es rassurée ? murmure-t-il contre mon oreille. Tu veux qu'on aille retrouver les autres ?

Je hoche la tête puis la secoue. Je n'ai pas envie de redescendre. Je me sens tellement ridicule après ma réaction. Je préfère rester ici et essayer de réparer les choses.

– Tu m'en veux ?

– T'en vouloir ? Parce que tu m'as fait une petite crise de jalousie ? Sûrement pas. Je trouve ça plutôt sexy, à vrai dire.

Je redresse vivement la tête, surprise. Je vois qu'il est sincère avec son sourire coquin et ses yeux qui pétillent. Je ne perds pas une seule seconde, je fonce sur ses lèvres et le dévore avec envie.

Ma serviette tombe à nos pieds et je l'entends grogner de satisfaction alors que ses mains trouvent la peau de ma chute de reins. Je marmonne des excuses et le fais reculer jusqu'à ce qu'il tombe à la renverse sur le lit. Il essaie de m'entraîner avec lui, mais je résiste et ris doucement. Je veux prendre les choses en main. Quand il commence enfin à comprendre ce que je veux faire, il laisse tomber les bras et soulève les hanches pour m'aider à retirer son jean. J'abaisse en même temps son boxer et le trouve prêt et dur pour moi. Je bave devant ses abdominaux qui se contractent et ondulent alors qu'il enlève pull et tee-shirt. Le voilà dans le plus simple appareil, rien que pour moi. Comment est-ce que j'ai pu douter un seul instant de lui ? Je m'en veux.

Il caresse du bout des doigts ma joue et me lance un

petit sourire. J'embrasse la paume de sa main et pars en exploration le long de son corps, qui m'appartient. Je parsème son torse de baisers légers avant de m'attaquer goulûment à son érection. Le grognement qui s'échappe de sa gorge manifeste son contentement, je mets encore plus d'ardeur à la tâche. Plus vite, plus profond, plus serré. Quand je sens qu'il n'est plus très loin, je me mets à califourchon sur lui et je m'empale brusquement sur son sexe. Il m'emplit totalement, je suis plus que prête pour lui, alors ça glisse tout seul.

Il s'énerve quelques secondes parce qu'il n'a pas eu le temps de me caresser, je m'abaisse alors pour lui offrir ma poitrine. Il me lance un petit sourire en coin et avec ses mains, ses lèvres et sa langue, il augmente mon plaisir. Il me connaît si bien, il sait là où il faut appuyer, là où il faut pincer, là où il faut titiller pour décupler mon bien-être.

Quand il approche de l'orgasme, il ne peut plus se concentrer sur autre chose, il se contracte, la prise sur mes hanches augmente, alors j'accélère la cadence, je veux le laisser à bout de souffle, totalement hypnotisé. Je veux qu'il ne pense qu'à moi, parce que je suis à lui et qu'il est à moi. Je n'ai jamais désiré posséder quelque chose de plus que lui.

Le cœur battant à mille à l'heure, je me perds dans un orgasme puissant qui me fait voir des petites étoiles. Je suis à deux doigts de perdre connaissance. Mon corps continue le mouvement mais j'ai du mal à rester droite. Je finis par m'effondrer sur Frank, comateuse et pleinement satisfaite. Je suis dans un état d'euphorie intense. Je ne comprends pas tout ce qu'il me raconte, je sens ses doigts sur mon dos, son souffle près de mon oreille, j'entends «Je t'aime».

– Je t'aime, Frank. Je t'aime, murmuré-je encore une fois avant de sombrer.

Je sens qu'il se retire et m'entraîne contre lui en nous glissant sous les draps. Je m'endors comme je rêve de le faire jusqu'à la fin de mes jours, dans ses bras, dans le même lit que lui.

20

Frank

On a repris nos matchs après notre semaine de congé, samedi dernier. On a perdu le match retour à domicile contre les Oilers. Je ne sais pas si c'est à cause du retour de vacances, mais bon, c'est comme ça. On a eu droit à une petite baston entre Bryan et un joueur adverse, Drew Mansoni. Lexi s'est fait une joie de discuter de ça avec lui par la suite. Lors du match aller, c'était Vincente qui s'était laissé aller. Ça nous a tous surpris parce qu'il n'est pas vraiment du genre à donner dans la bagarre, mais bon, parfois, quand le mec t'emmerde, tu répliques, c'est inévitable.

Après cette malheureuse défaite, on cumule trois victoires et on a bien l'intention d'en ajouter une quatrième demain soir. On rencontre les Blues de Saint Louis. Je vais devoir supporter cette face de gland de Kane Carmichael, mais je vais tout donner afin de leur mettre une branlée.

J'appréhende un peu parce que la tension grimpe un peu plus à chaque fois, plus palpable, limite incontrôlable. Lexi est persuadée qu'il ne se rappelle pas qui elle est, mais je sais que c'est faux. Je le sais au regard qu'il lui a lancé à la fin de la rencontre en janvier et à la violence dont il a fait preuve quand j'ai été blessé. Cette lueur dans son regard, c'était comme si quelque chose venait de s'éclairer en lui.

Lexi a tenu une fois de plus à ce qu'on fasse une séance de relaxation afin de me préparer. Pour être honnête, je m'y plie pour lui faire plaisir, je ne crois pas du tout à tous ces trucs. Une seule chose pourrait me détendre, c'est Kane en taule ; le reste, ce n'est qu'un écran de fumée, des conneries. Je devais passer la soirée avec elle, mais j'ai changé nos plans.

J'entre au WestEnd et soupire en voyant Jordan qui m'attend un peu plus loin. Il me prend dans ses bras et je m'installe face à lui dans le box. Graham ne peut pas se joindre à nous, il est en déplacement sur Cleveland pour un match.

– Je suis désolé de chambouler tes plans un samedi soir, m'excusé-je en acceptant la bière qu'il fait glisser jusqu'à moi.

– Il n'y a aucun souci, Frank, tu sais bien que je serai toujours là pour Graham et toi.

– Je sais que je peux compter sur toi. Sarah n'était pas trop en colère ? Tout va bien entre vous ?

– Non, elle ne l'a pas mal pris et tout va très bien. C'est gentil de prendre des nouvelles, ça me touche, mais entre nous, tu n'essaierais pas de noyer le poisson ? Tu ne m'as pas demandé de te rejoindre ici pour parler de Sarah et moi, je me trompe ?

J'avale une longue gorgée, puis je me lance dans mon récit. Je lui confie tout ce qui me pèse, tout ce qui m'inquiète. Il écoute patiemment, attentivement.

Je leur ai déjà dit qu'avec Lexi, on s'était un peu, beaucoup rapprochés. Bien entendu, ils n'ont pas été ravis d'apprendre ça, ils n'ont pas compris comment je pouvais lui donner une seconde chance après m'avoir trompé. Et comme je ne suis pas rentré dans les détails, c'était compréhensible, mais je leur ai demandé de me faire confiance, assurant que les choses étaient différentes cette fois-ci. J'ai senti leur méfiance, ils se faisaient du souci pour moi, mais ils ont bien été obligés de me laisser faire.

Lexi ne m'autoriserait sûrement pas à tout déballer, mais c'est trop à supporter, et s'il y a quelqu'un en qui je peux avoir toute confiance, c'est Jordan. Je vois d'abord la stupéfaction, puis la colère et la compassion envahir son regard vert.

– Putain, souffle-t-il. Pourquoi tu as gardé tout ça pour toi depuis tout ce temps?

– Parce que ce n'est pas mon histoire, elle appartient à Lexi.

– Pourquoi maintenant, alors?

– Demain, on affronte les Blues et je sens que je vais péter un câble. C'est le dernier match de la saison contre eux, mais après celui de janvier, je ne le sens pas. Il... Déjà en décembre, c'est à cause de lui que j'ai été blessé. À part son exclusion, il n'a reçu aucune sanction ? et moi, je n'ai pas pu jouer pendant trois matchs. Il perd de plus en plus le contrôle, il commence à me faire peur et je suis persuadé que cela a un rapport avec Lexi. Pendant un match, devant des milliers de spectateurs, il me faut garder une certaine retenue. Mais je suis sûr que si je pouvais régler ça en dehors de la glace, ça me ferait un bien fou et il aurait ce qu'il mérite.

– Qu'est-ce qui te retient ?

– Sérieusement ? C'est toi, le flic, qui me sors ça ?

– Pas vu, pas pris.

Je l'observe attentivement, tâchant de déterminer s'il est sérieux. Il m'en a tout l'air.

– C'est à cause de Lexi, elle m'interdit de faire quoi que ce soit. On travaille avant chaque rencontre, je fais de la méditation, putain !

– Ça a l'air de très bien fonctionner, remarque-t-il ironiquement.

– C'était pas mal jusqu'à maintenant, mais demain, c'est spécial. On est chez nous et j'ai un mauvais pressentiment, c'est tout.

– Est-ce que tu as essayé de parler à Lexi pour qu'elle porte plainte ?

– Elle refuse. Elle me dit qu'il est trop tard, qu'à l'époque personne ne l'aurait cru, que j'ai moi-même cru qu'elle avait volontairement couché avec lui. Il est vrai que rien ne l'encourageait à se défendre.

– Je suis vraiment désolé.

– Ouais, moi aussi, mais ça ne change pas les faits, hein ?

Je vide ma bière et la repose brusquement sur la table. Je bascule la tête en avant et plonge les mains dans mes cheveux.

– J'essaie vraiment de prendre sur moi, pour elle, parce que je sais que notre couple vacillera si je perds le contrôle, mais tu n'imagines pas le mal que ça me demande.

– Si, je l'imagine très bien. Je réagirais pareil s'il s'agissait de Sarah. Merde, j'ai déjà réagi pareil pour elle quand je l'ai accompagnée à Miami et qu'on a croisé son ex-petit ami violent. Et on n'était même pas ensemble. Pense aux dégâts que je causerais avec mon arme.

Il plaisante, mais je sais qu'il serait prêt à tout pour les gens qu'il aime. Je lève le bras pour commander une nouvelle tournée, quand un frisson me parcourt l'échine.

– Reste tranquille, murmure Jordan alors que je tourne la tête vers l'entrée.

Kane est là, accompagné de deux amis. Ce ne sont pas des Blues, mais il leur faut quand même un sacré culot pour se montrer dans l'un des bars sportifs les plus en vue de la ville. Ici, on célèbre les Blackhawks. Il se fout de ma gueule ?!

– Putain ! s'exclame Kane en s'avançant vers nous. Quelle coïncidence ! FBI ! Qu'est-ce que tu fous ici ?

– Je suis chez moi ici, ducon ! Toi, par contre, il faut une sacrée paire de couilles pour t'amener ici.

– Ouais, la rouquine en sait quelque chose, hein ?! lâche-t-il en saisissant son paquet.

Putain mais quel connard arrogant ! Je vais lui faire sa fête !

– Qu'est-ce que tu viens de dire ? grogné-je en me relevant.

– Frank, non, m'arrête Jordan en plaquant une main sur mon torse.

Il s'interpose entre nous deux et toise Kane le regard noir.

– Tu dégages, connard.

– FBI a besoin d'un garde du corps? En voilà une nouvelle!

– Dégage, j'ai dit.

Il détaille Jordan de la tête aux pieds et recule enfin en apercevant la plaque de flic à sa ceinture.

– Ouais, marmonne-t-il en s'éloignant vers une table plus loin.

Putain! Quelle arrogance! Je n'en reviens pas qu'il reste ici. Surtout, je sens la cocotte monter en puissance. Il a osé faire une allusion directe à ce qui s'est passé, à ce qu'il a fait. Je n'y crois pas! Il ne peut quand même pas sciemment se dire que j'en suis resté à la version de la fac? Il est évident que Lexi n'aurait jamais couché avec lui volontairement. Pourquoi est-ce que ce n'était pas clair pour moi à l'époque? Les choses auraient été différentes.

Je me sens encore plus mal alors que cette évidence me frappe de plein fouet. La pression risque de tout faire péter, je suis au bord de l'implosion. La serveuse dépose nos nouvelles bières sur la table. Je la remercie d'un mouvement de tête et m'en empare aussitôt.

– Tu veux qu'on y aille?

– Tu sais pertinemment ce que je veux, grondé-je en le fusillant du regard.

Jordan ne semble pas tenir rigueur de mon humeur noire et mon manque d'amabilité. Je suis du regard Kane alors qu'il se dirige vers le couloir pour aller aux toilettes.

– Attends-moi deux secondes, fait Jordan en se levant.

– Qu'est-ce que tu fais ?

– Je reviens.

Il va au bar, échange quelques mots avec Max, le proprio, suivis d'une poignée de main. Puis il revient d'un pas décidé.

– Qu'est-ce qui se passe ?

– Finis ta bière et suis-moi.

Je m'exécute en fronçant les sourcils. J'aimerais bien savoir ce qu'il lui prend. Il passe un bras autour de mes épaules et murmure à mon oreille.

– Max a coupé les caméras de surveillance à l'arrière. Lexi ne veut pas porter plainte, je t'offre une chance de rendre justice toi-même.

Je lui lance un regard stupéfait. Je vois au sien qu'il est très sérieux et déterminé. Galvanisé par une énergie et une puissance féroces, hors de question que je passe à côté de cette chance. Je vais pouvoir régler ça une bonne fois pour toutes.

Jordan reste légèrement en retrait pour monter la garde, et à peine Kane a-t-il poussé la porte pour sortir que je l'empoigne par le col et l'entraîne avec moi à l'arrière du bâtiment.

– Putain ! Mais qu'est-ce que tu fous, bordel ?!

– Il me semblait que tu cherchais l'affrontement. Je te l'offre.

Du coin de l'œil, je vois Jordan se placer stratégiquement devant la porte, nous évitant tout risque d'être interrompus. Il garde aussi un œil sur l'entrée de la ruelle, plus loin. Il y a peu de chance qu'on soit dérangés, mais sait-on jamais.

– Je ne veux pas me battre contre toi.

– Pourquoi ça ? Tu as peur ? Tu ne le veux que lorsqu'il y a un public, c'est ça ? Tu espères me faire sortir de mes gonds devant des milliers de personnes pour quoi ? Essayer de m'éjecter du circuit ? Mais jamais je ne t'offrirai cette satisfaction ! Un connard comme toi ? Que de la gueule !

Je n'attends pas qu'il attaque le premier, je n'en peux plus. Je lui envoie une droite en pleine gueule. Je sens mes phalanges craquer sous le choc ; Kane recule en portant une main à son visage. Je me mets en position pour la suite, parce qu'il ne va pas rester sans répliquer. Il plonge sur moi en grognant et encercle mon torse, essayant de me faire basculer en arrière, mais il n'y arrive pas. Je coince sa tête sous mon bras et lui donne un coup de coude dans le dos, suivi de deux coups de poing dans les côtes. Il me relâche et tousse, le souffle court.

– Tout ça pour cette pétasse ? ricane-t-il en se redressant. Elle a cherché ce qu'il lui est arrivé. Elle le voulait. Elle l'a dit. Toutes les personnes présentes ce soir-là pourraient en témoigner.

Mon sang ne fait qu'un tour. Je me jette sur lui et mes poings pleuvent. Il se défend et j'en reçois moi-même, dont un plutôt bien placé, à cheval sur ma pommette et mon œil. Le choc m'étourdit quelques instants, lui laissant l'occasion de m'en donner un autre sur la mâchoire et dans l'estomac. Mais s'il croit que cela va me faire plier, il se goure ! Cela me booste encore plus.

– Je t'interdis de parler d'elle ! Tu devrais être en prison !

– Ouais, mais on dirait que la vie en a décidé autrement, dit-il de manière hautaine.

Je lâche un grognement qui me donne froid dans le dos et plonge sur lui. Il n'a pas le temps de contrer mon attaque. Il trébuche en arrière et s'effondre sous mon poids au sol. Je lui balance deux coups au visage et je suis prêt pour de nombreux encore. Je vais le tuer.

– Frank, ça suffit !

Jordan intervient et s'empare de mon bras en plein vol. Il me tire en arrière et je suis obligé de me relever.

– Ça suffit, répète-t-il.

– Non, ça n'est pas suffisant ! Je n'en ai pas fini ! hurlé-je en le foudroyant du regard.

Jordan s'écarte brusquement de moi et je le regarde, ahuri, faire à Kane une prise de krav maga, art martial dans lequel il excelle. Il s'apprêtait sans doute à me frapper alors que j'avais le dos tourné. Jordan est penché au-dessus de lui et le maintient, face écrasée au sol, en appuyant son genou au niveau du cou.

– J'arrive plus à respirer ! marmonne Kane.

Il bat les mains en l'air, essayant de se dégager de l'emprise de Jordan.

– C'est pas ce que tu as fait à Lexi peut-être ! m'écrié-je, fou de rage.

– Recule, Frank ! m'ordonne Jordan. Laisse-moi faire.

Il appuie un peu plus fort et se penche vers Kane.

– Écoute-moi bien, connard de mes deux. Ce soir, cette ruelle, c'est un avertissement. Légalement on ne peut rien faire contre toi, mais tu ne me fais pas peur. Toi, tu devrais avoir peur. Il y a dix ans, c'était ta parole contre celle de Lexi et tu l'as emporté. Mais aujourd'hui, tu ne fais pas le poids. Tu m'entends? Tu m'entends? grogne-t-il en donnant une nouvelle pression dans son genou.

– Oui ! Oui !

– Ce petit incident reste entre nous. Comme l'a dit Frank, c'est chez nous ici, tu n'as aucune chance, trou du cul.

Jordan se relève et donne un coup de pied dans les côtes de Kane, lui ordonnant de se relever. Jordan pense peut-être avoir eu le dernier mot, mais j'ai la sensation que c'est loin d'être le cas. Kane me foudroie du regard et crache du sang juste à mes pieds avant de nous laisser. La porte grince derrière lui et je tombe la tête en avant, les mains en appui sur mes genoux.

– Ça va? s'enquiert Jordan.

– Ouais, ça m'a fait du bien, mais ce n'est pas suffisant.

– Je sais, mais c'est tout ce qu'on peut faire. Tu réussiras peut-être à faire changer Lexi d'avis.

– Peut-être.

Je laisse Jordan aller prévenir Max que notre petite affaire est terminée. Je prends de profondes inspirations. Bien longtemps que je ne m'étais pas battu de la sorte. À bien y réfléchir, ça doit remonter à la fac et c'était déjà contre Kane, après une fête trop arrosée. Je secoue la tête, il me donne envie de vomir. J'essuie le coin de ma bouche et regarde le sang sur ma main. Comment vais-je bien pouvoir m'expliquer auprès de Lexi? Qu'est-ce que je vais lui dire?

– On y va? demande Jordan en réapparaissant.

– Ouais.

***

Je suis dans ma salle de bains, j'ai pris une douche et j'examine mon visage. Ce n'est pas terrible, mais sa tronche à lui est pire, alors je suis satisfait. Mon œil sera noir d'ici demain et ma lèvre est légèrement fendue, mais rien qui nécessite des points. J'ouvre la bouche et passe le doigt sur mes dents. J'ai eu la sensation d'entendre quelque chose craquer quand il m'a frappé alors je suis à la recherche d'une dent cassée. Nombreux sont les joueurs qui ont des dents cassées à cause d'un palet reçu en pleine figure ou d'une bagarre, ce ne serait pas une catastrophe. Mais je suis parvenu jusqu'à maintenant à garder une dentition parfaite, j'aimerais bien continuer comme ça. Apparemment, rien à signaler. Je jette un œil à mon torse en abaissant le tee-shirt. Peut-être que j'aurai une ecchymose là où il a frappé, mais il n'y a rien pour le moment.

Je descends à la cuisine et récupère une poche de gel cryogène au congélateur pour l'appliquer sur ma main. Je récupère une bière fraîche et la pose sur mon œil sans l'ouvrir. Putain, ça fait du bien ! Plongé dans le noir, je réfléchis à ce que je vais bien pouvoir dire à Lexi. Je lui ai envoyé un texto pour l'informer que je ne la rejoindrais pas, mais je n'ai pas eu le courage de lui dire pourquoi, ni de répondre à ses messages qui ont immédiatement suivi. Je suis lâche.

Mon portable s'illumine devant moi. Lexi. Je finis par décrocher à contrecœur.

– Salut.

– Enfin ! s'exclame-t-elle. Tu es rentré ?

– Oui, mais je…

– Je suis devant chez toi.

– Quoi ?! Mais ce n'était pas la peine de venir. On se voit demain.

– Frank. Qu'est-ce qui s'est passé ?

– Franchement Lexi, je ne suis pas d'humeur pour ça.

– Tu vas vraiment me laisser sur le pas de ta porte ?

Je grogne en me relevant. Sur l'écran de la porte d'entrée, je la vois effectivement devant la grille. Je raccroche et déverrouille pour la laisser entrer. J'entrouvre et retourne à ma place.

Au bout de quelques secondes, sa voiture se gare devant et elle entre.

– Pourquoi tu restes dans le noir ?

Je ne réponds rien et l'observe, juste éclairée par les lumières extérieures qui s'enclenchent au mouvement. Elle est tellement belle. Je sais qu'elle va paniquer pour aussitôt s'énerver quand elle verra ce qu'il s'est passé. Je préfère me taire. Elle tend le bras pour allumer la cuisine. Il ne lui faut pas plus d'une microseconde pour faire un rapide inventaire de mes blessures. Son visage blêmit et elle se fige sur place.

– Qu'est-ce qui s'est passé ? demande-t-elle dans un murmure.

Elle avance enfin vers moi et pose délicatement une main sur ma joue. Je savoure un instant ce contact avant de me dégager. Je ne mérite pas sa tendresse ni son inquiétude. J'ai fait tout le contraire de ce qu'elle voulait.

– Je ne veux pas en parler, Lexi. Si je ne voulais pas te voir ce soir, j'avais une bonne raison.

– Je me faisais du souci ! Quand tu m'as dit que tu devais voir Jordan, j'ai bien senti que tu n'allais pas bien. Je t'ai laissé faire parce que tes amis sont importants pour toi, mais je m'étais figuré que tu viendrais me rejoindre ensuite et qu'on discuterait. Et je te retrouve dans cet état !

– Je ne suis pas sorti pour me battre, si c'est ce que tu insinues.

– Je n'insinue rien du tout. Je veux que tu m'expliques.

Je finis par ouvrir ma bière et prends une longue gorgée.

– Frank ! s'impatiente-t-elle.

– On discutait tranquillement et Kane s'est pointé.

– Tu t'es battu avec Kane, répète-t-elle en reculant d'un pas.

– Je ne l'ai pas cherché. Il était là, arrogant et provocant. Il a insinué quelque chose et bordel ! Tu ne peux pas sciemment attendre de moi de ne pas répliquer ! m'exclamé-je. C'était au-delà de mes forces.

– Jordan aurait pu te retenir.

Je ricane sèchement.

– Il t'a encouragé ?!

– Bien sûr ! Il se met à ma place, il comprend.

– Parce que tu lui as raconté ce qu'il s'est passé ?

– J'avais besoin de me confier à quelqu'un. De vider mon sac, parler de ma colère, de ma frustration, de mon incompréhension.

– Mais je suis là, tu peux le faire avec moi.

– Non ! Et tu le sais très bien. Je ne peux pas prendre le risque de dire ce que je pense sans te blesser et je ne veux pas dire quelque chose que je pourrais regretter.

– Vas-y, je t'écoute.

– Putain, Lexi ! Tu n'aurais jamais dû venir. Je ne suis pas en état d'avoir cette conversation avec toi.

– Si tu ne peux pas te montrer honnête envers moi, nous avons un gros problème, lâche-t-elle en me fusillant du regard.

Je suis soufflé par sa détermination et son entêtement. Elle est remontée. Contre moi ?!

– Tout est ta faute, si tu veux tout savoir ! Je ferais n'importe quoi pour toi, mais tu ne me laisses pas faire. Tu laisses ce mec vivre sa vie, vivre son rêve en toute impunité et moi, tu me piques une crise parce que je me suis battu avec lui pour te défendre TOI ?! C'est le summum ! m'emporté-je.

– J'essaie de te protéger ! s'écrie-t-elle. Tu dois penser à toi, à ta carrière. Tu ne peux pas mettre tout en péril à cause de Kane.

– Rien à foutre ! balayé-je, furax. Et si c'était mon choix à moi ?! Pourquoi aurais-tu quelque chose à y redire ? Je ne comprends pas pourquoi tu ne répliques pas ! Kane se fout de notre gueule à chaque fois qu'on le croise. Il l'a encore fait ce soir. Tu te trompes en pensant qu'il ne se souvient pas de toi. Il sait parfaitement qui tu es et il se marre d'échapper à son crime.

Elle me regarde, un voile de colère dans les yeux. Elle se retient de craquer aussi, je le sais, je le lis, elle résiste parce qu'elle est en colère.

– Je t'avais demandé de ne rien faire contre lui. Je

voulais que mon histoire reste entre nous, mais tu en as parlé à Jordan. Tu en viens à te battre dans un bar pour me défendre ? Mais c'est mon passé, tu n'as pas à décider de ce que je dois faire.

– Lexi, je…

– Non ! Tu ne peux pas… Je n'en reviens pas.

Elle fait marche arrière jusqu'à la porte et je me relève aussitôt.

– Lexi, attends !

– Laisse-moi, Frank. J'ai besoin de temps.

Je laisse retomber mon bras et la regarde, impuissant, quitter la maison. Je pourrais lui courir après, peut-être que je le devrais même, mais je ne bouge pas. Elle me reproche plein de choses, mais je suis dans la même position qu'elle. Et ni l'une ni l'autre n'est juste. Peut-être qu'un peu d'espace nous fera du bien.

21

Frank

J'ai passé une nuit merdique, horrible. J'ai rêvé que Lexi mettait un terme à notre histoire suite à ce qu'il s'est passé au bar, à cause de la violence dont j'ai fait preuve, parce qu'elle était trop dure à supporter. Je n'ai pas réalisé que le fond du problème pouvait être là. Est-ce qu'elle est effrayée que je puisse être comme lui?

J'ai lutté contre cette peur durant tout mon footing matinal. Je me suis levé aux aurores et suis parti courir avant de rejoindre l'United Center.

Je ne sais pas trop dans quel état je suis pour affronter cette nouvelle journée. Et j'appréhende énormément la réaction de mes coéquipiers et de mon coach en entrant dans le centre. Les yeux se font ronds comme des billes quand ils avisent mon coquard, mais aucun ne va au bout en posant la question. Sans doute à cause de mon air mal aimable. Dans les vestiaires, Mark approche doucement.

– Ça va? Pardon, c'est une question stupide.

– T'en fais pas.

– Je te demanderais bien comment tu t'es fait ça, mais je suis pas sûr de vouloir le savoir et puis, tu ne me le dirais sûrement pas.

– Vaut peut-être mieux pas.

– Rien de cassé au moins ?

– Non.

– Tant mieux. Tu as vu le coach ?

– Pas encore.

– Tu as préparé quelque chose ?

– Je pensais aux escaliers.

– Ouais, tu peux tenter. Bon courage, dit-il en posant une main sur mon épaule.

Je me hâte d'enfiler mon équipement et rejoins la glace. En passant les rambardes, coach T s'attarde sur mon visage. Mon casque ne suffit pas à camoufler mon œil. D'un signe de tête, il me demande de le rejoindre.

– Qu'est-ce qu'il s'est passé ?

– Je suis tombé dans les escaliers.

– Tu me prends pour un con ?

– Jamais de la vie, coach.

– Donc ?

– Moins vous en savez, mieux c'est.

Il secoue la tête, mais n'insiste pas.

– Tu te sens en forme pour ce soir ? Tu préfères que je te raye de l'alignement ?

– Sûrement pas ! Vous ne pouvez pas faire ça !

– Allez ! On commence ! hurle-t-il.

Je soupire. J'ai comme l'impression qu'il n'en a pas terminé, mais pour le moment il se contente de ça.

Cet après-midi, la patinoire sera à l'équipe des Blues ; pour l'heure, on occupe les lieux. Le coach gère d'une main de fer les exercices, il n'hésite pas à reprendre chacun d'entre nous et il ne nous ménage pas. Tant mieux. On a perdu le dernier match contre eux et il est hors de question qu'on cède la partie ce soir. On est en train d'enchaîner une série de tirs au but face à Martin. John est malade, il n'assurera donc pas la protection de notre cage. Le coach est en train de nous donner des instructions quand mon regard est attiré par une silhouette qui s'avance vers la patinoire. Mon sang ne fait qu'un tour et les poils sur ma nuque se redressent d'un coup. Une nouvelle fois, il se fout de ma gueule, ce n'est pas possible ! L'avertissement reçu hier n'a visiblement pas été très convaincant. Je me précipite presque, mais Mark m'arrête d'une main sur le torse.

– Qu'est-ce que tu fous là, Kane ? grogné-je.

Il ricane, décontracté, les mains dans les poches, tout en me fixant d'un regard vicieux.

– Tu n'as rien à faire là, Carmichael, intervient le coach.

– Je suis venu vérifier quelque chose dans mes affaires.

– Tu dégages ! lancé-je, excédé. Tu n'as rien à foutre là !

– On dirait que ma présence te dérange, FBI. J'ai hâte d'être à ce soir, rit-il en me lançant un clin d'œil.

Je n'ai jamais vu un tel concentré d'insolence chez aucun autre homme.

– Tu sors, Carmichael, ordonne coach T.

Je suis sur les nerfs, tandis qu'il fait demi-tour en se marrant.

– Je hais ce type, putain ! marmonné-je alors que Mark me retient toujours, histoire que je n'aille pas à sa poursuite.

– Est-ce que tu as rencontré Kane aux pieds de tes escaliers ? se renseigne le coach.

Il est difficile de ne pas faire le rapprochement entre sa gueule et la mienne.

– Coach, je…

– Écoute-moi bien, Frank. Ce que vous faites en dehors de la glace ne me regarde pas, mais quand ça touche l'équipe, c'est différent.

– Ce n'est pas ce que vous croyez !

– Est-ce qu'il va y avoir un problème ce soir ? demande-t-il en se plantant devant moi.

– Non, aucun. Je ne me laisserai pas perturber par ce connard. Tout est réglé.

– Je l'espère. Il n'en vaut pas la peine. Tu dois essayer de faire abstraction. Je sais qu'il est particulièrement après toi, mais il faut que tu prennes sur toi.

– S'il me cherche trop, je serai obligé de répliquer.

– Frank, me gronde-t-il. Écoute attentivement. Tu vaux mille fois mieux que lui. Il va forcément aller à l'affrontement. Il est sur la sellette chez les Blues. Son contrat arrive à terme après les séries éliminatoires. Il est buté, caractériel, arrogant, prétentieux, orgueilleux et j'en passe. Aucune équipe ne veut bosser avec lui. Il est sur la fin, il doit se sentir acculé et tu seras sa cible parfaite. Je te conseille fortement de l'ignorer. Toi, tu as une brillante carrière, tu fais partie des Blackhawks, nous sommes ta famille. Ne gâche pas tout pour ce con.

– Vous savez que je vais tout faire pour jouer correctement le match. Je vais donner le meilleur comme à chaque fois. Mais la situation est différente maintenant. Dix ans que je supporte ses coups bas. Et ces derniers temps, c'est…

– Je sais bien. J'ai vu l'évolution. Je ne t'interdis pas de répliquer si cela est justifié, mais mesure tes actions, OK ?

Je hoche la tête, bien déterminé à suivre ses conseils.

– Tu sais qu'il a raison, me dit Mark alors qu'on va chercher nos gourdes pour se désaltérer.

– Je sais, mais putain, ça me démange dès que je le vois. Je pensais qu'après hier, il se serait calmé.

– J'ai plutôt l'impression que cela a eu l'effet inverse.

Effectivement, le conseil de Jordan n'a pas eu l'impact escompté.

– À mon avis, il lui faudrait toute une année de thérapie avec quelqu'un comme Lexi pour le changer, plaisante Bryan.

– Pour un mec comme ça, c'est peine perdue, ça serait du temps et de l'argent gaspillés, affirme Anatoli, à juste titre.

– Il me fait penser à Raffi Torres, remarque Daniel.

– Tu lis dans mes pensées, ils sont de la même trempe, grogne Anatoli.

Il se souvient douloureusement de la mise en échec illégale dont il a été victime il y a cinq ans et qui a valu vingt-quatre matchs d'exclusion à Torres.

– Les mecs comme ça, il faut s'en méfier. Le coach a raison, il ne va pas faire long feu. Concentre-toi sur ton équipe, sur l'objectif, les séries éliminatoires. Et puis, on est derrière toi.

– Merci, les mecs, merci.

***

Je suis une boule de nerfs. On est dans les vestiaires. Le coach refait le point sur l'alignement, sur ce qu'il attend du match. Je dois me concentrer sur l'équipe, l'objectif, comme me l'a fait remarquer Anatoli, c'est tout ce qui compte. Rien d'autre. En tenue, on se dirige maintenant vers l'entrée de la patinoire, quand je remarque Lexi qui se tient debout vers le banc de touche.

Je ne lui ai pas reparlé depuis hier soir alors j'avance vers elle prudemment, même si je doute qu'elle cherche la dispute devant tout le monde.

– Salut.

– Salut.

– Pourquoi tu n'es pas dans les gradins ?

– Je ne me sens pas très bien. Je préfère assister au match en direct depuis la salle de repos.

– C'est à cause de moi ?

– Non.

– Tu es sûre ? demandé-je, inquiet. Tu es très pâle. Tu ne devrais pas aller voir le médecin ?

– Non, je te rassure, ça va passer. Mais ce sera trop d'émotions dans les gradins, je préfère être au calme.

– Tu es sûre que tu me dis tout ? demandé-je doucement en portant un gant à son visage.

– Ne t'en fais pas, Frank, concentre-toi sur la partie. Je ne suis pas loin, je suis avec vous, toujours.

– OK, comme tu veux. Repose-toi quand même. Ensuite on aura une victoire à fêter.

– Je compte sur toi, sourit-elle enfin sincèrement.

J'aimerais lui demander si tout est oublié, si tout va bien entre nous, mais elle tourne les talons et quitte le couloir. Je devrai attendre. Surtout, j'affronte cette rencontre sans un baiser et ça, ça me perturbe un peu. Est-ce que j'ai tout gâché ? Il faudra sûrement qu'on ait une discussion à ce sujet.

Je fais de mon mieux pour ignorer cet abruti de Carmichael, mais il a l'air d'en avoir décidé autrement. Nathan ouvre le score pendant la première période en marquant peu après la quatrième minute. Sam ajoute un but à la onzième. Je vois Kane commencer à rougir de colère. Dès qu'on se retrouve ensemble sur la glace, il me taquine, me pousse à la faute, mais je ne veux pas céder. Ce connard bout littéralement. Je ne peux m'empêcher de me marrer en le regardant. Les Blues marquent leur premier but peu avant la dix-septième minute.

La première pause se fait relativement dans le calme. Le coach nous encourage, nous félicite. La présence de Lexi me manque. Je ne rate jamais un instant pour lui lancer un petit clin d'œil ou pour glisser près de l'endroit où elle est installée, mais ce soir je ne peux pas faire ça, elle a préféré s'isoler et je n'arrive pas à m'ôter de la tête que quelque chose cloche. J'ai peur d'en être responsable et ça me mine.

On ne parvient pas à marquer un seul but durant la deuxième période et les Blues égalisent à la douzième minute. J'ai la rage, je refuse de laisser ce con s'en sortir. Hors de question. De toute façon ce n'est pas possible, il faut qu'on marque bordel ! La troisième période est encore plus électrique. Le mec me cherche, me pousse, il plaque sa crosse devant mes jambes et je tombe à genoux. Un sale coup, rien d'étonnant venant de sa part. Il ricane en se plaçant devant moi ; malgré le bruit de la foule, j'entends parfaitement ce qu'il me dit.

– Alors comme ça, il paraît que tu couches à nouveau avec la rouquine.

Puis il s'en va comme si de rien n'était, non sans se prendre un avertissement de l'arbitre. Je me relève et repars à l'assaut. Mais Kane ne me lâche pas pour autant. La crosse levée, il me donne un coup de coude dans les côtes. Je suis violemment plaqué contre la paroi vitrée et il m'empêche de me dégager. Je suis prêt à en découdre avec ce salaud quand il murmure quelque chose à mon oreille, me figeant sur place.

– Pas trop dur de repasser après moi ? Dans mes souvenirs, elle n'est pas si bonne que ça.

Là, c'en est trop ! J'arrive à me libérer en faisant glisser mon patin entre ses jambes et en lui faisant un croche-pied. Je laisse tomber les gants et attaque. Son casque saute, je lui attrape le maillot. Je ne me contrôle plus ! Je vais le défoncer, achever ce que j'ai commencé ! On ne le reconnaîtra plus ! Il grogne et me crache à la figure avant de répliquer méchamment en plein sur mon œil blessé.

L'ordure! Mon casque tombe sur la glace et je vois trouble un instant. Il en profite pour m'en placer un autre.

Les cris et les hurlements des spectateurs m'étourdissent et m'encouragent à la fois. À quelques mètres, je vois les arbitres patiner jusqu'à nous. On va bientôt être séparés! Il faut que je le foute à terre avant! Une nouvelle fois, je l'attire à moi et, un peu à la façon d'une prise de karaté, je réussis à le pousser vers la glace. Seulement il glisse d'une manière un peu bizarre et je n'avais pas prévu de recevoir son patin en pleine gueule. Je sens la morsure de la lame le long de ma mâchoire. Je porte une main à ma blessure alors qu'il s'écrase par terre.

– Espèce de connard! hurlé-je, prêt à en découdre à nouveau.

Mais je suis retenu par Sam et aussitôt l'équipe soignante accourt. Le sang coule entre mes doigts et sur mon maillot. Un coup de sifflet retentit, suivi d'un arrêt de jeu. Kane est exclu pour la fin du match. Il va en être de même pour moi, je ne peux pas rester ici avec une large plaie ouverte. Sam et Anton m'entraînent vers le banc de touche. Le médecin et un assistant prennent le relais et je suis conduit à l'infirmerie.

– Laisse-moi voir, ordonne Michael, un des médecins.

J'écarte ma main et le laisse m'examiner.

– C'est assez profond; il faut des points, et il faudrait sûrement passer une radio pour voir si l'os est atteint.

– Ce n'est pas le cas.

– Comment tu peux savoir ça? tranche-t-il. Arrête de jouer les durs et laisse-moi faire mon travail.

Il applique d'abord une compresse et me demande d'ouvrir et de bouger la mâchoire de gauche à droite.

– Ça fait mal?

– Non. Juste la plaie. Je te dis que ça va.

J'observe Lou, l'assistant, préparer tout ce dont Michael a besoin pour suturer la plaie, quand Lexi débarque, totalement paniquée, dans la pièce.

– Frank! Mon Dieu!

– Je vais bien, affirmé-je.

Elle ne me croit pas une seule seconde et se tourne vers Michael.

– À première vue, ce n'est rien de grave. Je vais refermer la plaie et il ira passer une radio. Il devra suivre un traitement antibiotique, mais à part ça, ça devrait aller.

Soulagée, elle avance et me prend la main. On reste silencieux, laissant le doc faire son boulot. Dès que les bords de la plaie sont resserrés, le sang arrête de couler. Les bandes blanches de ma tenue sont maintenant comme le reste du tee-shirt, rouge sang. Et l'Indien au centre donne l'impression de s'être battu. On se ressemble, en gros. À contrecœur, j'accepte les cachets contre la douleur que me tend Lou, et, après avoir placé un large pansement sur ma mâchoire, lui et Michael nous laissent.

– J'ai eu si peur! s'exclame Lexi en se plantant devant moi, les poings sur les hanches et une expression furieuse sur le visage.

– Je n'ai rien prémédité. Je ne comptais pas répondre. Ce qui s'est passé hier me suffisait. Enfin, pas tout à fait, mais tu sais bien que sur la glace, je ne suis pas comme ça.

– Pourquoi alors?

Je quitte la table d'examen et retire mon tee-shirt dégueulasse. Je me penche pour enlever mes patins.

– Il m'a dit certaines choses. Comme je te l'ai dit, il sait parfaitement qui tu es et ça l'amuse. La goutte a fait déborder le vase. Mais il m'a cherché dès le début. Il a été prévenu par les arbitres. Il m'a poussé à bout.

Je continue de me déshabiller, toutes mes protections y passent. Je suis en nage et en rage.

– Tu m'en veux très certainement, mais je recommencerais tout s'il le fallait. Parce que c'est toi et que tu en vaux la peine. Rien de ce que tu diras ne me fera croire le contraire.

– Je ne dirai rien.

Je la regarde, surpris.

– J'ai beaucoup repensé à notre conversation hier. Et je sais que tu me trouves injuste. Seulement ça me fait peur, tu comprends?

Je me lave les mains pour retirer tout le sang et me nettoie la figure. J'essaie de trouver quelque chose à me mettre sur le dos. Je ne vais pas rester en boxer alors qu'on a cette conversation. Je déniche un tee-shirt et un short rangés sur l'étagère. Ça fera bien l'affaire.

– Depuis que je suis arrivée ici, je vous vois en tant qu'équipe, en tant que famille. Je vois vos résultats, votre cohésion et je sais que ce qui perturbe l'un, perturbe les autres. Ne viens pas me dire qu'aucun de tes coéquipiers ne s'est inquiété ce matin en te voyant arriver dans cet état?

– Je ne le ferai pas.

– Vous êtes en bonne voie pour terminer premiers de

votre quart d'association, et même de l'association. Je ne voulais pas que mes problèmes interfèrent. À l'époque, je ne voulais pas m'engager dans une procédure difficile où cela aurait été ma parole contre la sienne. Parfois je le regrette et, depuis que je travaille pour vous, chaque fois que vous rencontrez les Blues, je me dis que je pourrais toujours le dénoncer. Mais je ne sais pas s'il existe une durée de prescription pour ça. Et maintenant qu'il est célèbre, je… Je comprends ce que tu ressens. J'ai entendu tout ce que tu m'as dit hier. Mais ce n'est pas facile pour moi. Faire face, montrer à tous ce que j'ai subi, c'est aussi difficile, si ce n'est plus. Parce qu'il faut affronter le regard des autres. Au bout de tant de temps, il faudra sûrement que je me justifie, et pour le moment, je ne suis pas prête.

Je la regarde, si fragile et si forte à la fois. J'ai été dur hier, je n'ai pas essayé de me mettre à sa place, de comprendre pourquoi.

– Putain, Lexi, grogné-je face à sa détresse. Je déteste cette situation. Je…

– Je n'en ai même jamais parlé à ma mère, à mes parents, à mes frères, continue-t-elle. Je ne me sens pas prête. Si je décidais de me lancer dans cette procédure, je devrais faire les choses dans l'ordre.

– Ce n'est pas une décision qui m'appartient. Je le sais. Je suis désolé si les choses ont légèrement dérapé avec Kane.

– Légèrement ?

– Oui, bon… Je n'y peux rien. J'aurais voulu être plus fort que ça, pour toi. Mais je n'y suis pas arrivé. J'espère que tu n'as pas peur de moi.

– Bien sûr que non ! Je sais que tu ne me ferais jamais de mal physiquement.

– Tout va bien alors ?

– Tout va bien.

J'ai besoin de lui faire sentir que je suis là pour elle, qu'elle n'a aucune raison d'avoir peur dorénavant, qu'elle est avec moi et que je ne laisserai plus jamais ce type l'approcher. Je l'attrape par les hanches et la hisse jusqu'à moi. Ses jambes se nouent dans mon dos. Elle saisit ma nuque et colle mon visage au sien brutalement. Putain, elle va me rendre dingue !

J'avale ses larmes et sa peine. Je veux lui faire du bien. J'essaie de ralentir parce que je me dis que ça serait mieux si j'allais prendre ma douche et si on rentrait à la maison. Je ne sais même pas si le match est terminé, quel est le score. Je vais sûrement me faire remonter les bretelles par le coach, mais pour Lexi, je suis prêt à tout.

– Lexi, ma puce, essayé-je de parler contre sa bouche.

– Tais-toi, Frank, me coupe-t-elle.

Elle cambre le dos pour abaisser mon short. Je ne sais pas trop comment elle y parvient, mais d'un coup, je sens sa main toute chaude autour de ma queue. J'arrête de respirer un instant et je baisse les yeux.

– Qu'est-ce que tu fais ? demandé-je la voix rauque.

– J'ai envie de toi. J'ai besoin de toi.

C'est une supplication mais je ne vais quand même pas la prendre comme ça, contre la porte. Elle tend la main derrière elle pour la fermer à clé et, la soutenant par les fesses, je rejoins la table d'examen. Je la pose délicatement dessus et entreprends de lui retirer son pantalon alors que mon sexe durcit un peu plus. Elle me laisse faire et dès qu'elle en est débarrassée, elle revient à moi, soudant à nouveau ses jambes autour de ma taille. Mon sexe s'introduit en elle sans aucun effort et je grogne sous le plaisir. Lexi se met à haleter de désir. Putain ! Seconde fois que je baise au sein de l'United Center. Je ne pensais pas le faire un jour et bordel, c'est avec elle. Elle accroche mes lèvres et je pars dans une lente ascension. J'ai envie de faire durer le bonheur. Elle grogne en caressant mon torse. Elle se rattrape à ma nuque, tire sur mes cheveux, me croque la lèvre. Je décrypte qu'elle ne veut pas que j'y aille doucement. Alors j'accélère mes coups de boutoir, mais ça ne va pas me faire durer longtemps tout ça.

– Est-ce qu'on a gagné ? demandé-je.

– Oui. Quatre à deux.

– Tant mieux.

Je repars de plus belle, satisfait.

– Moi qui m'étais imaginé une façon bien particulière de fêter ma victoire.

– La soirée n'est pas finie, me promet-elle.

Il ne m'en faut pas plus. J'augmente le rythme et on jouit en même temps, bruyamment. Je ne pense même pas au fait qu'on nous entend sûrement de l'extérieur. Je la tiens dans mes bras pendant quelques instants, puis, à contrecœur, je me détache d'elle. Je la laisse se rhabiller et je fais de même.

– Je vais prendre une douche, je te rejoins ici et on rentre à la maison.

– D'accord.

Je dépose un baiser tout doux sur ses lèvres avant de la laisser. Je fais le plus vite possible. Pas question que je m'attarde après ce qui vient de se passer, mais je n'échappe pas à un entretien avec le coach. Étonnamment, il ne se montre pas trop dur envers moi. Il semble juste inquiet. Je parviens à m'expliquer sans trahir Lexi. L'équipe ne devant plus rejouer contre les Blues, cela calme le coach. Il passe l'éponge pour ce soir, avisant mon visage blessé, tuméfié, mais je sais qu'il me tiendra à l'œil.

Le trajet est silencieux, Lexi regarde les lumières de la ville, sa main calée dans la mienne sur sa cuisse. Je caresse le dessus avec mon pouce, c'est tout ce que je peux faire.

– Tu es sûre que tu vas bien?

– Oui.

– Qu'est-ce qui était différent ce soir? Pourquoi as-tu refusé d'assister au match?

– Je… J'ai croisé Kane dans le couloir plus tôt dans la matinée. Tu avais raison. J'ai su qu'il se souvenait de moi.

– Il t'a fait quelque chose?

– Non, non. À vrai dire, il ne m'a même pas parlé. C'était ses yeux, son attitude.

– Putain, je n'y crois pas, soupiré-je, impuissant face à cette ordure. Qu'est-ce que je peux faire?

Je me retiens de lui dire que je n'ai qu'une envie, le tuer.

– Tu es là, Frank, c'est tout ce qui compte.

– D'accord.

22

Lexi

Deux semaines ont passé depuis la rencontre contre les Blues. Frank n'a pas été puni, mais ce n'est pas le cas de Kane, qui a pris quinze matchs de suspension pour son attitude. Je pensais que cela aurait soulagé Frank, mais pas tant que ça. Ces derniers temps, il est grognon. Il n'a pas marqué depuis fin février et je sais que cela l'énerve. Peut-être qu'il inversera la tendance ce soir. Nous sommes à Montréal, où les Blackhawks affrontent les Canadiens. Depuis le début de l'année, ils cumulent vingt victoires pour seulement neuf défaites. J'espère que cela va continuer.

Le match n'a débuté que depuis quelques minutes, et j'ai l'impression que Frank n'est pas au meilleur de sa forme. Il assiste Sam avec Sven pour le premier but de la rencontre, mais ma joie sera de courte durée. Dans la minute qui suit, j'assiste pétrifiée à une action un peu limite envers Frank. Lui et le joueur adverse bataillent derrière le but des Canadiens pour récupérer le palet. Ils jouent des coudes, les crosses dansent à leur pied quand, brutalement, Frank se retrouve à terre.

Je bondis de mon siège et me précipite contre la paroi. Frank est toujours à terre, il se tient le genou droit. Je n'aperçois pas son visage d'ici. Mais je sais que ce n'est pas normal qu'il ne se relève pas. Sam, Anton, Bryce et Keith sont autour de lui. Ils s'écartent pour laisser place à l'équipe soignante qui arrive avec un brancard.

Je quitte les gradins et rejoins péniblement le couloir des joueurs, paniquée. Il ne manquait plus que ça! Après tout ce qu'il a enduré à la fin de l'année dernière puis avec Kane, il ne mérite pas ça. Je m'en veux aussitôt. Si je n'étais pas revenue, rien de tout cela ne serait arrivé. Quand j'arrive à l'infirmerie, le médecin est en train d'examiner Frank. Ce dernier hurle, pas forcément de douleur, je dirais plus de colère.

– Putain! J'y crois pas!

– Calme-toi, Frank, insiste Michael. Laisse-moi regarder.

J'avance discrètement, mais reste en retrait. Frank me lance un regard pour le détourner aussitôt. Il tombe en arrière sur la table et passe les mains dans ses cheveux.

– J'ai l'impression qu'il ne s'agit que d'une entorse, mais c'est particulièrement enflé. Il y a sûrement un épanchement de liquide synovial. Et je ne peux pas écarter une rupture des ligaments croisés.

– Ah non! Pas ça, putain!

– Une ambulance va te conduire à l'hôpital. Nous t'y rejoindrons après le match avec Jack. Lou va t'accompagner.

– Je peux venir avec vous? demandé-je.

– Bien sûr, répond Lou avec un sourire.

***

À l'hôpital, j'ai du mal à échanger plus de quelques mots avec Frank. Je comprends sa colère et sa frustration, mais il ne doit pas me rejeter. Pour le moment, je prends sur moi. Il a très rapidement été pris en charge, et, après un examen fait par un urgentiste, il a été emmené pour passer une IRM.

Lou et moi l'accompagnons alors qu'on l'installe dans un box séparé en attendant les résultats. On lui a posé une attelle. Je m'empare de sa main et lui souris gentiment. Je ne sais pas quoi faire d'autre pour lui montrer que je suis là. Il serre mes doigts et caresse ma constellation. Cela me calme tout de suite.

Après trente bonnes minutes, pendant lesquelles Frank a englouti deux sandwichs, un paquet de chips et un coca, le médecin refait enfin son apparition.

– Alors? s'enquiert Frank, droit comme un I sur le lit.

– J'ai observé vos clichés. Les ligaments croisés, le tendon rotulien et le ménisque sont intacts. Seuls les deux ligaments collatéraux sont touchés.

Frank laisse échapper un long soupir avant de passer une main sur son visage. Il est soulagé, c'est le cas de figure le moins grave.

– Vous connaissez sans doute la suite. Du repos, des anti-inflammatoires et des antidouleurs avant de commencer la kiné.

– Pour combien de temps j'en ai, à votre avis?

– Pour le commun des mortels, je dirais six semaines minimum. Tant que vous suivez avec attention les recommandations de votre kiné, et vu votre condition physique, on peut sûrement réduire de moitié, peut-être un peu plus.

Frank grogne de mécontentement.

– Je suis navré de cette mauvaise nouvelle. J'imagine que ça ne tombe pas très bien, la saison est presque terminée.

– Ouais. Merci quand même.

Le médecin nous salue d'un signe de tête et nous laisse. Nous attendons de récupérer le compte-rendu du docteur et les différentes ordonnances. Lou se charge de régler les démarches administratives tandis que je reste auprès de Frank. Je m'assois sur le lit à ses côtés et prends une main dans la mienne.

– Je suis désolée, mon cœur. Je sais à quel point tu es déçu, mais cela aurait pu être beaucoup plus grave.

– Je sais.

– J'ai eu très peur.

– Je sais, je suis désolé. Mais c'est le jeu.

– C'est trop intense. C'est dur d'être de l'autre côté et de te voir subir tout ça.

– Je vais bien. Je vais m'en remettre. C'est une obligation.

Je me blottis dans ses bras et le respire. Je ne sais pas comment il fait pour rester calme comme ça. Il le fait sûrement parce que je suis là.

Une fois de retour à l'hôtel, tous les joueurs se précipitent sur Frank pour prendre des nouvelles. Lou s'entretient avec Michael et Jack et leur communique le dossier récupéré à l'hôpital. Je sais bien que c'est au détriment de Frank, mais voir toute cette compassion, cette inquiétude sur le visage de tout le monde, c'est touchant.

Nous ne sommes supposés rentrer à Chicago que dans quatre jours. Il y a encore deux matchs au Canada. J'écoute, peinée, Jack expliquer à Frank qu'il va être rapatrié avec un membre du staff médical et que son évaluation sera faite sur place. Il ne pipe mot, mais je sais que c'est difficile à entendre.

Le soir, dans l'intimité de notre chambre, je me montre la plus douce possible, lui apportant un peu de tendresse avant la séparation du lendemain.

– Je suis vraiment désolée, mon cœur.

– Je sais, soupire-t-il, sur le point de s'endormir.

Il a pris son cocktail de médicaments tout à l'heure et cela le rend quelque peu comateux. Je me contente donc de le serrer dans mes bras et finis par m'endormir à ses côtés.

***

Les deux dernières semaines ont été difficiles. Depuis que Frank s'est blessé, je n'ai été présente à ses côtés que pour quatre matchs à domicile. L'éloignement n'est pas facile, on s'est rapidement habitués à être tout le temps ensemble. Heureusement, il y a le téléphone, Internet et les échanges vidéo, mais ce n'est pas pareil.

La fin de la saison régulière arrive à grands pas et, avec elle, l'attente des chiffres pour le classement général. La semaine passée, on a eu droit à de superbes performances, comme les trois buts marqués en seulement trente-quatre secondes contre les Avalanche du Colorado. Grâce à de tels exploits, les Blackhawks ont assuré leur billet pour les séries éliminatoires de la Coupe Stanley, pour la neuvième saison de suite. Ils comptent pour l'instant une avance de sept points sur les Wild et occupent le premier rang de la Section Centrale et de l'Association de l'Ouest. Je ne suis peut-être pas originaire de l'Illinois, mais je suis fière.

Malgré les prouesses, l'équipe n'est jamais à l'abri d'une défaite et lorsqu'elle est particulièrement difficile, voire presque humiliante, comme durant le match contre les Panthers de Floride – zéro à sept –, le moral des joueurs en prend un gros coup. Je n'y ai pas assisté, mais je pense que coach T leur a fait passer un sale quart d'heure. J'ai parlé avec Frank au téléphone après cet épisode, il était passablement déçu du résultat, forcément, mais il s'en voulait aussi énormément de ne pas être là pour jouer avec son équipe. Même s'il n'y est pour rien dans l'échec, il se sent un peu coupable.

Sa rééducation est excellente, cependant une reprise avant les séries éliminatoires est exclue. Si ça ne tenait qu'à lui, il aurait repris du service depuis longtemps, mais le kiné lui a expliqué qu'il valait mieux y aller en douceur. Il a fait quelques séances sur la glace pour voir comment se comporte sa jambe sur un patin et son aisance pour la glisse. Je sais qu'il est frustré parce qu'en attendant, il ne fait pas ce qu'il aime tant. Il doit se contenter de regarder ses coéquipiers jouer depuis sa télé.

Je frissonne en sortant de l'aéroport. Même si le printemps est en train de s'installer sur Chicago, la douceur de la Floride me manque. Maintenant que j'ai un point de comparaison, je crois que je pourrais facilement y prendre goût. Après un rapide passage à l'United Center avec les joueurs, je rejoins ma voiture. J'ai prévu de rentrer d'abord à mon appartement pour me changer et préparer un sac avant d'aller chez Frank.

Les deux prochains matchs sont à domicile, avec un jour de repos entre chaque. J'ai l'intention de rester auprès de lui jusqu'à notre départ pour Denver lundi. Ensuite, on rejoint à nouveau le soleil et la côte californienne ; d'abord Anaheim et, pour finir, Los Angeles, dernier match de la saison régulière. Peut-être que j'arriverai à traîner Frank avec moi, si cela lui est autorisé. Je suis sûre que ça pourrait lui faire du bien. Je ne sais pas pourquoi mais j'ai le cœur qui bat en garant ma voiture sur la petite place devant son entrée. Presque une semaine qu'on ne s'est pas vus, je suis impatiente de le retrouver. Comme je m'en doutais et comme je l'espérais, il est sur le pas de la porte à m'attendre alors que je descends. Je laisse tomber mon sac et cours me jeter dans ses bras. Le grognement qu'il lance en plongeant son visage dans mon cou pour me respirer me fait tourner la tête. Une main sur ma nuque dans mes cheveux et l'autre au creux de mes reins, il me plaque contre lui et me serre fort.

– Tu m'as manqué.

– Toi aussi, mon chéri.

Je lui lance un petit sourire timide avant qu'il n'attrape mes lèvres. Dieu que j'aime les accueils pareils ! Son goût et sa chaleur me manquent à chaque instant passé loin de lui. Il garde ma lèvre inférieure entre ses dents et croque dedans. Il m'embrasse à nouveau, puis me contourne pour aller récupérer mon sac et on entre dans la maison, main dans la main.

– Mmm, ça sent bon. Tu as préparé à manger?

– Ouais, je me suis dit que tu aurais faim. J'ai fait un risotto aux champignons.

Je fais une petite grimace en jetant un œil vers les plaques vitrocéramiques.

– Qu'est-ce qu'il y a? demande-t-il en laissant tomber mon bagage à terre.

– Je n'aime pas les champignons.

– Mais je t'ai vue en manger sur les pizzas…

– Oui, je fais un effort, parce que mélangé aux autres ingrédients, ça passe limite, mais je n'en raffole pas.

– Merde, si j'avais su, j'aurais fait autre chose.

– Ce n'est rien, Frank, ça a l'air bon malgré tout. Je vais y goûter.

– Tu ne vas pas te forcer à manger quelque chose que tu n'aimes pas, grogne-t-il mécontent.

– Hey, hey! souris-je en posant une main sur sa joue. Qu'est-ce qu'il a, mon ours?

– Rien, fait-il en se décourageant.

– Nan, nan, pas de ça avec moi. Tu peux me parler, tu sais.

– Je tourne en rond, j'en ai marre. La glace me manque, j'en ai besoin. Et puis toi, tu pars avec les mecs, je me retrouve seul, je dois me contenter de les voir jouer à travers ma télé. Je n'en peux plus, s'écrie-t-il avant de m'abandonner dans la cuisine.

Il va se planter devant les baies vitrées, les mains dans les poches. Il est en jogging et tee-shirt tout simple, pourtant il m'attire de manière irrésistible. Il ne boite quasiment plus. Il doit être tellement énervé par son absence sur la glace, les conséquences sur ses statistiques, qu'il ne doit même pas se rendre compte qu'il en voit le bout. Je me mets à sa place, les autres joueurs continuent de gagner des points. Frank était bien placé dans les buteurs, mais maintenant Sam, Anton et Anatoli le devancent et Daniel est au coude à coude avec lui. Il ne l'admettra jamais, mais ça l'embête et je sais qu'il est attentif à tout ça. Je me glisse derrière lui et entoure sa taille musclée de mes bras. Je pose ma joue dans son dos et le respire. Il pose une main sur les miennes et caresse ma peau.

– C'est bientôt fini, Frank. Ta rééducation fonctionne, non? Ta jambe va mieux.

– Ouais.

– Hey, bébé, murmuré-je en le tournant pour qu'il me fasse face. Je sais à quel point c'est dur, tu vis pour le hockey, mais y retourner avant d'avoir le feu vert serait dangereux. Tu ne veux pas prendre le risque de te blesser à nouveau.

– Nan, acquiesce-t-il sans entrain. Comment c'était, la Floride? Tu as pris des couleurs.

Il caresse ma joue du bout des doigts tout en fronçant les sourcils.

– Tu es allée bronzer?

– Oui, avec Bryan. Je lui ai demandé de me mettre de la crème.

Ça n'a malheureusement pas l'effet escompté. Il me foudroie du regard et me lâche immédiatement en grognant. Merde, qu'est-ce qu'il peut être susceptible!

– Frank, je t'en prie, je plaisante!

– Je n'ai pas envie de plaisanter, OK?! Je suis tout seul

dans cette putain de maison, pendant que toi tu pars avec mon équipe, et tu me balances que tu vas à la plage avec Bryan et qu'il te met de la crème, bordel! Comment tu crois que je vais réagir?

– Pas comme ça. C'est une blague, d'accord?

– Ce n'est pas drôle, Lexi. Ça fait une semaine que tu es loin de moi. J'ai confiance en toi, mais je... commence-t-il avant de s'arrêter brusquement alors que je glisse les mains sous son tee-shirt.

– Tu n'as absolument rien à craindre. Pourquoi j'irais voir ailleurs alors que j'ai un homme comme toi qui m'attend à la maison? Tu es l'homme dont je suis amoureuse, rien ni personne ne peut éclipser ça.

– Tu es à moi, grogne-t-il en posant ses mains sur mes joues.

– Oui. Toi aussi, tu m'as manqué.

– Montre-moi.

Je pouffe avant de partir sur ses lèvres. Je vais lui montrer, comme j'en avais l'intention à la base, malgré sa petite crise de panique. Je l'entraîne maladroitement vers les escaliers, mais je suis à peu près sûre de tomber et Frank doit penser la même chose parce qu'il se penche et me prend dans ses bras.

– Non, non! Ta jambe!

– Elle va très bien, elle peut largement supporter ton poids. Arrête de gesticuler!

J'obéis et me cale dans ses bras pour qu'il peine le moins possible. Le nez dans son cou, je hume son parfum de mâle. Une fois dans la chambre, je reprends les hostilités. Avec son tee-shirt, ça ne fait pas un pli et il s'attaque avec impatience à mon chemisier. Il recule pour admirer les nouveaux sous-vêtements que je porte.

– Ça te plaît ?

– Si ça me plaît ? Regarde un peu si ça me plaît, dit-il en prenant ma main pour la plaquer sur son érection dure comme du béton.

Aucun doute, la lingerie fine lui fait de l'effet. Il tombe à genoux pour m'enlever mon pantalon noir. Je le sens sourire contre ma peau quand il découvre le string qui va avec.

– Je vois qu'on s'est fait un petit plaisir.

– J'ai pensé à toi en les choisissant.

– J'espère bien !

Il embrasse mes cuisses tout en tenant mes jambes derrière les genoux. Il en dépose d'autres sur mon aine. Je suis à deux doigts de gigoter et d'éclater de rire malgré la situation érotique, je suis très chatouilleuse à cet endroit. Mais je me remets vite parce qu'il glisse les doigts sous le bas et me retire le string lentement. Je sens ses expirations sur mon sexe. Il augmente la sensation en soufflant carrément dessus. Il soulève l'une de mes jambes et la pose sur son épaule afin d'avoir un meilleur accès. Quand il s'attaque à mon clitoris, je deviens folle. Je n'étais pas censée lui montrer qu'il m'avait manqué ? Bon sang, qu'est-ce qu'il est doué ! Quand ses doigts se mêlent à la partie, je suis perdue. Il ne m'a pas touchée pendant une semaine, je n'ai fait que penser à lui tous les soirs, alors forcément, je ne tarde pas à partir. Mes jambes se mettent à trembler alors que la chaleur part du centre pour remonter le long de ma colonne. Il m'embrasse une dernière fois avant de se relever. Ses mains glissent sur mes côtes et manœuvrent pour me retirer le soutien-gorge.

– Tu m'as manqué, sourit-il, les lèvres luisantes de mon plaisir.

– Moi aussi. Je t'aime.

Il se baisse pour retirer son jogging, puis il me jette sur le lit.

– Laisse-moi faire, le supplié-je doucement alors qu'il s'apprête à partir à l'assaut de mon corps.

– Très bien, capitule-t-il facilement.

Il s'allonge et je m'installe à califourchon au-dessus de lui. Je parsème son torse de baisers et descends tout doucement. J'ai envie de le rendre fou. Son sexe m'attend, chaud et dur, palpitant. Du bout de la langue, je passe sur la veine épaisse qui court sur toute la longueur. J'entends son souffle se saccader. Quand mes mains se posent sur lui, il arrête même de respirer.

– Putain ! Une semaine que j'attends ça. Lexi, gémit-il.

– Je suis là bébé, je suis là, réponds-je avant de l'avaler tout entier.

Je fais de mon mieux pour l'exciter, placée entre ses jambes, je le fixe du regard. Il ne perd pas une miette du spectacle que je lui offre. Quand il ferme brusquement les yeux et attrape fermement ma tête pour s'enfoncer un peu plus, je me retire hâtivement et me place au-dessus de lui. Je glisse le long de son sexe et prends tout ce qu'il a à m'offrir. La sensation est incroyable. Une semaine sans se voir, sans se toucher, pimente forcément les retrouvailles, c'est plus intense, plus enivrant.

J'alterne entre mouvements rapides et plus lents parce que je veux faire durer le moment. Cependant, quand ses grandes mains englobent mes seins et qu'il commence à pincer mes tétons, je ne me retiens plus. J'accélère et j'accélère jusqu'à sentir mes cuisses chauffer. Je hurle son prénom alors qu'il se redresse pour embrasser ma poitrine. Il se raidit puis empoigne mes hanches pour m'accompagner. On se retire en même temps et on se rejoint dans la foulée. Le contact est violent, brutal, intense, hystérique, mais qu'est-ce que c'est bon ! Je vois les veines de ses tempes se gonfler, les tendons de son cou apparaître, signe qu'il n'est pas loin. À bout de souffle, il me rejoint dans la jouissance et je ne suis qu'un amas sans vie qui s'écroule dans ses bras. Mon pouls bat à tout rompre en moi et j'ai le souffle saccadé. Mais qu'est-ce que je me sens bien !

***

Nous avons pris une douche et j'ai insisté pour goûter à son risotto. Après cette agréable partie de sexe, il est moins de mauvaise humeur, c'est toujours ça de gagné.

– Alors ? s'enquiert-il, la fourchette en suspension au-dessus de son assiette.

– Ce n'est pas mauvais. Je ne te dirai pas que j'en raffole, mais c'est bon.

– Tu n'es pas obligée de manger si tu n'aimes pas.

– Je te jure que ça va, Frank. Tu vas peut-être réussir à me faire aimer les champignons.

– Mouais. Ça en est où, tes recherches immobilières

pour ton cabinet? demande-t-il après un moment.

– J'ai repéré les quartiers qui m'intéressent et qui seraient à ma portée aussi. J'ai contacté un agent immobilier. Je dois en rencontrer un lundi avant de partir pour les trois derniers matchs extérieurs.

– Je pourrai t'accompagner?

– Bien sûr. Avec plaisir, même.

– Comment tu vois l'avenir quand ton contrat avec les Blackhawks sera terminé?

– Comment ça?

– Eh bien oui, enfin, je veux dire... Pour le moment, on a de la chance, on travaille presque ensemble. On se voit beaucoup parce qu'on travaille ensemble.

– Tu ne joues pas en ce moment et on se voit quand même.

– Ouais, mais uniquement parce que tu viens ici dès que tu rentres.

– Eh bien, rien ne changera. Je viendrai autant de fois que tu m'y inviteras et tu pourras venir chez moi aussi, je ne suis pas très loin de l'United Center. Et puis, même si je ne travaille plus pour vous ensuite, l'équipe pourra toujours faire appel à moi quand elle en aura besoin. Et je compte bien venir vous voir jouer régulièrement. Tu dois bien pouvoir m'avoir des places, plaisanté-je.

– Lexi...

– Qu'est-ce que tu essaies de me dire, Frank?

– Tu as vraiment besoin que je le dise?

– Oui.

– J'aimerais que tu viennes vivre ici.

Je repousse légèrement mon assiette, descends du tabouret et viens me glisser entre ses jambes après qu'il a pivoté pour me faire face.

– Tu ne crois pas que c'est un peu rapide? murmuré-je en nouant mes mains sur sa nuque.

– Ça fait dix ans que je t'attends, je pense avoir été patient.

– J'ai beaucoup de choses à gérer en même temps. Ça me ferait plaisir, je ne dis pas le contraire, je t'assure. Mais pour le moment, je me lance dans l'ouverture de mon cabinet.

– Si tu vendais ton appartement, tu aurais les moyens d'acheter un nouveau bien pour ouvrir ton cabinet.

– J'y ai pensé, mais je préfère faire comme ça pour le moment. Ça me coûtera toujours moins cher de louer que d'acheter. Et puis, si jamais je ne trouve pas suffisamment de clientèle, que je dois changer de projet, je me retrouverai avec un bien sur les bras. Je préfère procéder par étapes. Laisse-moi le temps de m'installer, de prendre mes marques. Laisse-toi le temps de récupérer, de reprendre pour les séries éliminatoires. Concentre-toi sur la victoire, sur une nouvelle coupe Stanley. Tu pourras me reposer la question au début de l'été. Ta piscine est un sacré argument pour la détente.

– La piscine, hein? grogne-t-il en pressant son érection contre mon ventre.

– Tu es un obsédé, tu ne penses qu'à ça.

– Quand tu te colles à moi comme ça, quand je sens tes seins contre moi, oui, c'est obligé.

– Mais on vient de faire l'amour.

– Et alors? Tu vas te plaindre parce que j'ai envie de toi peut-être?

– Non, bien sûr que non, souris-je avant de l'embrasser doucement. Mais je ne suis pas une machine, je ne suis pas faite sur le même modèle que toi.

Il rit doucement puis frotte son nez dans mon cou.

– Au début de l'été alors? reprend-il, sérieux.

– Si je dois m'installer avec toi, tu dois au moins rencontrer mes parents.

– Je les connais déjà.

– C'était il y a dix ans. Tu n'es plus le même. La situation n'est plus la même.

– Je sais, je te taquine. Tu vas me mettre la pression à présenter les choses comme ça. Tu penses qu'ils ne vont pas m'accepter?

– Pas du tout. Tout ira bien. Ne t'en fais pas. Je t'ai mâché tout le travail depuis qu'on a renoué.

– Ah ouais? fait-il en haussant un sourcil.

– Je pense que ma mère est un peu amoureuse de toi, elle aussi.

– Eh bien, ça en fait un sur deux, il ne reste plus que ton père à charmer alors.

– Si tu oublies les blagues douteuses, ça devrait le faire.

23

Frank

Je ne savais pas trop quoi prendre pour une pendaison de crémaillère, alors j'ai acheté une bonne bouteille de whisky pour Jordan et un énorme bouquet de roses rouges pour Sarah. Je sais que c'est toujours l'intention qui compte, mais j'espère que ça leur fera plaisir. Heureusement pour mon pote, le dénouement de son histoire est heureux. Je ne l'ai jamais vu si épanoui depuis que Sarah est revenue dans sa vie. Je ne manquerai pas de lui en faire la remarque tout à l'heure, quitte à le mettre mal à l'aise.

J'arrive un peu en avance. Il a vraiment eu du bol en trouvant cet appartement. C'est un ancien garage qui a été le lieu de trucs un peu louches, c'est sans doute pour ça qu'il l'a obtenu à un tarif défiant toute concurrence. Il nous a sollicités, Graham et moi, ainsi que ses colocataires, pour rénover l'intérieur. J'ai répondu présent dès que je le pouvais, même si ça a été un peu compliqué ces dernières semaines, avec ma jambe. Mais le résultat est là et il est carrément canon. Sarah est tombée sous le charme et elle n'a pas résisté quand il lui a offert une clé. Il a pensé à elle à chaque étape de la rénovation et du réaménagement.

C'est Jordan qui m'ouvre la porte, tout sourire.

– Salut, Frank, m'accueille-t-il avec une franche accolade. Entre.

– Ça va ?

– Impec. Et toi? fait-il en tendant le menton vers ma jambe.

– Ça va. Je suis en pleine forme. D'attaque pour les séries éliminatoires.

– Je suis content d'entendre ça. Tu m'as fait peur.

– Je sais. Ce sont des choses qui arrivent, malheureusement. Tiens, c'est pour toi, lui dis-je en lui donnant la bouteille. Sarah n'est pas là ?

– Elle finit de se préparer, tu connais les femmes, se plaint-il en levant les yeux au ciel.

– Ouais.

– Donne-les-moi, je vais les mettre dans l'eau. Elle sera contente.

– J'espère.

Sarah apparaît cinq minutes plus tard, toute pimpante et souriante. Elle m'enlace chaleureusement et m'embrasse.

– Je suis contente de te voir.

– Je suis content d'être ici.

– Lexi ne t'accompagne pas? demande-t-elle.

– Non, malheureusement elle avait prévu de rentrer à Detroit voir sa famille pendant la pause d'une semaine, et j'ai zappé de lui dire qu'il y avait la soirée. Elle avait déjà pris ses billets.

– Une prochaine fois, alors.

– Bien sûr.

– Merci beaucoup pour les fleurs, elles sont magnifiques.

– De rien, ça me fait plaisir. Jordan pourra prendre modèle sur moi comme ça.

– Hey ! Je lui offre des fleurs, je te signale.

– C'est vrai, acquiesce Sarah en lui décochant un baiser.

Je ris et observe les lieux quelques instants. J'admire les photos en noir et blanc disposées dans le couloir quand on sonne à la porte. Sarah se dépêche d'aller ouvrir, et en dix minutes, quasiment tous les invités sont arrivés. Les anciens colocataires de Sarah et Jordan : Scott, le frère de Sarah et sa petite amie Lindsey, Shanna, Joe et Mako, Brad et Ruby, mais aussi Bayram (le coéquipier de Jordan) et Nika, sa fiancée, Stephany et Alex (les collègues de Sarah), et Graham bien entendu. Je suis agréablement surpris quand je vois débarquer les jumeaux Jax et Jed, les deux frères de Jordan, et encore plus quand Judy, sa sœur, et son mari Colton arrivent, bons derniers. Ils ont toutefois laissé leur fille Eliza chez les grands-parents afin de pouvoir profiter pleinement de la soirée.

Je suis persuadé de passer un excellent moment. Je réponds patiemment aux interrogations sur ma blessure, sur les séries éliminatoires qui vont commencer. Sarah est une hôtesse plus que parfaite et Jordan rayonne. Ça fait plaisir à voir.

– Alors, où est-ce que vous dormez ? demandé-je à Jed et Jax.

Ça m'est déjà arrivé de les héberger alors qu'ils étaient de passage à Chicago. Ils sont à la fac sur la côte Est, donc ils n'ont pas d'appartement à Chicago, et leurs parents vivent à Harrisburg, dans le sud de l'État.

– Chez un pote, mais ce soir on crèche ici, me répond Jax.

– Ça fait plaisir que vous ayez fait le déplacement.

– Ouais, c'est le *Spring Break*, alors on en a profité. On reste jusqu'à mardi et après on file à Miami !

– Bah tiens ! ricane Graham à mes côtés. J'imagine déjà les filles en pâmoison devant ces deux-là.

– Moi plus que lui, affirme Jax, le plus exubérant des deux.

– Ouais, c'est ça, tu aimerais bien, hein ?! Dois-je te rappeler l'histoire avec Paige Huston ?

– Nan, ça va, se débine Jax.

– Quelle histoire ? réagit immédiatement Graham.

– Rien du tout.

– Jax avait craqué pour une meuf à la fac, s'empresse de nous raconter Jed. Je la connaissais de loin, on avait eu quelques cours en commun. Il a commencé à la draguer et elle a accepté un rendez-vous jusqu'à ce qu'elle se rende compte que c'était Jax et non moi. Elle s'est excusée et elle lui a dit qu'elle pensait que c'était avec moi qu'elle allait sortir, elle ne voulait pas de lui. J'étais mort de rire !

– Ouais, c'est vachement drôle, grogne Jax.

– Oh vas-y, arrête de faire ton martyr. Si j'ai bonne mémoire, tu t'es réconforté dans la foulée avec Kelly ou Jenny, je ne sais plus.

– Putain ! se marre Graham, ils sont pires que nous,

ces deux-là. Incroyable. Même Jordan ne vous arrive pas à la cheville.

– Qu'est-ce que tu veux? C'est ça quand on s'approche de la perfection.

On éclate de rire face à la confiance de Jax. Heureusement qu'il a le cerveau qui compense, parce que ça pourrait facilement passer pour de l'arrogance mal placée.

Jordan a mis une bonne petite musique d'ambiance, Sarah a prévu un buffet pour un régiment. Scott, Brad et Joe jouent à un jeu d'arcade. Je m'approche de Jordan et Sarah alors qu'il s'apprête à l'embrasser. Je les interromps en posant un bras sur leurs épaules.

– Eh bien! Eh bien! Voilà qui fait plaisir à voir. Je ne veux pas m'envoyer des fleurs, mais j'aime à croire que j'y suis pour quelque chose, affirmé-je en souriant.

– Ça va, les chevilles? se marre Jordan en me donnant un coup de poing sur le torse.

– Oh vas-y! On sait tous l'état dans lequel tu étais. J'ai pratiquement supplié Sarah de te donner une seconde chance. Elle m'a écouté, tu peux me dire merci.

– Ouais, ouais, merci.

Je dépose un baiser sur la joue de Sarah et souris franchement à Jordan. Je suis vraiment heureux pour eux. Je pivote et vais rejoindre Graham qui s'apprête à lancer une partie de billard. Il fait un petit signe de tête à Jordan pour l'inviter à nous rejoindre, celui-ci embrasse Sarah avant de prendre la queue que Graham lui tend. Je me penche au-dessus de la table et me concentre pour disposer le triangle comme il faut. Ça fait marrer les potes, je le sais, mais je ne peux pas m'en empêcher.

– Merci, les gars, murmure Jordan, ému.

On lui lance un regard étonné avant de lui donner une accolade fraternelle. On l'a vu dans le pire des états après la trahison d'Alice et Marc. Nous aussi, on a perdu deux amis, même si la douleur était moindre pour nous. On l'a aidé à remonter la pente. Heureusement qu'on était là.

– Tu mérites d'être heureux, dit Graham en prenant Jordan par la nuque. Tu le mérites vraiment, et je trouve que ça fonctionne plutôt bien avec Sarah. Elle te rend heureux.

Il lui jette un œil, elle est en train de rire avec Alex et Stephany.

– C'est le cas, affirme Jordan.

– Bien, bien.

On arrête là les effusions affectives et on commence la partie. Brad et Joe nous rejoignent avant que je n'aie éclaté le triangle.

Un peu plus tard, Jordan ne retient plus Sarah qui est bien alcoolisée. Elle vient de lancer un jeu vidéo, *Just Dance*, sur sa console Xbox. Elle entreprend de pousser le canapé, mais elle finit par tomber à genoux dessus et éclate de rire alors que Lindsey vient lui prêter main-forte. Jordan ne cherche même pas à intervenir, alors on reste là à observer le spectacle en se marrant. Elle en tient une bonne couche, la suite devrait être intéressante. J'ai un petit pincement au cœur : j'aurais aimé que Lexi partage ça avec moi.

Les filles s'en donnent à cœur joie sur les danses. Sarah y prend beaucoup de plaisir. Même si elle chante comme une casserole, elle s'en moque, elle profite du moment. La folie est visiblement contagieuse parce que tout le monde y passe. Quand Jed et Jax s'avancent pour prendre la place, Jordan se sent obligé de les rejoindre. Ce sera probablement mon tour ensuite avec Graham, je compte sur Jordan pour nous y forcer. Après tout, le ridicule ne tue pas.

24

Lexi

– Où est-ce que je pose le bureau, madame? me demande le déménageur.

– Par là, devant cette fenêtre.

– Très bien.

Nous sommes fin mai et, après plusieurs visites, accompagnée de Frank, j'ai enfin déniché l'endroit parfait. J'ai signé le contrat de location de mon cabinet la semaine dernière. Il se situe dans un bel immeuble du Loop, avec une vue reposante sur la Chicago River, pas très loin de Marina City. Je suis vraiment très excitée par ce nouveau chapitre de ma vie.

J'ai passé les deux premiers jours de la semaine à refaire les peintures de la salle d'attente, du bureau et des toilettes, avec l'aide de Selma, Greg, et Frank bien sûr. J'avais passé commande des meubles le jour même de la signature, tellement heureuse que cela se concrétise et soulagée de me concentrer et m'investir dans quelque chose, maintenant que la saison de hockey a pris fin. Je suis assez satisfaite du résultat.

Les étagères murales ont été installées ce matin, Selma est

en train de vider les cartons et de ranger livres et bibelots. Elle m'a offert une plante, que j'ai installée dans l'entrée. J'en apporterai d'autres plus tard. J'ai envie que ce lieu soit chaleureux et accueillant pour mes patients. Les deux déménageurs, ou plutôt les employés du magasin de meubles, ont fini d'installer le bureau et repartent pour apporter le canapé et le fauteuil assorti. J'ai aussi pris une petite table et un autre meuble avec tiroirs et placards pour ranger mes dossiers et autres affaires.

Je signe le reçu de livraison et leur tends un billet chacun. Ils me remercient d'un grand sourire et nous abandonnent. Je me laisse tomber sur le fauteuil et Selma se tourne vers moi. Nous ne sommes que toutes les deux aujourd'hui parce que Frank et Greg devaient chacun assister au grand débriefing de fin de saison de leur équipe.

– Ça te va bien, sourit-elle.

– J'en ai l'impression aussi, dis-je, sincère. Je me sens vraiment bien.

– Tant mieux.

– Je vais me plaire ici. Je vais aider mes patients et je vais être encore plus heureuse.

– J'en suis sûre.

Je la rejoins et on termine de vider les quelques cartons qui restent. J'ai apporté un peu de tout. Rien de très personnel par contre, pas de photos, mais des babioles qui personnalisent un peu quand même.

– Comment va Frank ?

Elle fait allusion aux *playoffs* pas vraiment reluisants des Blackhawks. Ils ont été éliminés par les Predators de Nashville au bout de quatre matchs seulement lors des quarts de finale d'association.

– C'était dur, d'autant plus qu'il attendait de reprendre avec tellement d'impatience après sa blessure. Il aurait souhaité que cela se termine sur une autre note. Ne pas réussir à remporter un seul match a mis le moral de l'équipe à mal. Surtout après la belle saison régulière qu'ils ont faite, ils n'ont pas compris ce qu'il s'est passé. J'ai vu tous les joueurs un à un, j'ai essayé de travailler avec eux sur tout ça. Ce n'est pas facile. Pousser des joueurs professionnels, si fiers, à se confier, c'est un challenge quotidien.

J'aplatis du bout du pied le tapis qui fait des bosses sous le canapé et je replace la lampe près du fauteuil.

– Je m'en doute. Greg était dans le même état.

Les Bulls n'ont pas réussi non plus à se qualifier pendant les *playoffs*. Ils se sont inclinés face aux Celtics de Boston.

– Frank était si désolé pour Graham et lui. Ils partagent leurs victoires mais aussi leurs défaites.

– Exactement. Et nous sommes là pour les soutenir.

– Oui, c'est la partie de mon job que je préfère.

Selma se met à rire doucement. On se place devant la porte et on observe les lieux.

– Je suis fière de toi, dit-elle en me prenant dans ses bras.

– Merci. Tu y es pour beaucoup, tu sais.

– Je suis ta meilleure amie, tu n'as pas à me remercier. Bon, je crois que c'est pas mal pour aujourd'hui.

– Tu as raison.

– Eh bien, c'est parti !

Je récupère mes affaires et la suis. Ce soir, Frank et moi sommes invités à dîner chez Greg et Selma.

25

Frank

Le coach fait le point sur la saison régulière, sur les quatre matchs disputés pour les *playoffs*. Bien entendu, il sait nous montrer là où ça a foiré, ce qu'on aurait dû faire, ce qu'on aurait dû mieux faire. Ce n'est pas qu'il nous descend en flèche, mais il faut bien appuyer là où ça fait mal pour faire sortir la merde et garder le bon. Les jeunes ne sont pas habitués à tout ça, mais il ne faut pas leur taper dessus, c'est l'équipe qui prend. Chaque joueur a sa part de responsabilité. Je suis sûr, aussi, que Nathan, le capitaine, est plus peiné que nous, parce qu'il est le leader de notre famille et c'est forcément un échec personnel difficile à avaler.

– Bien entendu, on vous tiendra au courant du jour de la reprise dans le courant de l'été. On va quand même vous laisser profiter d'un repos bien mérité. Toutefois, un point sur vos différents engagements. Le *draft* est pour la fin juin, à partir de là, nous organiserons les stages d'entraînement avec les *rookies* mi-juillet au Johnny's

IceHouce West. Cela serait appréciable si certains d'entre vous pouvaient s'y montrer. Et on n'oublie pas la convention annuelle fin juillet.

– Et sinon, vous parliez de vacances? plaisante Anatoli.

– Vous aurez tout le mois d'août pour aller vous dorer la pilule quelque part.

– J'y compte bien! rit Sam.

On l'accompagne tous en chœur et on commence à se lever pour quitter la pièce, mais le coach nous interpelle une dernière fois.

– Attendez, avant de partir, j'ai une dernière chose à voir avec vous.

– Qu'est-ce qu'il y a, coach? demande Nathan.

– Une note nous est parvenue, envoyée par la Ligue. Je pense que cela ne tardera pas à faire la une dans les journaux, mais vu les affrontements qu'il a pu y avoir, précise-t-il en me regardant, vous êtes en droit d'en être informés. Je vous ai dit il y a quelque temps que Kane Carmichael était sur la sellette chez les Blues. Il a été licencié par son équipe il y a deux jours et suspendu pour le reste de la saison et une année complète dans l'attente de l'enquête.

– L'enquête pour quoi? interviens-je.

J'ai suivi tous les matchs en rediffusion et je n'ai pas souvenir d'avoir entendu ou vu qu'il avait été impliqué dans une bagarre qui ait poussé à cette extrême mesure disciplinaire, d'autant qu'il était déjà sanctionné suite à son geste envers moi.

– En plus de son comportement de plus en plus exécrable

qui a conduit à son renvoi, nous confie-t-il, deux femmes ont apparemment porté plainte contre lui pour viol.

Un brouhaha intense s'élève dans la pièce et mon sang tambourine bruyamment à mes tempes. Ce salaud a enfin ce qu'il mérite, mais savoir qu'il s'en est pris à deux autres femmes, ça me révulse.

– Nous vous demandons de ne tenir aucun propos à ce sujet. Nous devons laisser la police faire son job. Si jamais on vient vous trouver pour répondre à des questions, montrez-vous coopératifs, tout le monde connaît son caractère, pas besoin de mentir, mais ne parlez qu'à la police. Je doute qu'on vienne vous solliciter pour quoi que ce soit, ce n'est pas la police de Chicago qui a été saisie, mais on ne sait jamais. Si vous avez besoin, le service juridique des Blackhawks est à votre service. Vous pouvez également venir me voir pour n'importe quoi.

***

– Tu veux bien me dire ce qu'il y a ? demande Lexi alors qu'on arrive chez elle.

On revient de chez Selma et Greg. J'attendais cette soirée avec impatience, heureux à l'idée de passer un agréable moment en leur compagnie, mais forcément, après la bombe lâchée par le coach, j'étais moyennement de bonne humeur et Lexi s'en est immédiatement rendu compte.

– J'ai besoin d'un verre, marmonné-je.

Lexi me regarde sans rien dire rejoindre sa collection d'alcools. J'attrape une bouteille au hasard et remplis copieusement un verre. Je tousse légèrement à cause de la piqûre et me tourne vers elle. Je l'invite d'un mouvement de tête à s'installer sur le canapé. À quelques centimètres d'elle, je déglutis nerveusement. Je sais qu'il faut que je lui en parle avant qu'elle ne l'apprenne fortuitement, dans les médias par exemple, mais ce n'est pas une tâche facile.

– Tu me fais peur, Frank.

– Désolé. Je... Le coach nous a parlé tout à l'heure. Je...

– Il est arrivé quelque chose à l'un d'entre vous ? demande-t-elle immédiatement, inquiète.

– Non, non, tout le monde va bien. La fédération a envoyé un courrier aux dirigeants, expliqué-je après une seconde. Elle les informait que Kane Carmichael a été renvoyé des Blues.

– Oh ! OK. C'est ça qui te met dans cet état ? On ne va pas le plaindre, quand même.

– Non, rien à voir. Ce n'est pas tout, Lexi. Apparemment, deux femmes ont porté plainte contre lui pour viol.

Je plonge mon regard dans le sien et sonde sa réaction. Je vois passer un effroi atroce, une douleur horrible. Elle se met à trembler, porte une main à sa bouche et les larmes ne tardent pas à monter.

– Cela fera sûrement bientôt les gros titres, mais je... Je pensais que tu avais le droit de savoir, dans la mesure où tu es une de ses victimes.

Elle semble incapable de dire quoi que ce soit. Elle essuie rageusement les larmes sur ses joues et se relève brusquement pour rejoindre son point d'observation.

– Lexi ? demandé-je en la rejoignant. Dis quelque chose, je t'en prie.

– C'est ma faute, lâche-t-elle. Si j'avais parlé il y a dix ans, ces deux femmes n'auraient pas été agressées.

– Quoi ? Comment ça ?

– Si ces deux femmes se sont fait violer, c'est ma faute. Si j'avais porté plainte contre…

– Je t'interdis de dire ça ! explosé-je en la tournant vers moi.

Elle baisse les yeux sur mes mains qui entourent ses bras.

– Regarde-moi. Tu n'es pas responsable des actes de ce connard. Je t'interdis de le penser. Tu n'y es absolument pour rien.

– Si j'avais dit quelque chose à l'époque, il n'aurait pas pu…

– Non, Lexi. Ne fais pas ça, ne te punis pas à cause de lui.

– Pourtant je me sens responsable.

– C'est faux. Et puis tu ne sais pas à quand remontent les faits, elles ont peut-être été agressées avant toi et elles ne se manifestent que maintenant. Tu ne sais pas.

– Je… C'est tellement… bafouille-t-elle.

Elle laisse aller son front contre mon torse. Je la laisse faire et l'entoure de mes bras puissants. Je respire son parfum et lui accorde quelques minutes pour se ressaisir, puis je l'entraîne à nouveau vers le canapé. Je prends ses mains dans les miennes et la regarde, une forte émotion dans les yeux.

– Est-ce que ça va aller ?

– Oui. Il faut bien. Je vais en parler à ma famille. Je…

C'est peut-être le signe pour moi qu'il est temps de me libérer de ce secret. J'aurai peut-être la force de me joindre à ces deux femmes ensuite. Mais je dois en parler avec mes parents.

– Je pense que c'est une bonne chose, effectivement. Quoi que tu décides, je suis là pour toi. Tu le sais.

– Oui, je le sais, Frank, et je t'aime.

– Il y a dix ans, je t'ai laissée faire face toute seule. Je refuse de réitérer la même erreur.

– Tout est pardonné. Nous nous sommes retrouvés et nous sommes plus forts encore. Avec toi à mes côtés, je sais que tout se passera bien.

Après plusieurs minutes à la garder blottie dans mes bras, je l'entraîne à ma suite vers la chambre. Je l'aide à enfiler un pyjama et on se glisse dans les draps. Elle frissonne parce qu'ils sont froids, alors je l'attire à moi et elle se détend en un instant. Lentement, sa respiration se pose et je la rejoins rapidement dans le sommeil.

Un petit bruit sourd me réveille en sursaut. Je tends le bras au travers du lit et ne trouve qu'une place vide. Je me redresse aussi sec à la recherche de Lexi et tends l'oreille. Des sanglots me parviennent. Je me précipite vers la salle de bains et la découvre, assise au sol, les genoux contre la poitrine, en larmes. Mon cœur se serre et j'ai mal pour elle.

– Ma chérie, dis-je en tombant à terre devant elle.

Elle se réfugie dans mes bras et pleure un peu plus. Je suis déchiré, je ne sais pas quoi faire ni comment la soulager. J'essaie de ne surtout pas penser à ce connard, parce qu'il ne me faudrait pas grand-chose pour prendre un avion et me rendre chez lui, lui refaire le portrait.

– Lexi. Viens là, murmuré-je en la soulevant contre moi.

Délicatement, je la dépose sur le lit et m'allonge derrière elle tout en la tenant par la taille. J'enfouis mon visage dans son cou, glisse mes doigts entre les siens et lui communique tout mon amour. Elle soupire avant de se tourner vers moi. Elle passe mon bras sur sa taille et se colle à moi. D'une main, elle caresse ma joue en esquissant un petit sourire. Je ferme les yeux, me concentrant sur le contact de nos peaux.

– Je t'aime, Frank.

– Moi aussi, ma puce. On va surmonter cette épreuve, ensemble. Je te le promets. Plus jamais je ne t'abandonnerai.

– Je sais. Je suis à ma place dans tes bras, contre toi.

Ma main quitte son dos pour rejoindre sa joue. Du pouce, j'essuie ses larmes et me penche pour déposer un baiser tout doux, tout léger sur ses lèvres. Elle me le rend avant d'en exiger un plus prononcé, plus intime, plus intense. À bout de souffle, je romps notre baiser et l'attire à moi, comme si elle était mon ancre. Plus jamais je ne la laisserai, c'est une promesse que je compte bien honorer jusqu'à mon dernier souffle.

26

Lexi

Ces derniers temps ont été assez intenses émotionnellement.

Frank m'a accompagnée à Muskegon chez mes parents, il a été d'un soutien infaillible quand je leur ai raconté ma terrible expérience. Je ne pense pas me tromper en disant que mon père a tout de suite eu une estime énorme pour Frank. Pour maman, c'était différent ; en tant que femme, elle n'a pas ressenti les choses de la même façon. J'ai vu l'espace d'un instant qu'ils étaient déçus que j'aie attendu si longtemps pour me confier, mais ils m'ont rapidement soutenue dans ma volonté de me joindre aux deux autres femmes.

Avec l'aide de Jordan, Frank m'a permis de prendre contact avec les policiers en charge du dossier contre Kane. Nous n'avons eu qu'un entretien téléphonique pour le moment, cependant je dois me déplacer à Saint Louis pour que mon nom soit ajouté à la procédure. C'est dur, mais pas autant que je l'aurais imaginé. Quand on est entouré de gens qu'on aime et qui nous aiment, c'est plus facile.

Je ne dis pas que ce n'est pas dur, au contraire, mais ça l'est juste un peu moins.

J'ai pris mes marques au cabinet, et petit à petit, ma clientèle grossit. Ma journée est terminée, je suis en train de ranger mes dossiers. Frank doit me rejoindre d'une minute à l'autre, nous sortons au restaurant ce soir. Je souris en entendant la porte d'entrée s'ouvrir et se refermer.

– J'arrive! m'écrié-je en récupérant mon sac.

J'éteins la lampe de bureau et avance vers l'entrée. Dans la salle d'attente, mes pieds cessent de fonctionner. Ce n'est pas Frank. C'est Kane. Je laisse tomber mon sac et me précipite vers mon bureau. Je ferme à clé et vais pour attraper le téléphone, la peur au ventre.

– Tu crois qu'un simple verrou va m'arrêter? se marre-t-il de l'autre côté.

Les mains tremblantes, j'essaie de composer le 911 sans y parvenir. Je laisse échapper le combiné en sursautant alors que la porte sort de ses gonds. Kane apparaît dans l'ouverture, le regard menaçant. Dans la pénombre, il est vraiment terrifiant. J'ai l'impression d'être brutalement renvoyée dix ans en arrière. J'entends le bip bip dans l'appareil alors que je recule contre l'étagère.

– Ça n'a pas été trop dur pour te retrouver. Plutôt pas mal ici, fait-il en ouvrant les bras.

– Qu'est-ce que tu veux, Kane?

– Parler, bien sûr. C'est bien comme ça que tu gagnes ta vie maintenant, non? Écouter les autres parler, dit-il avec mépris.

Mon sang pulse à mes tempes, je cherche des yeux un

moyen de sortir d'ici, mais Kane est entre la porte et moi. Sortir par la fenêtre n'est pas une option, nous sommes au vingt-troisième.

– J'ai mis un certain temps à te remettre. Sans doute parce que ça n'a pas été si extraordinaire que ça. Mais sache que faire chier Frank durant toutes ces années parce que j'avais enfin réussi à lui prendre ce qui lui appartenait, c'était particulièrement jouissif.

– Tu es un grand malade !

– Lexi, chantonne-t-il en avançant vers moi. Je me rappelle très bien ce qui s'est passé. Tu voulais ce qui est arrivé.

– Jamais de la vie !

– Tu l'avais dit, devant tout le monde. J'ai appris que tu allais rencontrer les flics, tu sais que même après toutes ces années, je pourrais le prouver. Ce sera toujours ta parole contre la mienne.

– Je ne suis pas toute seule cette fois-ci ! Tu ne pourras pas m'empêcher d'aller au bout !

– Avec de l'argent, on peut tout acheter.

– Jamais je n'accepterai ton argent.

– Je ne parle pas de toi. Mon avocat est en train de négocier avec ces deux salopes. Une fois que tout sera réglé, il n'y aura plus que toi et moi. Et franchement… Tu n'as aucune chance. C'est comme je te dis, ta parole contre la mienne et celles que tu as prononcées avant ce malheureux incident.

Je devrais avoir peur, mais c'est la colère, la fureur qui prennent le pas. Il m'insulte, m'humilie en me faisant passer pour ce que je ne suis pas. Je refuse de me laisser faire une fois de plus. Je contourne le bureau et fonce sur lui. Il est un instant surpris par mon attaque et ne pare pas ma gifle monumentale qui s'abat dans un bruit sec sur sa joue. Malheureusement, cela n'a pas vraiment d'effet, si ce n'est le faire rire.

– Oh! Oh! On sort les griffes? J'adore.

J'essaie de le contourner pour sortir, mais il est plus rapide, plus fort. Il tend le bras et me ramène contre lui. Sa poigne est forte et me fait grimacer. Son autre main se retrouve autour de mon cou et il se penche à mon oreille.

– J'ai envie qu'on se donne une seconde chance, cette fois-ci peut-être que les étincelles seront là.

Je lui crache au visage et sa réaction ne se fait pas attendre. Il resserre son étreinte et me jette sur le canapé.

– Salope! grogne-t-il en se jetant sur moi. Qu'est-ce que tu crois? Tu ne faisais déjà pas le poids il y a dix ans.

Il pèse de toutes ses forces sur moi, entre mes jambes, pourtant je me débats comme un diable. Cette fois non plus, personne ne peut nous entendre, à cette heure-ci, les bureaux voisins sont vides, mais je suis déterminée.

– Arrête! menace-t-il en me giflant.

– Laisse-moi tranquille!

– Tu vas me supplier comme la dernière fois?

– Va te faire foutre !

Il ricane de plus belle et ses mains sont partout sur moi. Il déchire mon chemisier et arrache mon soutien-gorge. En appui sur le haut de mon sternum, je n'ai quasiment aucune marge de manœuvre. Je lui griffe le visage, lui tire les cheveux, mais il ne réagit pas, caressant brutalement ma poitrine.

– Lâche-moi, Kane ! Lâche-moi !

Je lui donne des coups de pied dans les fesses, tente de me dégager en levant les hanches mais viens à la rencontre de son érection. Il lâche un grognement de satisfaction. Sa main descend vers mon pantalon alors que je commence à fatiguer. J'ai du mal à respirer et ma gorge est en feu à force de hurler. Alors qu'il arrive dans ma petite culotte, je bascule la tête en arrière, incapable d'affronter son regard lubrique. C'est là que mes yeux tombent sur la lampe de chevet. Le pied est cubique, en acier.

C'est maintenant ou jamais, ses deux mains sont occupées, je dois agir. J'attrape la lampe et tire dessus d'un coup sec. Il n'a pas le temps de se protéger, le socle s'abat sur son crâne et il s'effondre sur moi telle une marionnette. Je laisse tomber mon arme au sol et entreprends de me dégager du corps inerte de Kane.

– Lexi ?

– Frank ! hurlé-je.

Il déboule dans le bureau et s'arrête, pétrifié, devant le spectacle. Il se précipite vers moi et attrape Kane sans douceur pour le jeter au sol. Un léger grognement se fait entendre mais il ne réagit pas plus.

– Mon Dieu ! s'écrie Frank, alarmé, en me prenant dans ses bras. Tu n'as rien ? Lexi ?

Il pose ses mains partout sur moi, étudie avec minutie mon visage avant de tomber sur ma poitrine dénudée. Je m'empresse de refermer les pans de mon chemisier, soudain honteuse.

– Je vais le tuer !

Il tombe sur Kane et commence à le secouer pour le réveiller. L'autre marmonne quelque chose d'inaudible et Frank lui décroche un crochet du droit. Je saisis son bras au vol et l'attire à moi.

– Frank, je t'en prie ! Il a eu son compte. Arrête ! S'il te plaît !

Il hésite un instant, alternant entre Kane et moi avant de m'attirer contre lui. Encore toute tremblante, je reste contre lui alors qu'il appelle les secours.

– Mon Dieu ! souffle-t-il contre mon oreille. Si j'étais venu plutôt, rien de tout cela ne serait arrivé.

– Frank, arrête tout de suite. Rien de tout cela n'est ta faute.

Je ne suis pas sûre qu'il prête attention à ce que je lui dis, il surveille Kane.

***

Rapidement, l'espace est envahi par les ambulanciers et les flics. Comme Frank a glissé le nom de Jordan lors de son appel, c'est lui qu'on voit débarquer, accompagné de son coéquipier Bayram.

– Putain ! Lexi, tu vas bien ?

– Oui, ça va.

Bayram s'occupe de menotter Kane, toujours à moitié comateux, et de l'emmener loin de ma vue alors que Jordan prend ma déposition. Frank, à mes côtés, ne me lâche pas. Sa mâchoire et ses traits se durcissent à mesure que j'avance dans mon récit. Je sais qu'il s'en veut, mais il n'y est pour rien. Seul Kane peut être tenu pour responsable de ses actes.

– Très bien. J'ai tout ce qu'il me faut. Je vais m'en

occuper et joindre les collègues à Saint Louis. Je te laisse avec les ambulanciers. Si j'ai besoin de quelque chose, je vous appelle.

– Merci, Jordan.

– Ne me remercie pas. Tu es une guerrière, dit-il avec un clin d'œil.

Frank me laisse avec les ambulanciers et rejoint son ami. J'accepte qu'ils m'examinent, mais je tends l'oreille pour suivre la conversation.

– Merci d'avoir rappliqué si vite, fait-il à Jordan.

– N'importe quoi quand il s'agit de mon meilleur ami. Il ne s'en sortira pas, tu peux me faire confiance.

– Je sais.

Après avoir donné une rapide accolade à son ami, Frank est à nouveau auprès de moi. Je refuse poliment d'être emmenée aux urgences.

– J'ai eu si peur.

– Je sais, mais je vais bien, je t'assure. Il voulait me faire peur, mais je ne me suis pas laissé faire.

– Je suis si impressionné. Tu es impressionnante. Tu es sûre que tu ne veux pas voir un médecin?

– Non, je ne suis pas blessée, tout ce qu'il me faut, c'est rentrer chez moi et être auprès de l'homme que j'aime.

***

Je jette un œil à l'homme juste parfait allongé sur le transat à mes côtés et je tombe un peu plus amoureuse. Il y a une semaine, il a débarqué à mon appartement et m'a donné quinze minutes pour préparer une valise avec des trucs légers et beaucoup de lingerie. Il m'a dit qu'il avait besoin de décompresser après le stress des dernières semaines et que j'avais besoin de quitter la ville et le brouhaha pour quelque temps. Il m'a ensuite emmenée à l'aéroport, où l'on a pris un avion pour la Barbade, en me promettant quinze jours de détente et de lâcher-prise. Je crois que j'aurais passé mon temps à l'embrasser dans l'avion si on n'avait pas eu de jeunes enfants devant nous. Mais je me suis rattrapée dans notre chambre d'hôtel. Jamais je n'en avais vu d'aussi luxueux, et que dire de la suite, époustouflante ! Absolument fantastique.

Frank m'offre des vacances de rêve. Le terme «doigts de pied en éventail» prend tout son sens en nous voyant sur la plage et je savoure.

– Tu as l'air heureuse.

– C'est parce que je le suis. Être ici avec toi, c'est fantastique. Ces petites vacances, c'était tout ce qu'il nous fallait.

– Je suis assez fier de moi sur ce coup-là, sourit-il en détaillant avec envie mon corps.

– Frank…

– Quoi? Je fais ce que je veux, d'abord! Tant que je ne regarde que toi. Et puis entre nous, tu t'attends à une autre réaction de ma part alors que tu portes ce truc ridicule?

– Ce truc n'est pas ridicule, il couvre tout ce qu'il faut suffisamment.

– Ouais, si tu le dis.

Je ris doucement et retourne à mon livre. J'essaie de me concentrer sur l'histoire mais je n'arrête pas de penser à tout ce qu'il s'est passé ces derniers temps. Kane a été inculpé, j'ai obtenu une ordonnance restrictive contre lui et je me suis jointe au dossier des deux autres victimes. Contrairement à ce qu'il pensait, il n'a pas réussi à les acheter.

Frank a pas mal souffert du dernier *draft* et de la roulette russe que sont les échanges. Il a été particulièrement affecté par le départ de Mark et Travis, mais il est plutôt satisfait du retour de Johan Jönsson et Owen Stadler. Ce n'est pas comme si les joueurs n'étaient pas habitués.

– Lexi ?

– Oui ?

– Tu sais que Leah va bientôt rentrer.

Je hoche la tête. Ça y est, sa sœur s'est décidée, elle quitte New York et revient dans sa ville natale.

– Elle va débarquer à la maison, du moins pour quelque temps et je me disais que… L'été est bien entamé, tu te rappelles ce dont on a discuté ?

Je lui souris en abandonnant mon livre.

– Vas-y, dis-je doucement.

– Tu veux bien emménager avec moi ? Chez nous ?

– Avec plaisir.

Je quitte mon transat pour venir m'asseoir à côté de lui. J'embrasse ses lèvres tendrement.

– Mais on avance à notre rythme, d'accord ?

Il fronce les sourcils, ne semblant pas comprendre où je veux en venir.

– Je ne veux pas que le mariage de Beth et Eric te donne des idées.

– Ce serait si terrible que ça ? s'offusque-t-il.

– Non, mais ce serait trop rapide. On a tout notre temps.

– Un jour, tu porteras mon nom.

– C'est une promesse?

– Non, une certitude.

Je pouffe contre son torse avant qu'il ne m'allonge sur lui. Il n'a que faire des touristes autour de nous. Ma seule certitude à moi est que je suis folle de cet homme. Complètement, totalement, entièrement.

27

Frank

On rentre juste du barbecue organisé par Jordan et Sarah. J'étais un peu stressé, c'était la première fois qu'on se retrouvait tous ensemble après les événements un peu durs des derniers mois. Je me suis rapidement senti idiot, pourquoi auraient-ils jugé Lexi ? Au contraire, tous ont salué et admiré son courage. Cela ne m'a rendu que plus fier, encore, d'être l'homme qui partage sa vie.

– Pourquoi tu ne m'as pas dit qu'elle était enceinte ? sourit-elle alors qu'elle redescend de la chambre avec juste un tout petit bikini.

Je suis tellement distrait par la vision érotique de son corps que je ne réponds même pas à sa question, mon alcoolémie très avancée s'évapore et je suis des yeux son corps qui ondule à chaque pas.

– Frank.

– Hum ?

– Tu savais qu'il allait la demander en mariage et qu'elle était enceinte, hein ? devine-t-elle en captant enfin mon regard.

– Ils nous en avaient parlé, oui, mais je ne voulais pas gâcher la surprise pour l'annonce officielle.

– Qu'est-ce que ça te fait? demande-t-elle en se collant à moi.

– Je suis heureux pour eux, je suis profondément heureux pour un de mes meilleurs amis. Il mérite amplement ce qu'il lui arrive.

Elle sourit timidement et je pose les mains sur son magnifique cul.

– Qu'est-ce qu'il y a? fais-je alors qu'il me semble capter quelque chose dans son regard.

– Rien, affirme-t-elle en secouant la tête. Tu me rejoins dans la piscine?

– Avec plaisir.

C'est étrange, vraiment.

Je cours me changer et la rejoins dans l'eau en effectuant une grosse bombe bien éclaboussante. Elle ne manque pas de ronchonner mais vient se coller à moi dans la seconde qui suit. En réfléchissant, je crois bien que c'est la première fois que je fais l'amour dans ma piscine et je suis ravi que cette première fois soit avec Lexi. J'adore toutes mes premières fois avec elle.

***

Le mariage de Sarah et Jordan était magnifique. J'étais très ému de voir un de mes meilleurs amis s'unir à la femme de sa vie. Et le reste de la journée est parfait. L'ambiance, le temps, la décoration, le repas, l'humeur de chacun, tout est idéal. Moi-même, je suis heureux comme je l'ai rarement été. Lexi est blottie contre moi, on s'est installés légèrement à l'écart. On assiste au coucher du soleil au-delà de la prairie, différent d'un coucher au-dessus de l'eau, mais non moins idyllique. Je me penche pour l'embrasser sur le dessus de sa tête. Elle resserre son étreinte autour de ma taille et je l'entends soupirer de bonheur.

– J'ai passé une journée incroyable.

– Moi aussi. Je suis tellement heureux pour Jordan.

– Ça fait du bien de voir des gens heureux autour de nous.

– Je suis d'accord.

Lexi se détache de moi et plonge son regard dans le mien. Elle semble subitement très sérieuse.

– Je suis heureuse avec toi, Frank.

– Je l'espère bien.

– Frank?

– Oui?

– Je…

– Qu'est-ce qu'il y a, Lexi?

– Je… Je sais ce que tu aimerais pour notre couple, commence-t-elle, le regard perdu au loin. Je le veux aussi, mais avec tout ce qui se passe, je… Il y a quelque chose de plus fort encore et j'y pense de plus en plus.

Je n'ajoute rien, parce que je ne suis pas sûr de ce dont elle parle, même si j'ai une petite idée.

– On n'en a jamais parlé, mais je… Enfin, je suppose qu'on pense la même chose à ce sujet. Tu ne dis rien? Tu penses qu'il est trop tôt? Tu…

– Non, non, je ne pense rien de tout ça. C'est juste que…

– Je veux un bébé avec toi, m'interrompt-elle en mettant des mots sur sa demande.

Je me contente de sourire parce que l'expression de son visage à cet instant est la plus belle que j'aie jamais vue. Elle est magnifique. Elle est à moi.

– Tout ce que tu voudras, mon ange. Tout ce que tu voudras.

Alors que je pensais qu'il ne pouvait l'être davantage, son visage s'illumine encore plus, tandis qu'elle fonce sur moi, me renversant sur l'herbe chaude. Ses douces lèvres sur les miennes, mes mains dans ses cheveux, je me noie dans son baiser. Cette journée est vraiment parfaite. Et je peux affirmer que je vais m'appliquer à la tâche, rien ne va me donner plus de plaisir que de satisfaire la femme de mon cœur.

28

Lexi
Deux ans plus tard

Je savais que, pour certaines femmes, il était plus difficile que pour d'autres de tomber enceinte. Dans ma famille, il n'y a jamais eu de souci de fertilité, j'ai donc pensé à tort que ça allait être facile ; après tout, pour certaines il suffit d'une seule fois. Mais ça n'a pas été mon cas.

Mon désir de maternité n'a jamais été fort et obsessionnel. Jusqu'à Frank. C'est devenu un besoin. J'étais heureuse avec Frank, je trouvais cela encore plus important que le mariage. Dans ma tête, cela nous liait d'une façon encore plus permanente qu'une union matrimoniale. Je ne pensais pas qu'il accepterait avant qu'on soit mariés, mais il m'a surprise une fois de plus.

Je sais qu'en fin de compte, si on y prête attention, il ne m'a pas fallu si longtemps que ça avant de tomber enceinte, mais au bout de quelques mois, j'en étais venue à me dire que j'avais un problème. Je ne pensais plus qu'à ça, je lisais des dizaines de livres sur le sujet, on s'est disputé quelques fois à ce propos avec Frank, je m'en voulais d'apporter une telle tension à la maison.

Et puis, il m'a emmenée en week-end surprise. Il voulait qu'on quitte Chicago pour quelques jours, qu'on se retrouve rien que tous les deux, qu'on ne pense qu'à nous deux et rien d'autre, qu'on profite l'un de l'autre. Sans le vouloir, sans le savoir, il apportait la solution à mon stress et à mon incapacité à tomber enceinte. Il a été d'une telle tendresse et d'une telle présence pendant ces quelques jours que j'en ai oublié cette obnubilation et je n'ai pensé qu'à lui, qu'à nous. Au bien-être qu'il me procurait, à la chance que j'avais de l'avoir à mes côtés. Et le petit miracle est apparu.

Quand je lui ai annoncé un mois plus tard, il n'en revenait pas. Je voulais rendre ce moment inoubliable. Alors j'ai commandé un maillot de hockey pour bébé. J'ai bien entendu choisi son équipe, son numéro et je le lui ai offert. Les larmes qui se sont accumulées dans ses yeux en découvrant le présent, jamais je n'oublierai cette vision. Il était réellement ému et bouleversé par ce petit être qui grandissait à l'intérieur de moi. Je n'aurais pu être plus heureuse que ce jour-là, ni plus amoureuse de lui.

Si la grossesse a été très agréable, l'accouchement n'a pas été une partie de plaisir, mais tout s'est passé sans encombre ni complication, alors je ne vais pas me plaindre. Frank était là à chaque instant et c'est le plus important. Notre bébé a maintenant un peu plus de quatre mois et c'est un vrai amour. Il rend complètement fou son papa. Je n'aurais jamais cru pouvoir aimer Frank davantage, mais c'est le cas dès que je le vois avec Logan dans les bras.

Notre fils est son portrait craché. Il a hérité de mes yeux toutefois, ce qui ravit Frank.

Nous sommes parfaitement heureux. Nous construisons notre famille du mieux que nous pouvons. Cela n'est pas toujours facile avec l'emploi du temps de Frank. Il a eu beaucoup de mal à me laisser avec le bébé pour les matchs en extérieur, mais ce n'est pas comme s'il avait le choix. Il est hors de question que j'abandonne ma carrière et le suive avec Logan pendant leurs déplacements.

Mon cabinet possède une clientèle fidèle. Le contrat de Frank a été reconduit pour cinq ans chez les Blackhawks. Du coup, je continue d'être consultante auprès d'eux. J'ai régulièrement des appels des joueurs qui cherchent des conseils ou qui veulent aussi simplement prendre des nouvelles. Nous ne sommes pas sans nous voir régulièrement, je fais partie de la famille maintenant, mais j'apprécie cette reconnaissance professionnelle.

***

Nous sommes en week-end surprise chez mon frère Shane, avec mes parents et Eric. Je viens de coucher Logan. J'ai laissé Frank avec les hommes, ils étaient installés sur la terrasse en train de boire une bière. J'ai envie d'une bonne douche, ou plutôt d'un bon bain chaud. Je fais couler l'eau, verse du bain moussant à la pêche et me glisse à l'intérieur. Je suis sûre que les filles ne m'en voudront pas de les abandonner une petite heure tout au plus.

Je suis en train de rêvasser, la tête posée sur le rebord de la baignoire, quand j'entends du bruit dans la chambre. Je tends l'oreille, m'attendant à ce que quelqu'un m'appelle. Je n'ai pas fermé la salle de bains à clé.

– Tu prends du bon temps sans moi? demande Frank en poussant du doigt la porte et en entrant.

– J'avais envie de me détendre un peu, admets-je, coupable.

– Je vois ça, dit-il en détaillant mon corps nu à peine camouflé par la mousse du bain.

Il passe les mains sous son tee-shirt et le retire. Il déboutonne ensuite son pantalon et agite les jambes pour le faire glisser en emmenant avec lui son boxer. Je le détaille avec insistance et envie alors que le tout atterrit dans un bruit sourd au sol. Il hausse les sourcils et je me redresse pour lui laisser la place de se mettre derrière moi. Ses grandes mains trouvent immédiatement mes hanches et il m'installe au plus près de lui. Je sens son érection dure contre mon dos et j'esquisse un petit sourire. J'ai toujours cette réaction quand je vois l'effet que je lui fais.

– Ce n'est pas mieux comme ça? susurre-t-il à mon oreille.

– Si, bien mieux.

Ses mains remontent sur mes côtes avant de prendre mes seins en coupe. Je bascule la tête sur son épaule et il embrasse mon cou tout en caressant paresseusement ma poitrine. Bon sang, qu'est-ce que je suis bien ! Une de ses mains descend et je tressaille à son contact.

– J'aime l'effet que je te fais.

– Et moi, j'aime l'effet que je te fais, répliqué-je en glissant une main entre nous pour saisir son érection majestueuse.

– Et moi donc, grogne-t-il avant de lécher la peau sous mon oreille.

On accélère en même temps nos mouvements, manquant de perdre tout contrôle. J'essaie de me retenir, mais il réussit à me faire jouir en titillant mon clitoris. Je sens qu'il n'est pas loin, alors avant qu'il se libère dans ma main, je me relève légèrement et vais placer son sexe à l'entrée du mien. Je glisse facilement et m'enfonce sur lui. L'eau fait des clapotis autour de nous et Frank s'empare de mes hanches pour m'aider dans mes mouvements. La position n'est pas pratique du tout, mais c'est le plaisir qui compte.

– Ce que j'aime faire l'amour avec toi, me dit-il alors qu'on sort de la baignoire. Je crois que c'est mon activité préférée, même avant le hockey.

– Je ne te crois pas.

Je souris en caressant sa joue alors qu'il m'attire à lui. Je l'embrasse doucement, puis de plus en plus passionnément. Il me laisse à bout de souffle et attrape une grande serviette pour nous enrouler dedans. J'aime son grand corps chaud et dur. Je ne me sens jamais plus en sécurité que dans ses bras.

– Ce n'est pas vraiment comme ça que j'avais prévu de m'y prendre, mais bon, fait-il avant de se pencher pour ramasser son pantalon.

– De quoi tu parles? fais-je alors qu'il revient à moi.

– Je n'en peux plus.

– De quoi? demandé-je en fronçant les sourcils. Qu'est-ce qu'il y a?

Je suis un peu inquiète. Bon, j'ai tendance à m'inquiéter

rapidement ; il n'y a sans doute pas de quoi, mais c'est plus fort que moi.

– C'est notre tour, le prochain.

Et là, je comprends. Il ne pose pas de question, il n'attend pas de réponse, il prend tout simplement ma main et glisse une bague à mon annulaire. Une magnifique bague. La bague de mes rêves, elle n'aurait pu être plus parfaite.

– Je sais que ça ne change pas grand-chose, j'ai l'impression qu'on est déjà mariés, mais j'en ai besoin. Je veux que tu portes mon nom, le nom de notre enfant, je veux officialiser. Je veux que tu deviennes ma femme.

– Oui, oui, oui, oui. Bien sûr !

Il rit dans mon cou, me respire et je fonds pour cet homme. Il y a bien longtemps que je suis devenue sa femme, mais je n'ai rien contre une cérémonie, une jolie robe et une bague. C'est le rêve de toutes les petites filles, non ?

ÉPILOGUE

Lexi
Un an plus tard

Aujourd'hui, je suis devenue Mme Bash Irving, pour ma plus grande joie. Bien entendu, nous avons fait appel à Sarah pour organiser notre mariage. Tout était parfait, absolument parfait.

La soirée est bien entamée et j'observe avec émotion la table des petits qui rient sous l'œil attentif de Jordan. Notre famille s'agrandit, la famille de sang et celle de cœur aussi.

Tous ces enfants pleins de vie illuminent nos journées. Ils seront bientôt rejoints par d'autres bébés. Beth et Eric attendent leur premier enfant ; l'accouchement est prévu pour août, c'est-à-dire incessamment sous peu. Sarah et Jordan ont mis le deuxième en route, naissance prévue pour septembre. Quant à nous, ce n'était pas vraiment prévu, ou du moins pas si rapidement, mais après un petit accident du Nouvel An, on s'apprête à donner une petite sœur à Logan, qui a fêté sa première année il y a trois mois. Je prendrai la suite de Beth et Sarah, mon accouchement étant prévu pour octobre. Je n'avais pas vraiment imaginé être enceinte pour mon mariage, mais ça ne fait rien du tout. J'étais heureuse, je le suis encore un peu plus, c'est tout.

Tout le monde a répondu présent, mes parents, les parents

de Frank, Beth et Eric, Shane et Callie, Leah et son chéri Zake, le fameux tatoueur attitré des trois inséparables, ainsi qu'Anthony. Jordan et Sarah, Graham et sa petite amie Mila, Selma et Greg, Bayram et Nika, Jax et Jed, Colton, Judy et Eliza. Frank a tenu à inviter les parents de Jordan, je n'y ai vu absolument aucun problème. Le jardin est rempli de gens qui nous sont chers. Les coéquipiers de Frank sont là également avec leurs conjointes et enfants, ainsi que quelques membres du staff.

Je suis prise dans la contemplation de ce bonheur à l'état pur. Que pourrais-je rêver de plus parfait? Rien. J'ai absolument tout ce que j'ai toujours voulu et rêvé.

De grands bras viennent m'enlacer et me relever. Frank plonge son regard dans le mien, puis, sans un mot, il m'attire vers le centre de la piste de danse. Une musique douce a envahi les airs, la chanson parle d'amour, bien sûr. Frank pose une grande main sur ma joue et se penche pour murmurer à mon oreille.

– Fais attention aux paroles.

J'acquiesce de la tête et tends l'oreille. Il s'agit d'un homme qui s'adresse à la femme qu'il aime. Il lui dit que, malgré l'incertitude du futur, il la veut à ses côtés chaque heure, chaque minute, qu'il est fait pour être là où elle se trouve; tout ce qu'il veut faire, c'est courir vers elle, c'est tout ce qu'il lui promet, il pouvait voir dès le départ qu'elle était sa lumière dans les ténèbres, elle ne lui a laissé aucun autre choix que de l'aimer.[1]

Je déglutis, profondément émue par ce que j'entends. Frank me sourit timidement avant de m'embrasser doucement sur la bouche.

---

1. *Running Home to You*, Grant Gustin.

– Je ne sais pas faire de beaux discours, mais quand j'ai entendu cette chanson, j'ai eu l'impression qu'elle parlait pour moi. Je me souviens comme si c'était hier quand nous étions à la fac, je savais déjà à cette époque-ci, que tu serais mon avenir. La vie ne nous a pas vraiment aidés, mais finalement elle m'a mené exactement ici, dans tes bras, aujourd'hui. Quand je regarde notre fils et notre fille qui va bientôt voir le jour, continue-t-il en posant les mains sur mon ventre, je me dis que j'ai tout ce qu'il me faut. Tu es tout ce qu'il me faut, Lexi. Tu crois que je plaisante quand je te dis que tu représentes plus pour moi que le hockey, pourtant je suis sérieux. Je pourrais me passer de ça mais pas de toi.

– Mais tu n'auras pas à choisir, mon cœur. Tu peux tout avoir, parce que tu le mérites. Tu es un homme bien, Frank, et c'est moi la plus chanceuse de nous deux. Je suis tellement heureuse. Tout est absolument parfait. Tu es parfait. Je t'aime.

– Je t'aime.

D'une pirouette, il m'éloigne pour mieux me ramener à lui.

– Tu es mon chez-moi, dit-il en posant son front sur le mien.

Je croyais qu'il me serait impossible de fondre un peu plus encore pour cet homme, mais il me prouve une nouvelle fois que j'ai tort. Et qu'est-ce que j'aime ça, avoir tort face à lui !

Fin

REMERCIEMENTS

Chères lectrices, j'espère que l'histoire de Frank et Lexi vous a plu, ainsi que le voyage à Chicago et aux quatre coins des USA et du Canada, au fil de la saison de hockey.

Si je suis parvenue à vous transmettre un peu de mon amour pour ce sport pour lequel je me suis passionnée au cours de l'écriture de *H.O.T.* et de *Colocs & Sex Friends*, mon pari est gagné. Fervente supporter des Blackhawks, j'ai pris énormément de plaisir à plonger au cœur de cette discipline.

Mon chéri, l'écriture prend une place énorme dans notre vie, mes succès sont avant tout les nôtres et rien de tout ceci ne serait possible sans ton soutien.

Je remercie du fond du cœur le petit groupe des Miss Pipelettes que nous formons avec Nina Loren, Camilla Simon, Mélodie Chavin et Laura Black. Des conseils, du réconfort, des moments de rigolade, nous sommes toujours là les unes pour les autres et c'est extraordinaire.

Merci aux éditions Addictives, plus particulièrement à Marianne, mon éditrice sur ce roman. Je suis tellement heureuse qu'il puisse rejoindre mes autres romances dans ma bibliothèque. L'aventure se poursuit et j'en suis ravie.

Mille mercis à toutes mes lectrices pour vos mots, vos encouragements, les étoiles semées sur les sites d'achat, les pages communautaires. Je vous dis à bientôt dans une prochaine histoire.

Extrait

UNDER CONTROL

Marie Hayle

1

Et voilà ! Moi d'ordinaire si ponctuelle, il faut croire qu'aujourd'hui tous les bébés de Londres se sont passé le mot pour venir au monde le même jour et me mettre en retard. Heureusement, il n'y a pas eu de complications et j'ai aidé cinq mamans à donner la vie à des enfants en parfaite santé. J'adore mon métier de sage-femme et je serais bien restée féliciter individuellement les nouveaux parents comme d'habitude, mais là, si je ne me presse pas, je vais me faire trucider par Charlie, ma meilleure amie ! En effet, je l'ai convaincue, il y a quelques mois, de soumettre l'un de ses clichés à un concours qui a pour finalité une mise aux enchères dont les bénéfices seront reversés à la lutte contre le cancer. Et, comme je m'en doutais, elle a été sélectionnée pour proposer l'une de ses photos à la vente. Cela pourrait être pour elle une possibilité de se faire connaître et ainsi de vendre peut-être d'autres de ses fabuleuses photos, car elle le mérite amplement !

Or le gala pendant lequel se déroulera la mise aux enchères a lieu ce soir et je suis super à la bourre.

Après avoir traversé Westminster Bridge, Covent Garden et Soho au pas de course, j'arrive enfin devant mon immeuble situé à Camden Town, en sueur et tout échevelée.

J'ai à peine passé la porte d'entrée que Charlie me saute dessus :

– Bordel, Sam, tu as décidé de jouer avec mes nerfs ou quoi ?

Je retiens une blague à deux balles pour ne pas envenimer les choses, car je sens qu'elle n'est pas d'humeur, et je sais à quel point cette soirée lui tient à cœur, c'est pourquoi je préfère plutôt la rassurer.

– Pas de stress, honey, dis-je tout en ouvrant ma porte d'entrée, je saute sous la douche, j'ai déjà préparé ma tenue hier soir donc je te promets qu'on sera à l'heure.

– J'espère bien, je veux être certaine de ne louper aucune critique !

– Mais au fait, tu n'es pas habillée non plus ! Tu es gonflée !

– Non, mais j'ai réussi à dompter mes cheveux et, du coup, le plus gros du travail est fait, plaisante-t-elle.

Charlotte Harris est un phénomène à elle toute seule. Elle est entièrement tatouée sur les bras et le dos, et l'assume à cent pour cent. Ses dessins, que je trouve magnifiques, font partie d'elle et sont si colorés qu'ils reflètent parfaitement bien sa personnalité haute en couleur ! Ils ne sont pas choisis au hasard : au contraire, ils représentent tous des moments clés de sa vie ou reflètent sa personnalité comment dire… détonnante ! Il y en a un que j'adore particulièrement : c'est un dessin d'Ariel, la petite sirène, héroïne aux cheveux aussi rouges que ceux de Charlie mais revisitée en personnage un peu *badass*, tatouée et rebelle. Mon amie est également piercée : une petite boule argentée est située sous sa bouche et un fin anneau orne sa narine. Elle a le corps d'une pin-up des années cinquante, ce qui veut dire qu'elle a tout ce qu'il faut là où il faut. Mais il est vrai que ce que l'on remarque le plus chez elle, ce sont ses cheveux : longs jusqu'au milieu du dos, naturellement ondulés et rouge vif ! Une vraie beauté atypique qui fait craquer beaucoup d'hommes.

Ce soir, elle a décidé de dompter sa crinière et de la lisser plus sagement, ce qui a pour effet d'allonger encore plus ses cheveux et de les faire descendre au niveau de ses reins.

– Tu as bien fait, tu es magnifique coiffée comme ça !

– Ouais… ben, j'y ai presque passé une heure et j'ai même dû me faire une entorse de l'épaule, alors ça restera exceptionnel, je te le garantis, me dit-elle en me faisant un petit clin d'œil. Allez, je te laisse sauter sous la douche, je vais m'habiller, on se retrouve chez moi dans une demi-heure ?

– OK, je me dépêche ! À tout de suite.

J'habite l'appartement en face de celui de Charlie, au rez-de-chaussée, dans le même immeuble. Elle y habite depuis quelques années avec Cameron, son frère jumeau. Alors que je venais d'obtenir ma place de titulaire à l'hôpital et que je vivais toujours chez ma mère dans Chiswick – un quartier de l'ouest londonien –, un jour, les jumeaux m'ont annoncé que le studio d'en face se libérait. J'ai alors sauté sur l'occasion de prendre mon indépendance et d'être encore plus proche de mes deux meilleurs amis. Nous nous sommes rencontrés il y a une douzaine d'années, quand ils ont emménagé avec leur père près de chez moi, et de fil en aiguille nous avons sympathisé pour très vite former un trio de choc. En plus, j'adore Camden Town, qui est un quartier vivant réputé pour ses nombreux marchés et où la population est relativement jeune.

Dix minutes de douche chrono et me voilà en train de me sécher les cheveux tout en essayant de me brosser les dents pour gagner du temps. Résultat qui, étonnamment, fait ses preuves, car à l'heure convenue, me voilà prête à partir.

Un dernier coup d'œil dans le miroir me confirme la sensation que j'ai d'être déguisée. Moi qui suis très naturelle au quotidien, j'ai du mal à reconnaître mon reflet. Ce soir, j'y vois une jeune femme brune aux cheveux coiffés en chignon haut. Mon visage ne me semble plus si familier non plus : le maquillage qui orne mes yeux les fait paraître encore plus sombres qu'ils ne le sont, et ma bouche est désormais d'un rouge vif brillant qui la rend bien plus pulpeuse qu'elle ne l'est en réalité. Ma robe à bretelles en mousseline noire, décolletée en V, s'arrête juste au-dessus de mes genoux. La forme princesse met en valeur ma taille et camoufle bien mes cuisses grâce à ses jolis volants mais est bien trop courte à mon goût. J'aurais dû enfiler le tailleur-pantalon qui était mon premier choix ! Au moins, j'aurais été plus à l'aise en cachant mes jambes. C'est Charlie qui m'a convaincue de choisir la robe et, sur le moment, ça m'a paru être une bonne idée. Elle connaît mes complexes, mais je fais confiance à son jugement vu qu'elle m'a souvent aidée à me sentir un peu mieux dans ma peau au fil du temps.

Je détourne les yeux et me dis que, de toute façon, cette soirée est pour Charlie et que c'est à mon tour d'être là pour elle.

J'attrape donc ma pochette noire assortie, enfile mes talons hauts, ferme à clé et entre chez elle, de l'autre côté du couloir. Elle est époustouflante dans sa robe rouge assortie à ses cheveux et à sa bouche. Elle tient son smartphone à la main.

– Juste une seconde, Sam, je réponds à Cam et je suis à toi.

Cameron, son frère, ne peut pas venir au gala avec nous car il a une session de tatouages à assurer en nocturne, comme souvent les vendredis soir.

– C'est bon, MacIntyre, on peut y aller ! Tu es sublime et ne me dis pas que ça n'est pas vrai ! J'aimerais tellement que tu te vois telle que tu es ! me complimente ma meilleure amie en levant un doigt pour m'empêcher de répondre.

Elle me connaît par cœur. Elle me prend par le bras pour sortir de son appartement et nous rejoignons le taxi qui nous attend en bas de notre immeuble.

***

Le gala de charité pour la lutte contre le cancer a lieu dans une galerie de Londres prestigieuse et très à la mode, la « MOSY », The Modern Style Gallery.

À peine entrée, j'en prends plein les yeux. L'espace est gigantesque et le cadre grandiose. Plusieurs pans de murs sont vitrés et la vue sur la Tamise est superbe et quasi panoramique. Nous nous dirigeons vers la salle principale de l'exposition, et c'est avec émotion que je découvre la photographie de mon amie. Elle est accrochée au mur, sous des lumières très étudiées qui la subliment.

C'est un cliché cher à mon cœur, car Charlie a su capter un

moment complice partagé avec Ethan, mon petit protégé depuis bien longtemps déjà. Elle m'a demandé la permission de choisir cette photo-là pour cette vente aux enchères sur le thème du cancer, et j'ai bien entendu accepté.

En plus de mon travail de sage-femme, je fais partie d'une équipe de bénévoles de l'hôpital qui visite les enfants malades du service de pédiatrie. Cette photo, mise aux enchères ce soir, est une image en noir et blanc d'Ethan et moi riant aux éclats dans une chambre d'hôpital. J'y apparais déguisée en clown et Ethan est tellement beau et semble si heureux sur cette photo qu'elle me fait instantanément du bien quand je la regarde.

Je me détends donc un peu, même si je remarque que les gens présents ce soir sont incroyablement élégants et que le moindre collier porté par l'une des femmes de la soirée devrait suffire à payer mon loyer pour au moins une année !

Charlie s'agite dans tous les sens, surtout lorsqu'un groupe de personnes s'attarde devant son œuvre. Je l'entraîne vers un serveur et attrape au vol deux coupes de champagne.

– Respire, honey ! dis-je en lui tendant une coupe. Inutile de vouloir écouter tous les avis et crier sur la première personne qui osera critiquer ton chef-d'œuvre. Prends comme ça vient, profite du moment et détends-toi !

– Ouais, facile à dire ! dit-elle en buvant une bonne rasade de champagne. Mais je serai quand même vraiment rassurée quand quelqu'un aura misé ne serait-ce qu'un tout petit peu sur ma photo. T'imagines la honte si personne n'en veut ?

– Qu'est-ce que tu m'as dit ce soir ? D'essayer de me voir telle que je suis ? Alors je peux te garantir que ta photo sera vue telle qu'elle est par beaucoup de gens ici et qu'elle va te faire connaître ! Tu es douée, alors, s'il te plaît, crois-moi ce soir quand je te dis que tu peux te détendre, OK ?

– Ouais, merci… mais j'ai quand même hâte que la vente soit terminée, m'avoue-t-elle boudeuse en cognant son verre contre le mien.

Nous déambulons dans ce cadre magnifique et je constate en contemplant les autres œuvres mises en vente que le thème de la soirée est on ne peut plus subjectif et que chaque photographe a su se l'approprier à sa manière. Certaines toiles sont tristes, d'autres semblent volontairement choquer, tandis que d'autres encore émeuvent, comme la photo de cette toute jeune grand-mère sous chimio et donc sans cheveux, mais qui rayonne et sourit de plus belle en constatant la ressemblance frappante entre son crâne chauve et celui de sa petite fille qui vient de naître. La légende de la toile dit : « Il n'y a pas de meilleure motivation que de me dire que je vais tout faire pour que nous allions ensemble nous faire coiffer le jour du mariage de cette petite merveille. »

Trente minutes et deux coupes de champagne plus tard, une voix provenant d'un micro nous propose de rejoindre une salle adjacente pour le début de la vente. Nous pénétrons dans une pièce dont l'univers colle parfaitement à l'idée que je m'en faisais, à savoir des fauteuils style Louis XVI, garnis de tissu couleur vieux rose et alignés au cordeau. Chaque acheteur potentiel est donc assis confortablement face au commissaire-priseur qui se tient sur une scène. Derrière lui est suspendu un immense écran plat qui permet de présenter les photographies sans avoir besoin de les décrocher. Nous restons en retrait, au fond de la salle, sur nos fauteuils déjà attitrés avec ceux que j'imagine être les autres artistes de la soirée.

Je les détaille un peu et me dis qu'ils sont tous très différents les uns des autres : mon regard tombe sur une petite brune gothique qui joue à la dure mais qui se ronge les ongles dès qu'elle pense qu'on ne la regarde pas, puis j'observe son voisin, un homme d'une trentaine d'années un peu hautain et qui toise tout le monde. Mais je m'attarde surtout un peu plus longtemps sur cette jolie dame d'une soixantaine d'années qui, comme si elle avait senti que je la détaillais, se retourne et me sourit gentiment. On voit tout de suite qu'elle n'est pas du tout là pour se comparer ou dénigrer les autres œuvres, car pensant sûrement que je suis l'une des artistes, elle me lance un clin d'œil complice comme pour me rassurer, avant de se tourner à nouveau vers l'estrade en face de nous.

Le maître de cérémonie commence par la lecture des conditions de vente, puis le premier lot est mis aux enchères. Il s'agit d'une photographie très choc ! En effet, une femme sans cheveux a accepté de maquiller la moitié de son visage comme une tête de mort alors que l'autre partie est apprêtée de façon élégante. La légende est la suivante : « Le mental est essentiel dans la lutte. Et vous ? De quel côté préféreriez-vous être ? » Les enchères débutent à dix mille livres sterling et déjà plusieurs mains se lèvent. Au final, cette photographie dérangeante, mais délivrant ce message si vrai, est adjugée à quatre-vingt mille livres sterling ! C'est un univers excitant, mais qui a les moyens de payer cette somme pour une photographie ?!

Quand vient le tour de la mise aux enchères de la photo de Charlie, nos doigts entrelacés se crispent en même temps. Mon cœur s'accélère et je n'ose même pas imaginer celui de mon amie. Je lui jette un regard et elle me répond par un faible sourire.

– Voici dès à présent une photographie de l'artiste Charlotte Harris, jeune femme londonienne de 25 ans. Le titre de l'œuvre est *Rire est un pas de plus vers la guérison*.

L'image en format géant apparaît alors derrière le commissaire-priseur qui annonce que la mise à prix de ce soir est fixée, comme tous les autres biens, à dix mille livres sterling. Je baisse les yeux et je remarque que les jointures de mes doigts, tout comme celles de Charlie, sont blanches tellement nous nous serrons les mains.

Une première main se lève et une femme propose une jolie offre à quinze mille livres, une deuxième main se lève et une voix masculine annonce vingt mille livres. La femme renchérit à trente mille livres, l'homme enchaîne alors avec une proposition à cinquante mille livres, suivie d'une contre-proposition de la femme à quatre-vingt mille livres. L'inconnu propose alors la somme de cent mille livres. Mon cœur bat à tout rompre et je vois le rouge monter aux joues de Charlie qui se balance nerveusement d'une fesse sur l'autre. J'ai beau essayer d'étirer au maximum mon cou de façon discrète sur ma chaise, je n'arrive pas à voir de quoi ont l'air les deux personnes qui se battent pour obtenir la photographie de ma meilleure amie. Après plusieurs offres successives et une proposition de la femme à cent quinze mille livres, l'homme, que le jeu ne doit plus amuser, lève encore sa main et annonce cent cinquante mille livres ! La femme ne semble pas vouloir suivre et le commissaire-priseur annonce donc :

– Une fois ? Deux fois ? Trois fois ! Adjugé pour cent cinquante mille livres sterling à M. Cole, pour la société Tohana & Cole.

Charlie, qui est une femme très forte et qui ne se dévoile pas facilement, a les yeux brillants de larmes de joie et cela me remplit de bonheur.

Nous nous éclipsons discrètement pendant la mise en vente des biens suivants et une fois aux toilettes nous sautillons sur place et entamons une danse de la victoire dénuée de toute classe. C'est tellement bon de se dire que cette jolie photo va permettre de financer la recherche contre cette foutue maladie à hauteur de cent cinquante mille livres sterling !

Après dix minutes à faire les folles et dix autres minutes à essayer de ressortir de cet endroit présentables, nous sortons toutes deux, la tête haute (et espérant fortement que nos cris de joie n'aient pas filtré à travers le mur !), impatientes de fêter ça.

La vente terminée, les participants et les artistes sont conviés à un dîner. Nous prenons donc place à une table et goûtons les meilleurs plats que nous ayons mangés de notre vie. Après avoir dégusté avec un plaisir évident chaque bouchée de notre dessert – une glace à la fraise surmontée d'un dôme de caramel très travaillé –, nous sirotons un café lorsqu'un homme très élégant arrive à notre table et se présente à Charlie :

– Mademoiselle Harris, je suis Tyler Cole. J'ai acheté votre photo pour mon entreprise.

Charlie, qui ne s'y attendait pas, se lève pour lui serrer vigoureusement la main. Il esquisse un sourire mais celui-ci semble un peu trop forcé à mon goût. C'est un homme d'une trentaine d'années, qui doit bien mesurer un mètre quatre-vingt-dix. Il a des cheveux châtain foncé coiffés en une queue-de-cheval très basse et ramassés en bun, et je me demande immédiatement s'ils sont aussi longs que je le suppose. Ses yeux sont d'un bleu très clair, presque transparent, ce qui lui donne un étrange et néanmoins incroyable regard. Il a la peau mate et arbore une barbe fournie mais taillée parfaitement. Il doit avoir des origines hawaïennes. Son smoking, forcément taillé sur mesure, lui va comme un gant et je me dis que de toute façon tout doit lui aller vu le corps très musclé qu'il semble avoir. Il porte plusieurs bagues en argent à ses doigts. Il est le savant mélange entre un géant viril et superbement taillé et un homme d'affaires on ne peut plus stylé et classe.

– Je suis ravie de faire votre connaissance et je vous remercie de l'attention que vous avez portée à mon travail, monsieur Cole. Je suis super contente, enfin je veux dire que je suis très honorée, ajoute-t-elle en rougissant un peu. Permettez-moi de vous présenter une amie, Samantha MacIntyre.

– Enchanté de vous rencontrer, mademoiselle MacIntyre.

J'avance ma main pour la lui serrer mais, au dernier moment, il la fait pivoter et ses lèvres se posent alors très délicatement sur le dessus pour le premier baisemain de ma vie. Ce geste pourtant anodin me fait malheureusement rougir et je me sens très mal à l'aise de lui montrer que je réagis à un simple contact courtois.

Je baisse donc les yeux vers mes escarpins pour lui répondre d'une voix à peine audible :

– Moi de même, monsieur Cole.

Heureusement, je ne vois pas sa réaction à mon trouble et

il prend place à notre table pour parler de l'œuvre qu'il a achetée ce soir.

Alors que Charlie lui parle de façon très naturelle, je lutte contre le trouble qui m'a envahie.

Reprends-toi, bordel !

Charlie me sort de mes pensées en me posant une question que, forcément, je n'ai pas entendue, ce qui me fait rougir de plus belle. Son téléphone sonne et elle s'excuse de devoir répondre à l'appel en se levant de table.

Je me retrouve donc seule à table avec cet homme hyper canon mais surtout inconnu, ce qui me met très mal à l'aise.

– Alors, mademoiselle MacIntyre, puis-je vous poser une question qui me taraude ? me demande-t-il d'une voix assurée en s'adossant à sa chaise et en me regardant bien droit dans les yeux.

– Bien sûr, je vous en prie, monsieur Cole, réponds-je en luttant pour soutenir ce regard d'un bleu acier pénétrant.

– Si je ne me trompe pas, c'est bien vous sur cette photo à cent cinquante mille livres sterling ? Je me demandais… On a dû vous payer cher pour jouer la comédie devant ce gosse, non ?

Le rouge me monte immédiatement aux joues mais pas pour les mêmes raisons que tout à l'heure. Ce mec vient-il de sous-entendre que je suis ridicule ?

– Eh bien, étant donné que c'était du bénévolat, c'est totalement gratuit, monsieur Cole.

– Waouh ! Je suis impressionné par cette capacité à ne pas tenir compte de son image, me répond-il.

Il me cherche, ce mec, ou quoi ?

Attaquer sur le physique est quelque chose de tellement mesquin que je n'en reviens pas.

– Oui, j'ose tout pour faire rire ces enfants malades, monsieur Cole, et je me fiche de savoir que certaines personnes superficielles ne voient que l'aspect physique de tout cela ! Et même si j'ai l'air ridicule en me déguisant, je suis fidèle à mes convictions ! Je ne me fais pas passer pour une personne que je ne suis pas ! Selon moi, il y a un monde entre acheter cette photo pour la bonne cause et vouloir à tout prix donner une bonne image de soi en le faisant.

– Les apparences sont parfois trompeuses, mademoiselle, répond-il en souriant, et sachez que vous vous trompez sur un point, j'ai acheté ce cliché pour une tout autre raison !

Me sentant tout à coup un peu honteuse de m'être emportée de la sorte alors que je ne connais pas du tout cet homme, je m'apprête à lui présenter mes excuses quand il poursuit :

– En effet, il n'y a rien sur cette photo qui me plaise autant que votre décolleté, et j'aimerais beaucoup imaginer qu'un jour je pourrais découvrir ce qui se cache derrière cette blouse ! murmure-t-il, ses yeux quittant les miens pour se perdre quelque part au niveau de ma poitrine.

Non mais pour qui se prend-il ?!

Ce mec est incroyable, il me fait passer du chaud au froid en cinq minutes chrono ! Mes joues s'empourprent à nouveau mais je n'ai pas le loisir de lui répondre que je déteste qu'on se fiche de moi, car Charlie se rassoit à notre table.

– Mademoiselle Harris, reprend Tyler Cole en se tournant vers elle, j'aimerais que vous passiez à mon bureau demain vers onze heures afin de me montrer votre book et que je puisse ainsi découvrir votre univers photographique. J'aimerais aussi avoir votre avis sur la meilleure place à accorder à votre photographie dans mon bureau, car je veux pouvoir la regarder du meilleur point de vue.

En prononçant ces derniers mots, il me fixe et je maudis alors ma fichue manie de rougir dès que je me sens troublée ou gênée. Ce mec est vraiment trop bizarre et c'est à croire qu'il sait parfaitement comment me mettre mal à l'aise.

– Bien entendu, monsieur Cole, j'en serais ravie, répond Charlie.

Elle rayonne de joie et cela me redonne le sourire.

– Mademoiselle MacIntyre, me ferez-vous le plaisir de vous joindre à nous ? demande-t-il alors.

Je n'ai pas le temps de trouver une excuse bidon que Charlotte, sur son petit nuage, répond à ma place :

– Bien sûr qu'elle sera là ! C'est ma meilleure conseillère, lui dit-elle avec un clin d'œil à mon attention.

Je marmonne donc un « d'accord », et c'est le moment que choisit le commissaire-priseur pour arriver à notre table et demander à Charlie et Tyler de venir dans son bureau signer les papiers. Ils se lèvent donc tous les deux et je les suis des yeux quand « M. Insolent » glisse un mot à l'oreille de Charlie, qui acquiesce, et revient à notre table. Il récupère un papier oublié, plonge ses yeux si spéciaux dans les miens, et malgré l'intensité du moment j'essaie de soutenir ce regard. Il se penche alors vers moi et me murmure à l'oreille qu'il espère que je viendrai vraiment le lendemain, car ça serait la moindre des choses qu'il puisse profiter du modèle en 3D vu la somme indécente qu'il a payée dans ce but ! Je n'arrive pas à croire qu'il puisse me dire une chose pareille sans ciller. Il me prend pour qui ? Une pute ? Je ne cherche pas à lui cacher que je n'aime pas ces sous-entendus et j'interromps volontairement notre échange de regards, recule ma chaise un peu plus loin de la table pour mettre un maximum de distance entre nous et, d'une voix la plus assurée possible et essayant de garder mon calme, je lui réponds :

– Vous êtes écœurant ! Je n'ai qu'une parole et je viendrai pour Charlie, mais l'argent n'achète pas tout, monsieur Cole !

– Oh que si, mademoiselle ! Détrompez-vous, répond-il le plus calmement du monde, un sourire insolent étirant un peu plus ses lèvres.

Ma colère remonte aussi sec : de quel droit se fout-il de moi ?! Je n'ai pas le temps de répondre qu'il me tourne déjà le dos pour rejoindre Charlie et le commissaire-priseur.

Ce mec me fait passer par toutes les couleurs, et je ne le cerne pas du tout ! Il me fait me sentir ridicule comme jamais, mais, la seconde d'après, me donne l'impression qu'il me drague. Lourdement.

Comme si c'était possible…

Je secoue la tête pour chasser cette idée absurde et Charlie finit par me rejoindre quinze minutes plus tard. Je décide de ne pas lui parler des remarques désobligeantes de « M. Goujat » pour ne pas lui gâcher sa soirée. Les papiers signés, nous pouvons finalement rentrer en taxi à la maison, soulager nos pieds compressés dans nos talons aiguilles, et, surtout, tout raconter à Cameron dans les moindres détails ou presque…

addictives

Romans déjà parus et à paraître

Rose Becker
Le Bébé, mon milliardaire et moi (aussi en poche)
Torride, sexy & dangereux
Forever You – saisons 1 et 2
Dangerous

Phoebe Campbell
Tes ordres sont mes désirs – poche
Lui résister… ou pas – l'intégrale
You Again
Single Daddy. Try Me if You Can

Mia Carre
Bad for You
Teach Me Everything
Charmant connard !

Mélodie Chavin
Campus Rules

Olivia Dean
À lui, corps et âme – volumes 1 et 2 – poche

Emma Green
Toi + Moi : L'un contre l'autre (aussi en poche)
Toi + Moi : Envers et contre tout (aussi en poche)
Toi + Moi : Seuls contre tous (aussi en poche)
Call Me Baby – volumes 1 et 2
Call Me Bitch
Love Me if You Can
Kiss Me if You Can
Bliss. Le faux journal d'une vraie romantique – volumes 1 et 2
Jeux interdits
Jeux insolents
Jeux imprudents
Une toute dernière fois
Fallait pas me chercher ! – volumes 1 et 2
Corps impatients (aussi en poche)
Cœurs insoumis (aussi en poche)

Âmes indociles
Cent facettes de Mr Diamonds – l'intégrale
Bliss. Le faux journal d'une vraie romantique – l'intégrale
(Im)parfait
Love Me if You Can – l'intégrale
Kiss Me if You Can – l'intégrale
It's Raining Love!
The Boy Next Room
Call Me Baby – l'intégrale
Call Me Bitch – l'intégrale
PS: Oublie-moi!
Fallait pas me chercher! – l'intégrale
Recherche coloc: emmerdeurs, râleurs, lovers… s'abstenir!
10 bonnes raisons de te détester!
Just 17
Love & Lies on Campus

Kim Grey
Insolent Bastard

Megan Harold
Sublime-moi! – poche
Breaking the Rules
Initiation with My Boss

Amy Hopper
Gone Boy
Le Coloc

Julie Huleux
Alpha Player

Kate Jacobson
Révèle-moi – volumes 1 et 2

Charlie Lazlo
Mon insupportable boss

Sienna Lloyd
Mords-moi!

Caroline Mongas
Mariage forcé. Un contrat indécent

June Moore
Étreinte – volumes 1 à 3

Zoé Murat
Stepbrother Love
Boss Me Around

Clara Oz
Arrogant

Lise Robin
Infiltrée. Sex, Drugs & Danger
Love Scandal
Forbidden Stepbrother – poche

Gaëlle Sage
Kiss, Kill & Ride

Ana Scott
Dark Ride
Last Ride
Vicious Ride
The Dominant
Evil Ride

Camilla Simon
Le voisin parfait est un enfoiré
Initiation with My Enemy

Ève Souliac
Sexy Mistake

Liv Stone
Love Lessons

Lisa Swann
Adore-moi ! – l'intégrale

Louise Valmont
Toi & moi, c'est compliqué !

Chloe Wilkox
Extreme Lover – l'intégrale
Immoral
Your Game, My Rules – poche
Dominant Boss. Apprends-moi
The Virgin's Price

Luv

Romans déjà parus et à paraître

Ana K. Anderson
Indompté
Scottish Bastard

Sophie Auger
Be with Me

Laura Black
Dark Initiation
Games of Desire
H.A.R.D. Hot, Arrogant, Rebelle, Déterminé

Margot D. Bortoli
Too Young

Juliette Brunel
Delicious

Anne Cantore
Promets-moi. Louise et Marco

Sarina Cassint
Avec toi... peut-être
Insolent Boss

Mary Ann Davis
Coach Me Love

Nora Davy
Don't Resist

Gwen Delmas
Noël, toi & moi
Perfect Boss
Sex Friends. Pas de contraintes, que du plaisir !

Cléa Dorian & Ninon Vars
Dark Love

Laurie Eschard
Love Naked

Lil Evans
Savage Rider
Crash & Burn
Boss Affair

Lou Garance
Can You Keep a Secret?

Alexandra Gonzalez
Shades of You

Erin Graham
Teach Me Love
The Boss
Secret Stepbrother
Strong Addiction

Joh Harper
Crazy Love

Marie Hayle
Under Control

Emma S. James
Under the Rain

Iris Julliard
Catch & Shoot

Lucie F. June
Fight with Darkness

Sara June
Rider in the Dark
Sexy Wild Rider

Lena Jung
Mon coloc, mes désirs & moi

Emily Jurius
Love to Hate You

Allie Krown
High School Challenge

Pauline Libersart
Tiger. Entre ses griffes

Ella Lores
Mariée par accident à un connard arrogant rencontré la veille…

Jessica Lumbroso
Emma X. Secrète et insoumise

Mila Marelli
Dark Man in Love
Crazy Wedding

Mag Maury
Fast Games
No Love, No Limits
My Hipster Christmas

Alix Parks
Never Kiss the Boss

Jeanne Pears
Insupportable coloc

Colocs & Sex Friends
H.O.T. Hypnotique, Obstiné, Ténébreux

Alexia Perkins
Arrogant Fake Lover

Sophie S. Pierucci
L'Inconnu de l'ascenseur & Moi (aussi en poche)
My Stepbrother. L'initiation
Deep & Dark – poche

Silvia Reed
Darkest. La dernière heure
Too Close

Anita Rigins
No Rules
My Rules

Avril Rose
Coffee, Sex & Law

Jana Rouze
Effet de vague – saisons 1, 2 et 3

Wendy Roy
Une seule fois (ou presque)

Ana Scott
À corps brisés

Léana Soal
Fight & Hope

Cara Solak
Perfect Obsession

Liv Stone
Initie-moi. Mes jours contre tes nuits

Lena K. Summers
Perfect Bad Boy

Kaly Swann
Austin. Breathe with Me

Alexiane Tolley
The Boss Rules – poche

Lily Tortay
Dance for Me

Flore Valier
Ta peau contre la mienne

Anna Wendell
Arrogant Bad Boy
Apprends-moi le désir

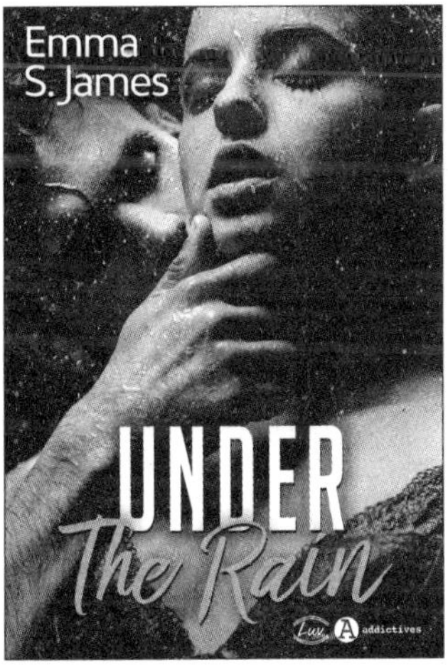

Under the Rain

Emma S. James

Il a toujours le dernier mot. Pas avec elle.

Faye s'installe en Irlande, déterminée à reprendre sa vie en main. Plus jamais elle ne se laissera marcher sur les pieds, c'est terminé ! Les hommes ? Tous des enfoirés sans cœur ! Moins elle les approche, mieux elle se porte. Et c'est encore plus vrai avec Caleb ! Ce patron de bar a beau être sexy, il est aussi arrogant qu'insupportable. Hors de question de lui céder !

Sauf qu'il suffit d'un quiproquo, d'un léger mensonge, et les voilà obligés de jouer les amoureux. Et si à force de faire semblant… tout devenait réel ?

Auteure : Jeanne Pears

Edisource – Éditions Addictives
100, rue Petit, 75019 Paris
Imprimé par FINIDR – Lipova cp. 1965 – 73701 Cesky Tesin,
République tchèque
Dépôt légal : mai 2021 – Achevé d'imprimer : mars 2021
ISBN : 978-2-37126-426-7
Réf. contrat : ZEXI_001